雪漠说老子：让孩子爱上《道德经》

【第二辑】

雪漠 著

作家出版社

祝福孩子们，希望孩子们有一个快乐自在、充实有意义的人生，也希望孩子们给父母带来快乐，给身边人带来快乐，永远做一个照亮身边世界的小太阳。

目录

来，跟老子聊聊天（序）

雪　漠

在第一辑里，我们通过学习《道德经》，跟老子聊过天。大家觉得过不过瘾？很过瘾，对不对？因为老子很有智慧。要是不跟老子聊天，有些道理，大家可能一辈子都不会知道。

大家可能没想到，我在十七岁就开始看老子的书，但那时我跟大家一样，也只能看懂文字，看不懂老子心里想说的话。所以啊，我在追求梦想的时候，就走了很多弯路。到了五十岁，我讲老子的时候，回头再去读老子的书，才发现老子的智慧这么好，只是我当年没看懂，所以没能把老子的智慧用起来。大家现在看懂了，就要学会在生活中做实验，学一点，就试一下，多学一点，就再试一下。要是在学校里跟同学有什么不开心，或者跟爸爸妈妈有什么不开心，就更要照着老子说的试一试了。你也许会发现，很多让你不开心的事，其实是可以避免的。哪怕有些事不能避免，你换一种方式去看待，也立刻就会有不一样的感受。而且，感觉不一样，事情的发展也会不一样，因为你对人对事的方式会不一样。

看过第一辑的孩子，对这句话肯定有很深的理解，因为很多小朋友和叔叔阿姨都喜欢读这套书，他们都说这套书又轻松，又好看，又好用。不知道大家的感觉怎么样？有空，可以给我写信，把自己的阅读感受写下来，要是在学校或家里有什么烦恼，不知道怎么用书里的智慧去处理，也可以告诉我。我喜欢讲故事，也喜欢听故事。

你如果看过一部叫《本杰明·巴顿奇事》的电影，也许会记得里面那个一出生就皮肤皱皱的，还有白头发的小男孩。你可以把我当成那个小男孩。当然，那个小男孩没有我的思想，不会像我这样跟大家交流，也不会像我这样给大家讲故事。所以，跟我聊天，肯定比跟那个小男孩聊天有趣。

老子跟我一样，他也是一个留着白胡子、白头发的小男孩，因为他有一颗跟大家一样纯真的心，但他不叫自己小男孩，他说自己的状态是“复归于婴儿”。看过第一辑的孩子，肯定知道这句话的意思，它不是说外表也像婴儿，而是说，心里那些大人们才有的东西，比如成见、计较、概念什么的，也就是大家想不明白，觉得成年人真怪的那些东西，都被修行给修没了，心像大家一样干净，一样纯洁，一样柔软，一样充满想象力，一样相信世界上有奇迹。所以，要是时间倒流两千五百多年，大家跟老子面对面，像跟我这样聊天的话，大家一定会跟他成为好朋友的。

但老子跟大家有点不一样，就是他不太喜欢聊天，他总是静静地待着，看看书，看看星星，看看月亮，看看流水，看看自然中的各种变化。所以，大家如果坐上时空穿梭机，去找他聊天的话，可能会发现他话很少，你问一句，他答一句，惜字如金。那时你就会觉得，还是跟我聊天更有意思，因为我知无不言，言无不尽，你永远不会觉得无聊。

其实老子也愿意说，要是他不愿意说，就不会留下《道德经》了，大家说对不对？但他知道，这世上，能听懂他说话的人不多，很多人的心都很忙——忙着干什么呢？忙着建功立业。老子那个时候，刚好是咱们中国最混乱的时代之一。春秋时期的好东西，到了老子决定出关的时候，已经被糟蹋得所剩无几了，人人的心都被时代的变化给搞乱了，成倍提升的生产力，点燃了当时人们的欲望，人们不再愿意像春秋早期那样，温文尔雅地活着了，开始向往领地，向往成功，真正意义上的战争，就是从那个时候开始的。所以，老子在《道德经》中，讲了很多关于战争的话题，他明确地告诉当时和后世的人类，战争是不吉祥的，大战过后，必定会有灾难发生。

大家可能对战争不感兴趣，觉得战争太暴力、太可怕。但离我们很远的一些国家，有很多小朋友都在遭受战争之苦。他们不像我们，我们可以看书，可以学习老子的智慧，可以憧憬未来的人生，可以安心地学习、安心地成长，但他们每天想的，可能是什么时候才能停火，下一秒会不会有轰炸，外面会不会响起枪声。那些小朋友是没有童年的。所以，我们要珍惜自己的童年，珍惜可以好好学习老子智慧的时光，让自己成长起来，将来做个对父母、对他人、对社会、对国家、对人类有贡献的人，至少做个不给别人带来灾难、自己也活得很快乐的人。

我看过很多关于青少年抑郁症、青少年犯罪的新闻，非常痛心。因为，有些孩子在本该开心快乐的年纪，却过得那么痛苦、那么难过。很多孩子因为自己过得不好，还会欺负别的孩子，让别的孩子也跟自己一起不快乐，甚至导致一些悲剧的发生，给自己的人生留下抹不去的污点和罪恶。但这一切，都是可以避免的——只要孩子们开心起来，享受跟小伙伴一起成长的快乐，所有关于青少年的问题，不管是抑郁症、空心病还是霸凌、犯罪，都不会发生。孩子们可以在人生的起点好好打基础，好好设计自己的梦想，好好为自己的梦想蓄力，过好上天赐予自己的宝贵的几十年，做些让自己快乐，也让父母与老师欣慰和自豪的事情，为自己的人生创造美好的回忆，也为别人创造一些美好的回忆。

对孩子们来说，开心应该是很简单，甚至理所当然的事。我在上小学时，只要能得到一本小人书，饿肚子的时候能吃上一口煎饼，就已经很开心了。哪怕饿着肚子，没有书看，在河滩上放马，看着天空发呆，我也还是很开心。为什么？因为在那个时代，孩子的世界很简单，没有补习班，没有学霸、学渣的说法，没有大人之间的攀比，没有家长转嫁过来的很多压力，也没有被家长忽略的失落。小时候的我经常放空了心，亲近大自然，享受一个人静静待着的时光，享受想象带给自己的乐趣。很多孩子都是这样。大家肯定还记得玩小石头时的快乐，也记得看着天上的云，跟小朋友七嘴八舌地讨论时的快乐，还有把一个寻常的所在想象成神秘堡垒，然后去探险的快乐，还有在田野上飞奔，想象自己是某个漫画人物的快乐，对不对？孩子们的快乐是透明的，像水晶一样纯洁无瑕，不需要太多的条件。可为什么，现在有越来越多的孩子不再快乐了？

因为家长把自己的不快乐转嫁给孩子了，孩子不明白家长为什么不快乐，只是觉得自己也不快乐了，觉得未来好像灰蒙蒙的。其实，孩子们可以自己快乐起来，然后反过来教育家长，让家长跟自己一起学习，一起变得快乐，真正地成为家长的小棉袄，但不只是给家长取暖的那种，还可以用自己的智慧来照亮家长，甚至照亮自己身边那些不快乐的同学。

大家有没有这个信心？

如果有的话，就好好学习老子的智慧，让自己成长起来，让自己的智慧像小太阳一样发光，照亮自己的人生，也照亮自己的父母和小伙伴。更重要的是，在照亮别人的同时，让自己进一步成长，更加坚定地走向美好的明天，走向自己的梦想。

大家可能不知道，虽然爸爸妈妈对老子不太熟悉，平时可能也很少谈起，但其实老子的影响力非常大。据说，在某个时期，老子的《道德经》所有版本的发行量仅次于《圣经》。大家知道《圣经》吗？就是西方最流行的文化教科书。《道德经》也是文化教科书，但它跟《圣经》不一样，它渗透了中国文化中最精髓的、西方没有的一种智慧，那就是关于大道的智慧。

孔子说过，“朝闻道，夕死可矣”，你可能体会不到这种心情，因为你对人生还没有那么深刻的体验。但孔子说的是对的，人活一辈子，能真正拥有的东西几乎没有，因为一切都会变化，除了道。可关于道的智慧，从古到今，真正参透、证得的人却并不多。少数的那些真正得道的人，包括老子，就把自己的感悟和心得写成了经典，分享给身边的世界，再由他们身边的世界传播出去，最后世世代代流传到今天，照亮了很多大人痛苦的心，让他们能够重新开启自己的人生。所以，道是人的一生中最珍贵的东西，甚至比生命更珍贵。

道最可贵的一点，大家知道是什么吗？是平等，大人和孩子都有，聪明人和没那么聪明的人也都有。哪怕一个孩子现在是学渣，开启了自己本有的道体智慧之后，他也会立刻成为智者，拥有一种不受成绩影响、不受排名影响、不受老师的眼光和态度影响，也不被爸爸妈妈影响的快乐。他甚至可以让身边的小朋友们也得到这份快乐。哪怕他是一个留守儿童，一个人生活在大山里，想读书要走很远的路，他也还是可以很快乐、很充实、很富足，对未来充满无限的希望。他甚至可以创造自己的未来，然后不动不摇地走在自己设计的路上，往前走的每一步，都会成为他人生的基石，让他拥有一个完全符合自己期待的人生，未来成为一个完全符合自己期待的人。

换句话说，老子的智慧，是可以让孩子们主宰命运的智慧，当然也是可以让大人们主宰命运的智慧。但前提是，大家懂得如何去学习，学了之后也懂得如何用在生活里。这才是最重要的。所以，我一直在努力，希望把老子、孔子，还有很多智者的智慧，都转化成大家更容易读懂的文字，让大人和孩子都能把古老的智慧用在寻常的生活里，真正地得到益处，实现自己所需要的改变。

不知道，我的尝试，对大家来说有没有帮助？我希望是有的，希望孩子们都能活得更开心，把人生当成一场探秘和实践的旅行，快快乐乐地成长，挖掘和守护生命中最重要的那个宝藏——道体智慧。

最后，祝福孩子们，希望孩子们有一个快乐自在、充实有意义的人生，也希望孩子们给父母带来快乐，给身边人带来快乐，永远做一个照亮身边世界的小太阳。

是为序。

第二十二章

人生需要“曲则全”

原文 曲则全，枉则直，洼则盈，敝则新，少则得，多则惑。是以圣人抱一为天下式。不自见，故明；不自是，故彰；不自伐，故有功；不自矜，故长。夫唯不争，故天下莫能与之争。古之所谓“曲则全”者，岂虚言哉！诚全而归之。

孩子们，又见面了，很高兴又能跟大家一起探索道。

通过对第一辑的学习，我们知道了道没有初始，没有穷尽，它广大无边，无所不包，就像浩瀚的宇宙。日落月升，暑往寒来，还有人间的一切酸甜苦辣、悲欢离合，无不是它的呈现。它的丰富多彩，是孩子们很难想象的。你有多少种好奇心，道就能用多少种方式来满足你。对道的探索和学习也是这样，因为永远没有止境，所以乐趣无穷。

但我们不必急着赶路，要依照老子跨越千年的指引，慢慢地往前走，慢慢地悟，享受这个过程。因为，属于我们的每一个当下都是独一无二的，一旦错过，就再也追不回来。所以，我总是珍惜当下，也很珍惜跟你们在一起的美好时光，但我没有执着。没有执着地珍惜，就会没有遗憾，也非常快乐。

我们先来看看这一章的大概意思——

有智慧的人做事顾全大局，为了让事情变得周全，让他人得到保全，宁愿自己受委屈。他总是在迂回中看到直截，在不完美中看到完美，在不足中看到变得更好的可能，在陈旧中看到新生的机会，认为索取得少，才能得到更重要的东西，索取得多就会陷入迷惑。这样的人，才能成为天下苍生的表率。而且他们没有自我成见，所以能看清事物的真相；不自以为是，才得到了应有的尊重和彰显；不自我夸耀，反而拥有不可磨灭的功劳；不自我骄矜，才能长久被人铭记。因为他们心里没有自己，不会与他人相争，所以天下不会有人和他们争。自古以来，很多能做到这一点，能坦然接受不公平，接受委屈、曲折和低谷的人，最后反而得到了圆满。这跟大人们的习惯不太一样，但不是假话。如果你好好照着去做，而且都能做到，你长大后一定是个了不起的人。

大家可能觉得很奇怪，为什么这些特点都是相反的？因为所有标准都是相对的，这就是哲学家常说的对立统一。天底下没有绝对的东西，凡事都有相对面，就像你找反义词那样，几乎任何一个词都有反义词，那个反义词就是它的相对面。那么，明白相对性有什么好处呢？它能让我们看问题不会片面绝对，这样视野就宽阔了，看法就更全面了。比如，我们要是觉得自己在低谷，就容易沮丧失落，但如果看到上升和更好的机会，就会跃跃欲试，想做更好的自己，想实现更大的进步。这就是圣人积极向上的秘密。

老子所说的圣人，是明白什么是道，把道变成自己的品格和思想的人。但我们所说的圣人不一定，只要德行很好，又有着广泛的影响力，我们就认为他是圣人。大家也可以理解为伟大的、足以成为表率的人。如果可以的话，我希望大家像老子那样，通过训练去接近道、明白道，让自己的生命呈现出道的状态，自然而然地拥有这个品格。但如果大家觉得有些吃力，暂时还没做到，也可以把它们当成行为规范，约束和要求自己，通过行为上的自省、自律和自强，从外到内让自己成长。所以，《道德经》有很多种学习方法。它最大的特点，就是用具体的行为告诉你，真正了不起的人如何做人做事，什么样的人才能作为世人的表率。

如果大家也想做这样的人，就要和我一起出发，越过六座“高山”（自己内心的不足），蹚过四条“大河”（世界对我们的考验），只要坚持不懈、锲而不舍，我们就能抵达理想的彼岸。

1. 走，我们爬山去！

曲则全，枉则直，洼则盈，敝则新，少则得，多则惑。是以圣人抱一为天下式。

第一座山叫“曲则全”，“曲”是委屈和迂回，你要想达到某个高度，就必须受些委屈，甚至走些弯路。

历史上有个人叫冯道，大家听过没？这个冯道是五代十国的名臣。那时，朝代更替频繁，皇帝也像走马灯似的换个不停。但无论哪个皇帝被篡权夺位，后继者请冯道继续为国效力，冯道都不拒绝。因此，他一生中侍奉了四姓、十个皇帝，担任的都是三公、三师之类的重要职务。当时有很多人骂他没有气节，是个不忠君的贰臣，但他却坦坦荡荡、问心无愧，从不辩解只言片语，而且活得逍遥快乐，自称“常乐老人”。你们知道为什么吗？因为他爱老百姓呀。在他看来，不管皇帝是谁，只要对老百姓好就行。所以，每逢改朝换代，他都不跟新国君对抗，只要新国君不妄杀老百姓，他就承认新国君的合法地位。他虽然委屈了自己，被好些人骂，但老百姓的生命和财产得以保全，他觉得这就是最大的快乐。会做事的人就是这样，如果直路走不通，他们宁愿多绕上几圈，多费些周折，哪怕多受点委屈也无怨无悔，只要能到达目的地、能保全更多的人就行。明白这一点，我们就有了“曲则全”的见识。

第二座山叫“枉则直”，“枉”是弯曲，发现弯曲才能变直。孩子们，每年的植树节，你们都会参加植树活动对不对？树不是只要种下去就可以不管的，因为有些树枝会长弯，需要人们帮它们调整。有经验的人会顺着枝条的方向，让它一点一点慢慢地变直，而不是一下子把它掰直——有孩子可能要问了，为什么不能把它掰直呢？一点一点地捋，要捋多久才能让它变直啊？是啊，要把长弯的树枝变直不容易，但你如果硬来，就会把树枝掰断。每个孩子班上都有特别叛逆、特别极端的孩子，如果老师和他们的爸爸妈妈缺乏耐心，总想靠打骂来逼他们就范，他们会怎么样？他们可能会越来越叛逆，越来越不听话，情况也会越来越糟糕。所以，有智慧的爸爸妈妈不会逼他们，只会给他们讲故事，让他们自己明白道理，认识到自己长“弯”了，需要“变直”

才能更幸福，成为更好的人，这时，再帮他们慢慢地矫正，他们就会主动配合。对待自己也是这样，不能放任自己，但要对自己有耐心，给自己的成长准备好时间，允许自己不能一步登天，只能按部就班，循序渐进。就像爬山的时候，可以一圈一圈地绕行，而不必都直接到达山顶。但一定要记住，我们的目标是爬到山顶，不能因为绕了一圈又一圈，最后绕晕了，忘了自己想怎么样，就在半山腰停下，甚至直接下山。这个道理，大家要在日常生活中细心观察，细心体会，慢慢地发现其中的曲和直，让自己在曲的过程中，一步步达到直。

我们要攀的第三座山是“洼则盈”。“洼”是低洼，“盈”是盈满，低洼是缺的，不足的，怎么会盈满呢？因为只有低洼的地方，才能容纳东西，容纳得足够多，就盈满了，就像水流进坑里将它灌满一样。就是说，当我们发现自己处于低洼的时候，只要像百川入海那样，把看到的好东西学过来，自己就会一天天进步，人格和智慧也会变得圆满。

大家知道“周公吐哺”的故事吗？周公是周文王的儿子，周武王的弟弟，据说他礼贤下士，每当有人才来拜见他，他就会马上放下手中的事情，出门相迎，哪怕正在洗头或吃饭，他也会马上握起头发，吐出口中的食物。为什么呢？因为他怕怠慢了前来拜见他的人才，会失去人才呀。大家想一想，堂堂文王之子、武王之弟、成王之叔父，都把自己放得这么低，我们还能高人一等，觉得自己了不起吗？要知道，任何时候，任何地方，都没有人喜欢高姿态的人。什么叫高姿态？就是觉得自己很了不起，别人都比不上自己。相反，低姿态就是谦虚做人，尊重他人。谦虚并不是让大家不表现自己，我知道在学校，孩子们被鼓励积极展现自我，这很好，同时我们也要保持谦虚低调的心态，学习他人的长处。因为你或许在某方面很优秀，但别的同学也有他们的优秀之处，我们不能看不起别人，要谦虚地向别人学习。谦虚的态度就是洼，有了洼的心态，才能看到别人的长处，别人也愿意教我们。所以，不管自己强还是弱，也不管自己目前是不是很优秀，都要虚心一点，低调一点，保持谦卑，这就是“洼则盈”。

那么，如果觉得自己不优秀，甚至很自卑怎么办呢？不用难过，“洼则盈”告诉我们，虽然我们暂时处于低洼，但我们有很大的成长空间和潜力，只要积极地学习，弥补自己的不足，就会渐渐地盈满。

接下来是第四座山，“敝则新”。“敝”原本指草木凋敝，这里也可以指陈旧。秋冬季节草木会凋敝，到了春天草木又会复苏，欣欣向荣。人事和草木一样，虽然会衰败和凋敝，但也会复苏，重新发展兴盛。就像冬天必然过去，春天必然来临，但春天也终将变成夏天，再变成秋天，然后迎来下一个冬天，再回到春天。

另一种解释是以新代旧，比如，衣服破了，或者旧了，妈妈就会给你们换件新的，就像民间有句老话说的：“旧的不去新的不来。”所以，一个东西陈旧不堪或是坏了时，其实不是坏事，这意味着会有新的事物出现。大人们常说的“否极泰来”“物极必反”都是这个意思。当然，这不是说旧的不好，而是说变化必然存在。

学习传统经典也是这样，要用经典的智慧替换过去的认知。比如，我讲解《道德经》，告诉了孩子们怎样才能成长，孩子们明白之后，就要丢掉旧观念，不能死守着小时候不成熟的认知。当然，也不用因为以前的幼稚而不好意思，因为谁都有成长的过程，我也一直在成长，一直在打破旧的局限。这是大自然共有的更新成长过程，我们都是大自然的一部分。

一下子听了这么多，孩子们累了吧？但我们还是别停下前行的脚步，一鼓作气，攀登完六座山再休息，好吗？

第五座山，是老子的“少则得”。这又是什么意思呢？我先给大家讲一个故事吧。有一头驴子，它的主人给了它两堆同样鲜美的草料，这本该是一件美事，没想到这头驴子却犯了难，因为它不知道应该吃哪一堆。于是，它在两堆草料之间跑来跑去，最后竟然饿死了。大家是不是觉得这头驴子很傻？但你不要笑话它，因为人有时候也是这样，选择多了，或者想做的事情多了，反而什么也得不到，什么也做不好。这正是我经常说的，一辈子做一件事，是天才；做两件事，是成功人士；做三件事，就成庸人了。因为，你如果很专一地去做一件事，其实是很容易成功的，如果贪多，分散了精力，反而什么都做不成。

“少则得”还可以有另一种解释，就是一个人知道自己某方面不足，就会在那方面着力，然后有新的收获。

孩子们看过我的涂鸦吗？大人孩子都喜欢。大人们觉得拙朴、有光，孩子们觉得很好玩。但很多年前，我其实根本不会书法绘画。后来之所以会学习写字画画，是因为要办杂志，需要封面题字，请朋友代求的名家墨迹又被朋友私藏，于是求人不如求己，开始自己练字。说是练字，也只是像大家玩游戏那样，玩啊玩啊，玩到熟悉墨性和笔性，笔能随心而走之后，就由了笔在真心中流淌，开心之余，也创作了一些人们所认为的好画好字。这也算是一次“少则得”的经历了。所以，“少”也没关系，只要学习和努力，说不定那原本少的，反倒会成为意外惊喜。

大家有没有“少则得”的经历？过去是怎么面对的？能不能发现它背后的机遇呢？要知道，学会转化思维，是学习经典的关键。转化思维，就是“敝则新”，当然也是“少则得”——因为思维有不足而学习，反而得到了很好的东西。所以，生活中的一切，都可以用这几句话来面对。

终于到了最后一座山，“多则惑”，它和“少则得”属于同样性质。那头不知该吃哪一堆草的驴子，就是典型的“多则惑”，选择越多，烦恼越多。现在很流行上兴趣班，有的家长一口气给孩子报了十几种兴趣班，书法、绘画、钢琴、架子鼓、跆拳道、围棋等等，但孩子的精力有限，不可能每个都学得很好，最后就变成了样样都会一点，却样样都不精，还不如集中精力学一两种的效果好。这也是“多则惑”。生活中还有很多“多则惑”，总之，知道越多，选择越多，诱惑越多，贪得越多，疑惑也就越多。大家要想做更好的自己，就要做好选择，专注于一件事情，心无旁骛地往前走，不能东张西望，觉得别的可能更好。

这就是成为圣贤最基础的六座大山，攀登完后，大家可有收获？是不是知道了该如何面对自己，如何让自己成长呢？如果知道了该怎么做，接下来就要在生活中验证了，只要照着去做，再怎么资质平凡，你的人格也会渐渐变得完满。

2. 我的心，由我做主

翻越了六座山，接下来还要蹚过四条河流，它们代表着我们面对世界的选择和态度，同时也是圣人应对世界的秘诀。

呵呵，一听到秘诀，大家的眼睛就亮了吧？是不是很好奇，很想知道究竟是什么秘诀？会不会很有趣？我告诉大家，它们太有趣了，尤其是你用它们跟自己的心玩游戏，对自己的心做实验的时候。圣人就是这样，一辈子跟自己的心玩游戏，用自己的心来做实验，实验到最后啊，他们的心就听话了，他们想怎么样，心就怎么样。所以，圣人跟孩子们一样，也是充满了好奇心，而且把好奇心保护了一辈子。你们也要这样啊，只要一辈子好奇，一辈子勇于尝试，人生就会很开心。

我再问孩子们一句，大家知道圣人为什么叫圣人吗？对，因为圣人一心对别人好，完全不考虑自己的得失，他们承载了一种神圣的、圣洁的精神。这是他们面对世界的秘诀，也是他们的选择和态度。

对于这种态度，老子用了两个字去概括：执一。有些孩子可能要问了，什么叫执一？一是什么？一就是世界上唯一不会被推翻的真理——道。当然，道不是真理，真理是道的哲学化表述。或者说，真正的真理跟语言无关，跟文字也无关，甚至不是一种规律，而是一种境界。执一，就是遵循这种真理，保持这种境界，把它变成自己生活的全部内容。

大家如果看过第一辑，也许记得第五章有个“守中”，它的意思跟“执一”差不多。就是不管现在是曲是枉、是洼是敝、是少是多，都守住自己的快乐、专注和纯净。孩子们可以回想一下，玩最喜欢的游戏时，心里有啥感觉？是不是专心致志地玩游戏，心里充满了快乐？这跟守中有点像，但你守住的不是游戏，而是心的安静。守候的同时，曲、枉、洼、敝、少、多都不管，只管让心定住，就像把牛拴住，不让它跟着草料乱跑一样。草料是什么？是孩子们一看就眼睛发光，想要跑过去的东西。跟心做游戏，就是看看自己看到有趣的游戏，或是遇到开心或不开心的事情时，会不会忘掉对宁静的守候，像小牛跑向草料一样跟过去。如果知道吸引和刺激都只是情绪，一晃而过，只管守住自己的宁静，就像你静静地坐在一个地方，旁边有各种小兔子、小猫在奔跑（这就是大人们所说的喧嚣），可你就是不追过去，只是静静地坐着，就连旁边有小狼经过，你也知道它伤害不了你，于是仍然静静地坐着。不去管眼前出现的是小兔子、小猫，还是虎豹豺狼，或者是一些自己不明白、觉得很复杂的东西，就是大人们所说的消除二元对立，消除分别心。这个游戏，孩子们有没有信心通关？我相信孩子们肯定可以，因为孩子们都很聪明。

为了让孩子们更容易理解，我再请出刚才故事里的小毛驴。如果重新给它一次机会，它也许会对自己说，两堆都是草，管它哪一堆更好呢，只要选其中一堆，然后踏踏实实地吃，不乱跑就好了。哪怕这时身边有人七嘴八舌，叫它看看别的草，它也不会分心，不会动摇，只会快乐自足地吃嘴下的那堆草。这样看来，“执一”是不是很简单？

当然，我们不是小毛驴，我们遇到的选择，可不是两堆

草那么简单，虽然道理一样，但我们还是需要一些更为具体的方法，去应对更为复杂的情况。

那么，具体该怎么守呢？答案用我三本书的书名就可以概括：

一是《世界是心的倒影》。孩子们要明白，任何人所认为的世界，都是他的心对世界的理解。比如，《西游记》中的唐僧，在徒弟们眼中，是带领他们去西天取经的领路人，要好好保护；但在沿途的妖精们眼中，他就是一块好肉，吃了能长生不老，要想办法把他抢到手。不同的心，造就了不同的行为，产生了不同的结果。最后，护送唐僧的徒弟们都成长了，超越了过去的自己，而想吃唐僧肉的妖精们，却死的死，被收的被收，没一个能得逞，也到死都是妖精。

二是《让心属于你自己》。意思是，你不在乎世界，也不控制世界，只管做好你自己，守住自己的心，控制住自己的心，在这个前提下，做你该做的事情。

三是《世界是调心的道具》。当你明白世界上的一切都在变化，你要做的就是守住自己的心时，就要在生活中历练，把一切都当作调心的道具，好的，不好的，统统只当是一份经历。

当你有了真正的智慧，你就会明白生命的真相。你不管经历什么，哪怕是绝症的威胁，心都始终安宁，不受干扰时，也就实现了最高的目标，你的心也就彻底自由了。圣人们都是这么走过来的，所以他们才以行为为天下人做出了表率，让天下人可以对照着规范自己。这就是“为天下式”。

3. 蹚过智慧的河

不自见，故明；不自是，故彰；不自伐，故有功；不自矜，故长。夫唯不争，故天下莫能与之争。古之所谓“曲则全”者，岂虚言哉！诚全而归之。

那么，圣人做了哪些表率呢？我们距离圣人究竟有多远呢？在这里，老子主要讲了四点，孩子们可能会觉得很难做到，其实，不但孩子们觉得很难，大人们也很难做到。所以，它们就像横亘在我们面前的四条大河，我们能看见对岸那壮美的风景，但还不能身临其境，融入其中。我们只有蹚过这四条河，才能成为那片壮美风景的一部分。也只有将那壮美变成自己的智慧和精神，我们才会懂得，如何在社会中立足，如何在纷繁多变的世界中，从容不迫地穿越。

我遵循老子的本意，给这四条河取了四个有趣的名字，分别是“自见河”“自是河”“自伐河”“自矜河”。老子说呀，蹚过这几条河的人，就不会再有自我成见，不会再自以为是，不会再自吹自擂，更不会再骄傲自大。这样的人就是成功的人。

首先是“自见河”。自见，就是总有自我成见，总是“我以为”，无论别人说什么，自见的人都听不进去；无论遇到什么事，他总拿成见去评判。他就像戴上了一副有色眼镜，看到的世界都蒙了一层不真实的颜色；也像总是用哈哈镜去照别人，照出的都是扭曲的形象。就这样，自见的人用

成见的大门，关闭了自己的世界。为什么有些人对一些事总能明明了了，看得很真切呢？正是因为他们没有个人成见，没有关上心门。他们不自以为是，不想自我表现，更不固执己见，总能客观地看待问题，分析问题，解决问题，所以不会一叶障目，做出的决定也都是最明智的。

第二条河是“自是河”。“自是”就是自以为是。没有智慧的人总是自以为是，觉得只有自己是正确的，别人都不对。我们总是容易站在自己的角度看问题，只考虑自己想怎么做，忽略自己与世界之间千丝万缕的联系，但圣人不会忽略这些。这也是圣人的想法总是跟一般人不同的原因。

等你们长大一些，懂得观察生活了，就会明白老子真了不起，也会明白自己真是幸运，自己这么小，就领略到了老子的智慧。这时，你再去看同龄人的际遇，很多事就会明明了了，但你不会跟他们走一样的路。为什么？因为你有智慧啊。大家要记住，大人们总是以为金钱、权力和地位是最好的保障，其实它们都是易逝的假象，最好的保障是智慧。哪怕现在还没有智慧，还不能完全做到老子的话，也不要紧，只要一条河一条河地蹚过去，身上的毛病就会被河水洗掉，这样，大家就会有一双智慧的眼睛了。

我们继续渡过“自伐河”。

有的孩子可能不明白什么是“伐”，古时候呀，“伐”的本义是武力上的征讨和言语上的攻击，后来人们把自夸自耀也叫作“伐”，自伐。因为，所有自吹自擂、沾沾自喜，都会招来别人的不欢喜，别人不喜欢你，自然会讨伐你。所以，很多伤害都是自己引起的。孩子们要记住，做好事是尽自己的心，不能自己夸自己。你不说，别人看到了，就会在心里肯定你，你一旦自我夸耀，不仅显得初心不正，还会引来别人的反感。因此，自吹自擂不但不能让别人尊重你，反而还会贬低你、消解你。

我在第一辑中讲过韩信的故事，大家还记得吧？他是怎么死的？就是因为他功劳太大了，功高震主，认为自己比刘邦更会打仗，这让刘邦很不舒服。我猜，韩信肯定没学过《道德经》，至少没读懂《道德经》，不然他不会犯这种错误。同样，大家既然学了《道德经》，就不能犯这种错误。只要渡过“自伐河”，不再愚蠢地伤害自己，人生中就会少了很多祸患，也会少了很多不开心。那时，别人帮了你，你会感恩；你帮了别人，你也会感恩，因为他给了你一个帮助他的机会。

我们要过的最后一条河是“自矜河”。什么是自矜呢？就是骄傲自大，不可一世，总是一副“天下老大非我莫属”的姿态。但凡自矜的人，都是狂人，狂人是很难有好下场的，因为人人都不喜欢他。

楚霸王的故事，大家应该都听过吧？楚霸王就是“力拔山兮气盖世”的项羽。他力大无穷，打仗也是所向披靡，非常厉害。但他就是太骄傲、太自负了，谁也看不上，谁的建议都听不进去。大家要注意，自负的人一般只追求表面上的强大，不懂得示弱，做不到能屈能伸，更不会自我反省。所以，当项羽被刘邦指挥的六十万联军打败后，虽然靠自己的智勇突围，逃到了乌江，但他既不愿过江逃命，也认识不到自己的错误，将一切归咎于老天爷，说天要灭他，因此就不去改过自新，而是愤然自刎了。其实，他再会打仗又如何？他缺乏的，是德行和智慧。因此，自矜的人，即便能一时得

志，也不会长久。

孩子们，当我们渡过了这四条河，也就跨越了与圣人境界之间的鸿沟，自己成了壮美的景色，圣人的表率，也成了我们自己的品格。这时我们会明白，圣人不是争来的某个封号，而是永远做好自己，不参与争斗，更不会与别人抢夺的人。大家要明白，一个巴掌拍不响，你不争的时候，天下就不会有人与你为敌。因此，在这一章的最后，老子再次强调：古时候，很多忍受不公平、忍受委屈、懂得弯曲、接受低谷等各种不幸境遇的人，最后都得到了圆满。这不是心灵鸡汤，也不是善意的谎言，而是被无数先贤验证过的真理。只要真心诚意地踏着圣人走过的路前行，大家长大之后，就一定会有真正圆满的人生。

第二十三章

合道才是王道

原文 希言自然。故飘风不终朝，骤雨不终日。孰为此者？天地。天地尚不能久，而况于人乎？故从事于道者，同于道；德者，同于德；失者，同于失。同于道者，道亦乐得之；同于德者，德亦乐得之；同于失者，失亦乐得之；信不足焉，有不信焉。

不知大家有没有这样的感觉：老子的《道德经》是一本百科全书。

为什么我会这么说呢？

你看，《道德经》本来是关尹子求教于老子，问如何修道的，老子却讲了这么多内容，有如何治国，有如何处世，有如何为人师表，有如何顺应自然，内容涵盖了生活的方方面面。难道是老子跑题了吗？当然不是。因为，所有这些，都是“道”的呈现，只不过侧重点不同罢了。

《道德经》的每一章都有所侧重，所以，每一章都有专门的用处。本章中，老子说到了如何处世。我们先来看看这一章的大意。

这段话翻译为白话文就是：少说话才符合自然规律。狂风刮不了一整天，暴雨也下不了一整天，那么，是谁让暴风骤雨不能长久呢？是天地。连天地都不能让过度的状态持久，何况我们人啊？所以，只有认同道、向往道，愿意在自然而然中恒常修道的人，最后才能与道合一；只有向往德行、注重德行，能在自然而然中呈现德行的人，最后才能修成大德，与德合一；也只有对一切都不再执着的人，才能真正与无执无我的境界相融。当一个人与道相合，行住坐卧都不离开道的境界时，他就真正得道了，这时，道自然会帮助他，无论他做什么都容易成事，因为他的每一个选择都符合真理；当一个人与德相合，一言一行无不符合大道之德时，德行也将成为他的助缘，帮助他做成事情，因为他的心愿必定有益于世界和他人，人人都希望他成功；但如果对真理的信心不够，不能对真理信仰实践，就不会得到真理的信验。什么叫真理的信验？就是因为实践真理而得到益处，比如变得更开心，更会做事。

这一章，老子重点讲了两点：第一，少说话；第二，不要急于求成。

有孩子可能觉得很奇怪，说话是人的本能，人长了嘴，除了吃饭就是说话用的，老子为什么要一而再再而三地强调少说话呢？

老子认为，话越少，概念性的东西越少，就越接近自然之道。大家可以想一想，如果你想和朋友分享一个美丽的地方，你会用美丽的词语去描绘，还是直接把他带到那里，让他亲自去体验呢？你想告诉朋友某本书或某部电影很好看时，是唾沫横飞地“剧透”好，还是让他自己去看更好呢？再多的语言，在亲身体会面前，都是苍白无力的。老子希望我们不要通过语言去想象自然之道，而是要用身和心去感受道。大家发现没有，七嘴八舌地忙着说话时，会很容易忽略大自然的美丽，忽略周围发生的事情，也听不到自己和别人心中的声音，察觉不到自己当下的状态。所以，话太多，容易让我们失去觉察力，也让我们失去自己的心。

不仅如此，话太多还会浪费生命，因为说话的时间越多，做事的时间自然越少。有些人一辈子夸夸其谈，学到一点东西就急于展示出来，就像是一个小小的杯子，刚倒进去一点水，就迫不及待地洒出去，永远也没办法积累，没办法沉淀出深厚的东西。直到过完一生，他们都没有用自己的行为，给世界留下一些有价值的东西。

如果你还是不太明白，那就听听下面这个故事吧。

有个人信仰上帝，于是，他死后就见到了上帝。上帝给了他一个篮子，对他说，这里有真正属于你的东西，猜一猜，是什么？这个人绞尽脑汁也想不出来。刚开始，他觉得应该是他老婆，但想想发现不对，因为他的老婆已经成了别人的老婆；然后，他觉得可能是他的财富，但也不对，他的财富也已经成了别人的财富；他又想，那只可能是他的肉体了，可还是不对，因为他明明白白地看到，他的肉体已腐坏了；孩子、职位、名声等等更是这样，没有一样死后还能属于他。最后，他只能一脸迷惑地看着上帝，上帝笑了笑，打开了那个篮子，里面果然空空如也。这个人顿时泪流满面：自己忙碌了一辈子，到头来竟然一无所获。上帝笑了，对他说，孩子，不只是你，这世上每个人都是这样。你要明白，

除了每一个当下属于你，此外的一切都不属于你。所以，我们能把握的只有当下。

你能听懂这个故事吗？

现在大家还小，对生死可能还很模糊，等到大家更大一点，就定然会知道死亡。因为死亡无处不在。小虫子在死亡，新闻里的很多人也都在死亡，还有电视里、电影里，甚至，有些人身边也刚有人死去。人到了一定年纪之后，死亡的讯息就会来得更加频繁。因为，人生就是一个过程，几十年而已。你用什么样的行为填满它，你就有什么样的人生；你有什么样的人生，你就是什么样的人。救死扶伤，就是医生；答疑解惑，就是老师；种田耕地，就是农夫。世界在乎的永远都是你的行为，而不是你说什么，除非你是思想家，像老子一样，留下你的思想。此外，什么都没有意义。明白这一点之后，对一切都不会再执着，就进入“失”的境界，升华成老子那样的得道者了。但孩子们还小，人生还很长，不要急，慢慢地经历，慢慢地检验，最后才能知道什么是道，什么时候才真正得道了，真正有合乎道的德行。

不要急，就是老子在本章中强调的第二点。它告诉我们，做任何事都要顺其自然，不要动不动就过分地勇猛精进。有些大人一拿到一个项目，就连续通宵好几天，想把项目完成，项目结束之后就大病一场，这就是不合道。过度精进，就是老子所说的暴风骤雨，暴风骤雨来也匆匆，去也匆匆，不可能成为常态，但修道必须是常态，生活也必须是常态。能够形成常态，就合道；不能形成常态，就不合道。古人说：“其兴也勃焉，其亡也忽焉。”跟老子是同一个意思。历史上好多短命王朝都是这样，迅速勃兴，又草草结束。所以，大家不能这样，要养成按部就班的好习惯，做任何事都要稳扎稳打，细水长流，只有这样才能成功。

好了，简单介绍就到这里，接下来，我就要详细讲解了。孩子们坐好，保持耐心，不要走神，走神就容易掉队。要跟紧我的脚步，咱们继续在老子的世界里探秘！

1. 言有尽，意无穷

希言自然。

先说说“希言自然”。这里的“希”同于“稀”，是稀少的意思。对个人来说，就是少概念，少说话，不说不该说、不必要的话，尤其不说废话；对管理者来说，就是少折腾；对统治者来说，就是少发号施令。当然，它也指道的境界，因为道是无法用言语来表达的，只能在自然的状态中感知。

《道德经》中的很多内容除了字面意思之外，都有另一种深意，但言语说不清，只能由每个人各自理解。答案也不需要统一，只要符合真理，对自己也有用，能解决自己当下的问题就行。

大家记得吗，我也老是强调话多的坏处，这不只是修道的讲究，也是养生、做人的讲究。说话太多，小则伤身伤气，重则惹来祸患，因为话说得再好，一旦说得过多，也容易有不到之处。所以，西部人在教育孩子时，常会说：“少说话，威信高；多说话，惹人骂。”孩子们如果不信，可以去生活中验证一下。大家会发现，生活中人缘最好的，总是

那些默默做事、不太说话的人。有些人叽叽喳喳说个不停，到处套近乎，但人们并不真正喜欢他。当然，有时也不一定，有些人虽然话很多，但语出真心，天生热情，人们也会非常喜欢他。但对于修道来说，话少肯定比话多好，因为容易保持警觉，容易感知内心细微的状态，比如心静不静、自不自主、念头多不多。

大人们常说“言有尽，意无穷”，指的是话说不到的地方，心却能感知，因为语言传达的信息有限，感受却是无限的。大家可以去读一读古典诗词，我们的古诗词，遣词造句非常简练，包含的意蕴却很丰富，留给你细细品味的空间也很辽阔。比如，“大漠孤烟直，长河落日圆”仅有十个字，描写的事物也很简单，就是一片大漠、一缕孤烟、一条长河，还有一轮落日，但它包含的意境，却能随着读者的需要，有无穷的变化。这也是“希言”的好处。

很多时候，语言都是苍白的，你怎么说都不对，越说，越得不到一吐为快后的轻松，反而会觉得没意思、很失落，甚至会越描越黑。所以，自然一点就好，不一定要表达。

有句话，我以前常说，可能你们的爸爸妈妈也常说：“懂你的人，你不说也懂你；不懂你的人，你说了也是白说。”按老祖宗的说法，就是“是非以不辩为解脱”。真是这样的，言语无用，所以，索性就别说了，省些时间做该做的事。孩子们也是这样，平时不要说太多话，要学会静静地待着，本本分分地做好自己的事。

2. 细水方能长流

故飘风不终朝，骤雨不终日。孰为此者？天地。天地尚不能久，而况于人乎？

不知道你有没有观察自然的习惯，如果没有，也不要紧，可以从现在开始观察。有的孩子可能很好奇，想知道为什么要观察自然，大自然里有什么秘密吗？当然有，因为大自然蕴含着大道，大道就是最伟大的秘密。所有的自然现象，无不展示着大道的特点。

比如，我前面说到“飘风不终朝，骤雨不终日”，这就是一个有着重要启示的自然现象。

这里的“飘”可不是轻飘飘的“飘”——你肯定又要问了，“飘风”到底是个什么风呀？它是好风呢还是坏风？也许，你们还会想，我见过微风、清风、寒风，也见过春风、东风，还有狂风，就是不知道还有个“飘风”。其实，飘风就是暴风，也就是非常猛烈的风。它的破坏力很大。新闻上常说，暴风来时，能把人吹走，能把树连根拔起。但是再猛烈的风，一般也只是一阵子，很少不停歇地刮上一天。“终朝”就是一整天的意思，它不仅仅是一整个早晨。

下半句的“日”跟“朝”对应，也是一整天的意思。“骤雨”则是暴雨，指非常大但持续时间很短的雨。你有没有注意到，即使是瓢泼大雨，也只能持续一阵子，很少能下一整天。而且它一般发生在夏天，很快雨过天晴之后，天空中就会出现一道彩虹。春雨和秋雨相对比较“温柔”，所以

人们形容春雨，用的多是“润物细无声”之类，秋天则是“阴雨绵绵”，指的是天气阴冷，雨又下个不停。秋雨的时间很长，有些地方甚至能连续下上两个多月。暴雨虽然也有持续很久的时候，但只是特例，极少发生。

老子很善于在寻常现象中发现道的规律，也很善于借我们能理解的自然现象，告诉我们一些看似浅显、其实非常深刻的道理。

说它们浅显，是因为它们司空见惯；说它们深刻，是因为人们常常视而不见，但它们在展示道的规律。什么规律呢？来势凶猛的东西大多不能长久，不管是修身养性，还是做事。人与人之间的关系也是这样，一下子就特别热乎的关系，冷淡疏远得也很快，慢慢了解、渐渐走近的关系，虽然不那么热乎，但是能长久。可见，人心也遵循与自然同样的规律。

那么，是谁让狂风和暴雨不能长久呢？老子说是天地，因为下雨的也是天地。紧接着，他又反问了一句：“天地尚不能久，而况于人乎？”意思是，连天地都不能让暴风骤雨持续一整天，何况我们人啊？

大家注意了，老子又拿天地说事了。这是因为在古人看来，天地是最厉害的角色。你们想想，老天都做不到的事情，人能做到吗？所以，这个道理太重要了。它提醒我们，不要过于吃力地做某一件事，也不要不顾自己的健康，超出自己的能力承受范围去做一些事，一切都要量力而行，细水长流。

目前，我出的书，各种版本加起来，差不多上两百本了。很多人觉得不可思议，想知道雪漠老师是怎么做到的。

你是不是也很好奇？我告诉大家，我可不是心血来潮，突然爆发，勤奋一阵子，写出一些书来，然后停下休息一阵，再继续写。我是日复一日、年复一年地重复同一种生活。什么生活呢？如果不外出，我早上不到五点就会起床，如果起得早，就看书或写作，接近五点就备一下课，然后早直播，分享好书和传统文化，一般是半个小时，然后继续写作。如果差不多五点起，就洗漱后直接早直播，结束后写作。七点半或八点吃早饭，早饭后锻炼一个小时左右，再继续写作。十二点吃午饭，午饭后锻炼一个小时，然后工作，有可能是写作，也可能是一些事务，包括开会、出库等。晚上我一般不吃晚饭，如果吃晚饭，就得再锻炼一个小时，然后读书。这就是我每天的生活，除非有特殊的事情，比如有什么外出的活动。但即使外出，早上起床后的那几个小时，我也是必须写作的，三餐之后也是必须运动的。这些习惯从不间断。我不会刻意地、勇猛精进地做事，而是将很多东西融入日常生活，变成我的生活方式。

如果你还是觉得好奇，那我们可以做一道算术题：如果我每天只花两个小时写作，写上两千字，一年下来有多少字？七十三万字，相当于写了两本《空空之外》。那么，这样写上十年，有多少本书？二十本。四十年呢？八十本。一个人一辈子如果能写上八十本书，已经很了不起了，何况我每天不只写两千字，一般会写八千到一万字。这样写上一年，你们想想是什么概念？写上十年、四十年，又是什么概念？所以，一个人要想成功，根本不用多么勇猛精进，只要把它变成生活方式，每天都做，就够了。

这就是我成功的秘密。

很多人为什么不成功？因为他们三天打鱼，两天晒网，或是三天打鱼，十天晒网。如果他们像我这样，把每天的时间细化，既有打鱼的时候，也有晒网的时候，不要专门停下来晒网，然后每天坚持，形成习惯，他们的人生就会不一样。小的时候，妈妈就教育我说："不怕慢，就怕站。"意思是，走得慢一点不要紧，不要停下就行。为什么呢？因为一旦停下，就不想走了呀。

那个非常有名的"龟兔赛跑"的故事，你们还记得吗？小兔子跑得那么快，小乌龟爬得那么慢，为什么小兔子输了呢？因为小兔子老是停下来。小乌龟虽然跑得慢，但它锲而不舍，一直在爬。你要知道，很多事情，到最后拼的不是智力，也不是技巧，而是毅力，更是习惯和生活方式。"毅力"容易让人觉得很辛苦，有点咬牙切齿强撑着的感觉，而习惯和生活方式，就很轻松，因为你在不知不觉间，就能完成要做的事，丝毫不觉得辛苦和勉强。所以，我们可以训练自己的毅力、意志力，让自己变成坚强的人，但更应该养成良好的生活习惯，像小乌龟那样，每天爬，每天爬，天长日久，就能爬到我们的目的地。

孩子们，这些都是我半辈子的经验呀，希望大家能记住，在生活中用上。

3. 道和德的吸引力法则

故从事于道者，同于道；德者，同于德；失者，同于失。同于道者，道亦乐得之；同于德者，德亦乐得之；同于失者，失亦乐得之；信不足焉，有不信焉。

因为老子，“道德”正式出现在中华文化中，作为中华文化非常重要的组成部分，两千余年来，受到人们一贯的重视。而且不只是中国人重视，西方人也很重视。

那么，“道德”是什么意思？在现在常见的解释中，“道德”指的是社会公认的做人准则，对人的行为具有约束和评判的作用。所以，如果我们从来没有读过《道德经》，也许会以为这是一本讲道德规范的书。但因为学了《道德经》，大家都知道，老子所说的“道德”不是规范，而是内在的“道”和合道后呈现的“德”。就是说，现代人往往忽略了道，将合道后的德行，当成了一种外在的标准。这不完全不对，但降低了道德本有的境界。

你是不是觉得很好奇，为什么“道德”的定义没有直接传承下来，会发生变化呢？大家别急，我慢慢就会讲到。现在，我先解释一下“经典”的定义。

什么是“经典”呢？在我们的传统文化中，“经”有恒常的意思，有恒久价值、能恒久流传的文字作品，就是经典。它有点像水晶三棱镜，阳光照在镜面上的时候，会折射出七种颜色，非常漂亮，而且阳光的强弱和角度不同，折射的效果就会不一样。经典也是这样。时代不同，解读的人不同，经典所呈现的意思和境界就不一样，对人们的作用也就不一样了。

你照过哈哈镜吗？当你站在哈哈镜前，你还是你，但镜子里的你，却总是不一样：一会儿是笑脸娃娃，一会儿又是哭相；一会儿是个小胖子，一会儿又瘦成了一根麻秆。两千余年来，人们对《道德经》的理解也是这样：对于统治者，它是帝王之学；对于修道者，它是修道秘籍；对于军事家，它是军事指南；而对于家长，它可以被用来治家。你有什么需要，它都能为你做出相应的解答。所有经典都是这样。所以，经典的本义固然重要，但更重要的是，对它的解释能不能解决你的问题。

因此，“道德”总是根据需要和读者的境界而变化，人们现在对它的解释，已经比原本的含义狭隘太多了。最早的时候，“道”和“德”的关系非常紧密。如果说“道”是大海，“德”就是那一朵朵腾起来的浪花。它们相辅相成，永不分离。得道者必然是有德的人，并且会用行为把德表现出来。反过来说，如果一个所谓的得道者没有德行，他也就没有真正得道。

那如何才能得道呢？老子说，“从事于道者，得于道”，也就是向往道，在日常生活中修道，最后才能与道合一，与道合一就是得道。这是从方向的角度解释如何得道。此外，老子还说过，“失者，同于失”“同于失者，失亦乐得之”，这是从方法的角度解释如何得道。

你要明白，所有事物都有两面性，既有积极的一面，也有消极的一面。对这里的“失”，也有两种理解。一般人认为“失”是失德，失德的人，必然会有许多过失，也会吸引很多负面的东西。修道者却认为，“失”是修行的最高境界——老子不是说过吗，“为道日损，损之又损，以至于无为”，无为就是“失”。意思是，修道就要减掉对名利、物欲、概念的执着，连道、德的概念和形式都不在乎、不执着时，就进入“失”的境界。

你如果不太理解这些内容，可以想象一下自己很喜欢的东西。比如，你很喜欢一个游戏机，很想让爸爸妈妈买回来，如果爸爸妈妈不肯，你会非常生气，那么，对它的牵挂就是你的执着，想要得到它的念头就是你的物欲。如果你开始向往不牵挂它的境界，然后慢慢地放下它，不再想拥有它，也不再为了不能拥有它而难过，你就破除了对它的执着，消解了对它的物欲。其他所有的东西，只要是你在乎的，都是这个“游戏机”，包括各种概念，切断对它们的在乎，让它们不能再控制你，让你的心不再有任何牵挂，就叫破除一切执着，进入“失”的境界。这时，你便得道了，你会活得安静从容，自在自得，很多人都会愿意帮你，很喜欢跟你在一起，尤其是你的同道中人。这也是对“同于道者，道亦乐得之”的解释之一，我称之为“道和德的吸引力法则”。

得道之后，你还会拥有一个很神奇的能力，就是不管什么样的人，你都能和他友好相处，没有隔阂，哪怕是既没有得道也没有德行的人，你也不会感到不舒服和排斥。你很像大自然，大自然容纳一切植物和动物，不管什么人走进大自然，它都会自得自在，该开花时开花，该结果时结果，不会因为来了一个不怎么好的人，就跟他闹别扭，不开花给他看，你也是这样，你的心情不会被外物影响。你想想看，那时你该多开心、多自在啊！

所以，那些不会说话的树木花草，其实能教给我们很多东西，我们有很多地方要向它们学习呢！

第二十四章

远离作秀，归于大道

原文　　跂者不立，跨者不行。自见者不明；自是者不彰；自伐者无功；自矜者不长。其在道也，曰余食赘形，物或恶之，故有道者不处。

大家是不是觉得很奇怪，怎么这里又出现了“自见者”“自是者”“自伐者”和“自矜者”？在第二十二章中，我们不是已经见过“他们”了吗？难道，老子忘了说过的话，又重复了一遍吗？别急，我过一会儿就会解释。现在先来看“跂者”和“跨者”。

在生活中，我们常说要做一个真实的人。那么，怎样才是真实的人呢？自然就是真实，不作秀就是真实。但事实上，很多人都会时不时显出一种不自然，当他们不自然时，我们就说他们作秀、造作。

孩子们当然很少作秀，但长大后，有了某种向往或概念，就有可能会作秀。为什么呢？因为想要达成某种目标，又不能沉下心去做，结果变成在表面上下功夫，自觉或不自觉地模仿自己向往的对象，比如对方的姿态、神情、语气等等。这样不好，孩子们不要学。

但作秀也分两种情况，一种是知道自己在作秀，但还是要作秀，目的是迷惑别人，让别人认为他真是自己表现出来的样子。另一种是不知道自己在作秀，不知不觉中作了秀，因为他不敢诚实面对自己的不完美，就假装完美，把自己给骗了。但不管是迷惑别人，还是迷惑自己，都是一种不真实、不自然的状态。这一章的主要内容，就是分析这种状态，同时也反对这种状态，提醒大家不要陷入这种状态，因为一旦陷入，就不可能得道了。

我们先来看看这一章的意思：

踮起脚，想要站得更高，反而站不住；迈开大步，想要走得更快，反而不能远行。有自我成见，就没有智慧；如果自以为是，反而得不到彰显；自我夸耀，就没有功勋；自我吹捧，就不能长久。从道的角度看，以上这些急躁炫耀的行为，可以说像剩饭赘瘤，令人厌恶，有道的人不会这样做。

那么，有道的人会怎么做呢？

我写过一部长篇小说，叫《无死的金刚心》。书中有个修行人叫卢伊巴。他原本是个王子，却想修道。他的父王怕他逃走，就用黄金锁链把他锁了起来。但卢伊巴还是挣脱了锁链，并把黄金锁链送给了仆人，自己逃出皇宫出家了。尽管他出家了，但因为他出身高贵，又气宇轩昂，人们都特别敬重他，所以他觉得自己修得很好，有了很重的傲慢心，整天摆出一副修行者的架子。有一天，他遇到了一个空行母。空行母告诉他，你难道没发现自己很傲慢吗？这是分别心，而一个人的分别心如果不除，修行就成了作秀，是不可能成道的。换作一般人，被人直接指出毛病，也许会很不高兴，但卢伊巴不是。他一听，就知道空行母说的是对的，同时明白了自己的问题。于是，他为了消除分别心，就专门捡鱼肠吃，被人称为吃鱼肠的人。许多年后，他终于完全破除了分别心，于是就成道了。

有道的人就是这样，也许他也会无意中作秀，可他一旦发现自己的毛病，或被他人指出毛病，就会立即改正，哪怕在别人眼里是自讨苦吃，他也会拿自己“开刀”，因为他想追求人格的圆满。

1. 踏得实一点，站得稳一点

跂者不立，跨者不行。

孩子们，我们先来做个小游戏好不好？大家站起来，踮起脚尖，抬起脚跟，有点像芭蕾舞中的那个姿势，看看大家能站多久？是不是最多几秒就站不稳了？除了专门练习过芭蕾舞的孩子，所有人都是这样，支撑不了太久就会失去平衡。

为什么要做这个游戏呢？因为你们刚才踮着脚站立的那个动作，在老子那个时代，有一个专用的字来形容，就是今天我们要讲的“跂者不立”的“跂”。这句话的字面意思是，踮起脚来，想要让自己显得更高一点，反而会站立不住。为什么呢？因为踮脚站立不是自然的站姿，没办法持久。

“跨者不行”，刚学会走路的小孩子，一开始走都走不稳，要靠大人时时帮扶着，如果这时他却想跑，必然是还没迈出两步，就会摔倒。这是一种“跨者不行”。还有一种是，即便会走路，如果总想着迈大步，一步跨老远，他能走得远吗？肯定不能。步子太大，容易腿抽筋，甚至扯伤韧带。这也是“跨者不行”。这里的“不行”，指的是行不远，走不久，不能成为常态。与前面的“飘风不终朝，骤雨不终日”是一个道理。

通过学习，我们不难发现，老子不仅是个智慧的老人，还是个老顽童呢。他举的例子，总是让我们会心一笑，那么小的动作、那么寻常的细节，他都能从中挖掘出真理，让我们毫无困难就能理解。如果我们也能做到这一点，生活中不是到处都是老师吗？你说对不对？

你也许会问，既然脚踏实地才能站稳，才能走远路，为什么人们还要踮起脚尖、迈开大步呢？

你可以设想一下，一个矮个子和一个高个子一起照相，矮个子会不会悄悄地把脚踮起来一些呢？有可能。因为这样，他就会显得高一些。这虽然只是一个微不足道的小动作，但它体现了一种常见的心态。这种心态至少包含两层意思：第一，这个人有点好面子，喜欢和别人攀比，不想落于人后；第二，这个人急功近利，有点拔苗助长的味道。不管是哪种意思，都没有意义，因为踮起脚并不会真的使他变高，反而会让他不舒服。所以，与其矫饰自己，不如不要在意这种小事，自自然然地活。

你也可以观察一下，小树会不会羡慕大树更高，于是想方设法把自己的根从土里拔出来一截，好让自己显得更高一些？绝对不会。小树只会把根扎得更深更稳，这样它才能长得更高。你再看看那些花儿，它们往往盛开在不同的时节，春天有春天的花，夏天有夏天的花，甚至冬天也有花，如果

秋天的桂花一着急，想要跨个大步赶在春天开，会怎么样？会死掉，因为它违反常态了。所以，不管高还是低，不管快还是慢，只要符合自然之道，符合事物本身的节奏和规律，就是好的，不需要假装，也不需要勉强。

孩子们现在既然明白了“跂者不立，跨者不行”，就不要做“跂者”，也不要做“跨者”。矮一点不要紧，因为我们会长大；慢一点不要紧，因为我们不停步；笨一点也不要紧，因为我们勤能补拙。我们永远不急功近利，不管目的地有多远，我们都要踏踏实实、稳稳当当、不骄不躁地走。

对于团体乃至国家，“跂者不立”“跨者不行”的道理，也同样适用，同样重要。如果做不到脚踏实地，一个劲地追求泡沫式的、跨大步式的增长，就很难立起来。在中国古代，有不少统治者都是“跂者”和“跨者”，比如隋炀帝，客观地说，他本人是非常有才能，也很有想法的，可就是步子迈得太大了。自从他当了皇帝，就不顾战乱刚刚停息，王朝新建立，不给民众一丝的喘息机会，多次踮脚跟、跨大步，大兴土木搞建设，开凿大运河，四处巡游，等等。即便大运河是利民工程，也因为赶工太急太快，反而伤了民力。更糟糕的是，他还多次向高丽发兵，一次打不过，又打第二次，第二次也打不过，就打第三次，每一次战争都损耗了大量的国力，死伤了大批的老百姓。这就是“跨者不行”。隋炀帝有这个毛病，却不能认识和改正，所以隋朝的发展虽然很快，但翻车也很快。中国历史上那些著名的盛世，比如文景之治、贞观之治、康乾盛世等，都是慢慢地、踏踏实实地发展，通过两三代人的不懈努力而达成的，是循序渐进的，不追求一步登天、一蹴而就。

这就是前人留给我们的启示。孩子们在学习中也要记住这一点。

2. 照见真实的自己

自见者不明；自是者不彰；自伐者无功；自矜者不长。

大家看见这几句话，是不是感觉很熟悉呢？没错，这几句话与第二十二章很像，只不过老子反过来说，告诉我们如果反其道而行之，会怎么样。能让老子翻来覆去地说，可见这些内容很重要。为什么很重要？因为人很容易犯这些毛病，而这些毛病的影响又很深远。

我当年学习《道德经》，读到这几句话时，就立刻明白这是圣人为我竖起的四面镜子。当我有这种认识的时候，就会时不时在它们面前照一照，看看真实的自己是什么样子。

有些孩子可能会觉得奇怪：为什么我总是强调真实的自己啊？难道还有不真实的自己吗？有的。每个人都有自己不知道的一面，这一面就是真实的自己；自己觉得自己怎么样，结果发现自己不是那样，那个就是不真实的自己。比如，有些孩子没吃过雪糕，不知道雪糕很好吃，突然有一天吃到雪糕，顿时心花怒放，但刚吃了一半，小朋友就跟他开玩笑，把他的雪糕给拍到地上去了，结果他一下就被激怒了，跟小朋友打起来。这也是真实的他自己，但他过去不知道。很多东西都跟雪糕一样，我们会牵挂它、在乎它，因为

它产生各种情绪，失去或得不到还会烦恼，但我们可能不知道。知道这个原本不知道的自己，就是看到真实的自己。

所以，总想看到真实的自己，不是孤芳自赏，而是为了更好地了解自己、认识自己，从而战胜自己。

老子提供的“镜子”，我一照就是很多年。那些年里，当我看到自己的“丑”时，心中也会难受，也会反问自己：我怎么会是这样?！但是我跟很多人不一样，我总是直面丑陋的自己，也总能咬着牙“讨伐”自己的缺点，这才有了我后来的升华。所以，大家也别害怕，也要勇敢地站在这几面镜子前，好好看一看自己，然后战胜自己。战胜自己就是升华。

那么，我们该看些什么呢?

首先，看看自己是不是有“自见”。自见就是自我成见，在这里，它有两种解释：第一种是执着于自己的观点；第二种是卖弄自己的观点，老是想发表自己的观点，随时想要像孔雀开屏那样展示自己。

大家要明白，我们每个人看上去差不多，都是两条胳膊两条腿，两只眼睛一张嘴，看到的、听到的、感受到的，好像也是同一个世界。但事实并不是这样，即便是最简单的对颜色的感知，每个人也不一样，不然就不会有色弱和色盲了。听到同一个声音，每个人的感受也不一样，更别说每个人从小到大形成的好恶观、价值观了。所以，每个人都有自己的世界，也只能感知自己的世界。这个世界是主观的，由每个人对相关事物的感受、理解和表述共同构成。别人感知不到你的世界，你也感知不到别人的世界。所以，每个人都有自我成见，除非他是智者，完全打碎了自己，能站在人类的高度看问题，这时他就有了无数个角度，能站在无数个角度进行评判。

举个最简单的例子，我虽然写了上百本书，但如果你们只看了其中一本，你们对我的认识，就会局限于对那本书的想法。当有人问起雪漠是谁的时候，你们的回答可能就会不一样。比如，一个孩子读了我的《野狐岭》，可能会觉得我是个“神人”，因为“我”能召请到百年前的幽魂；一个孩子读了我的诗集《拜月的狐儿》，可能会觉得我是个诗人，比他妈妈还情感丰富；另一个孩子读了我的《一个人的西部》，可能会觉得我很了不起，居然饿肚子也要买书……那么，你们对我的这些认知对吗？对，但肯定不全面。因为我写了那么多书，但你们对我的认知，只是“那一本”或“那几本”留给你们的印象。哪怕你们读过我所有的书，你们脑海中的印象仍然不是完整的我，因为我还有好多书没写。但你们可能会觉得，我就是你们脑海中的那个人。这就是自我意识，自我成见，在这个前提下看问题，自然会“不明”。

当然，老子在这里说的“明”，指的主要是智慧或者智者。没有成见者便有智慧，没有成见者便是智者。

你也可以把成见看成有色眼镜，一旦你戴上了有色眼镜，你眼中的世界就变了，变成了一个打着你的烙印的世界，这个世界充满了你的价值观、世界观和经验。比如，你觉得成绩很重要，每个学期都要争做年级前十名，班里倒数几名的孩子，你可能就看不上，甚至记不住人家的名字和长相，因为你觉得他们很糟糕。但人家的文章可能写得很好，人家可能只是觉得成绩不重要，不喜欢花时间背书，只愿意花时间读书写作。所以，自见的人，看问题很难全面。

除了审视自己，看自己有没有“自见”，你还要看看自己会不会“自是”。“是”指正确，“自是”就是自以为正确。“自是”的人往往认为自己才正确，别人都不正确，于是就得不到人们的认同，很容易遭到别人的挤对，更不可能有正面的影响力。

自以为是的人比有成见的人更偏激，他总会用他的偏见来衡量世界，很容易引起一些纷争。

人类的历史中，充满了这样的纷争，无数人总是斗来斗去，你说你有理，我说我有理，谁也不让谁。斗争的结果，便是两败俱伤。不仅政治上是这样，有时候在文化上也是这样，争来争去的结果就是误人慧命，白白浪费了大好时光。

思想界和宗教哲学界，之所以出现了那么多门派，而且彼此之间纷争不断，就是因为大家都觉得自己才对，别人都是错的，然后彼此否定，甚至恨不得将对方乱棍打死。这已经成了文化领域的一种灾难。所以，任何文化都不能自以为是，人类需要百家争鸣、百花齐放。

再举个例子：一家人在一起吃饭时，餐桌上一般会有好几个菜，不仅有素的，也有荤的，不仅有鱼虾，可能还会有别的肉。为什么要上这么多菜呢？做一种不是更省时省力吗？但你们想一想，你们喜欢吃白菜，可妹妹喜欢吃萝卜；你们喜欢吃素，可爸爸喜欢吃肉；你们吃了海鲜会过敏，可妈妈最喜欢吃的就是海鲜。所以，为了照顾不同需要、不同口味，也为了营养均衡，妈妈才会——也必须——很辛苦地做上许多菜。如果你总是自以为是，觉得白菜这么好，大家都应该喜欢吃白菜，甚至不允许有其他的菜，别人会开心吗？所以，我们不能自以为是。

现在，大家对什么是“自是”，“自是”有什么不好，是不是已经非常了解了？如果还没了解，可以反复看几遍上面的内容。如果了解了，我们就来看为什么“自是者不彰”。

这里的“彰”是什么意思呢？是彰显、发扬光大的意思。有个成语叫“相得益彰”，它的意思就是两者要互相促进、互相帮助，也就是大人们常说的双赢甚至多赢。一个人只有不自以为是，才能接纳别人，包容别人，与他人合作，因为他能看到别人比自己强的地方，认可别人。如果凡事只从自己的角度出发，总是觉得只有自己才对，否定了别人的立场和观点，不认可也不理解别人，别人是不可能愿意跟他合作的，这样他就很难把事情做大。就像刚才那个吃饭的故事，如果你只考虑自己，只允许妈妈做自己喜欢的菜，还会有人愿意和你一起吃饭吗？就算你的爸爸因为爱你，可以容忍你，他也会偷偷吃自己喜欢吃的。你的弟弟妹妹还会跟你打架，因为他们想让妈妈做他们爱吃的。

你要明白，世界上的是与非、对与错都是相对的，这个人说的好人，可能就是那个人骂的坏人，因为他可能对这个人好，但是对那个人坏；这个国家颂扬的战斗英雄，可能就是另一个国家的战争罪犯，因为他带兵跟那个国家打仗，把那个国家打得一塌糊涂。有时候，同一件事情，随着时过境迁，评价也会发生变化，好的会变成不好的，不好的会变成好的。比如，项羽认为秦始皇是个暴君，攻入咸阳后他火烧阿房宫，很多老百姓都会叫好，但上千年后，阿房宫成了历史古迹，火烧阿房宫就成了罪行，因为它破坏了历史印记，也损毁了老百姓的劳动成果。所以，我们不能自以为是，要客观地看待这个世界。

接下来再看看我们有没有“自伐”。“伐”的意思，我们前面已经学过了，除了自我炫耀之外，做了好事，自己说出来，也叫自伐。《菜根谭》中也说，做坏事最忌讳隐瞒，做好事最忌讳宣扬。因为，一旦把坏事隐瞒起来，罪恶就会变大；一旦把好事宣扬出去，功德就变小了。就是说，悄悄地做好事，不求好名声，功德是最大的。

有孩子可能会问，功德是什么呢？每件事都会对世界产生影响，区别在于好坏。对世界有好的影响，叫造福世界，造福世界的人，自己也会得到回报。这个回报就是功德或福德。别人知道，他得到的就是名声、物质之类的回报；别人要是不知道，他得到的就是德行、智慧和愉悦。但这个人不能牵挂自己做过的事，如果他觉得自己应该得到回报，他就得不到回报。这也是一种“自伐者无功”。

你知道什么叫“没有自己”吗？我们脑子里有很多念头，其中有很多念头可能是关于自己的，比如自己想吃什么呀，自己想做什么呀，自己喜欢什么呀，自己做过什么呀，自己想怎么样呀，这些都是有自己。如果脑子里没有杂念，就算有念头，也不是围绕自己，甚至完全忘掉自己，不想自己，就是没有自己。老祖宗说的“清净心”，就是一颗没有自己但有大爱，却又不会牵挂的心。

纵观历史，有很多非常杰出的人物，都是因为不懂这种智慧，而招来了祸患。所以，在乱世中生存，更需要明白“自伐者无功”。否则哪怕立了大功，到头来也没什么好下场。

大家注意，“自矜者不长”也是这个意思，但自矜与自伐还是有区别的——它们的程度深浅不同。自矜的人，多是自视甚高，觉得自己了不起，但自伐的人，不仅心里这样认为，还要毫无保留地表现出来，这就会令别人不舒服，最终被别人“讨伐”。自矜的人虽然不会在行为上触怒别人，但往往会因为内心的傲慢，下意识地拒绝向别人学习，失去成长的机会。学如逆水行舟，不进则退，自然很难长久。

我年轻的时候，曾读到一句诗：“从别人那里，我们认识了自己。”我们现在从老子这里也认识了自己，看到了自己的不足和问题，那么，接下来要怎么做呢？

老子说：“其在道也，曰余食赘形，物或恶之，故有道者不处。”这里的“其”是个代词，指前面的踮起脚尖、大步跨越、固执己见、自以为是、自吹自擂和自高自大。“余食”就是剩饭，“赘形”是肿瘤、囊肿等，它们都是多余的东西，也对健康无益。老子用它们比喻六种作秀，就是为了强调它们的多余和不可取。“物或恶之”，人们把除“我”之外的一切事物，统称为“物”。这句话的意思是，如果你是以上所说的任何一种人，或者你有其中的任何一种毛病，你都会被你所在的环境和世界所厌恶。所以，有智慧的人不会这样做。

老子说的话，真是一针见血，把许多人一生可能都发现不了的毛病，一下子就指了出来。这样珍贵的良言，千金难买。你只要听进去了，并且照着做，一步一步地打磨自己，一定会成为有智慧的人。

3. 做最好的自己

这一章中的智慧，在一个人的成长历程中非常重要。万丈高楼平地起。这相当于人一生的基础，为了帮助大家更好地理解，我专门作了一首偈子：

不生速进念，常存不满心。不好高骛远，筑基成一景。
虚静若纯然，恒安无事生。默默对大闹，无惧亦无惊。
心镜无尘滓，静水无波纹。深潭映明月，清净光华生。
心空坦荡荡，无事若无心。养心当无为，虚明遂通神。

“不生速进念”，不要老是想着如何突飞猛进，也不要老是希望能尽快实现某个目标。

“常存不满心”，要经常对自己感到不满意，自我观察、自我反省，希望自己能做得更好。

“不好高骛远，筑基成一景。”虽然希望自己能做得更好，但仰望星空的同时也要脚踏实地，老老实实地打好基础，循序渐进地修道。“筑基”就是打好基础。什么基础？做人的基础，修道的基础，也就是心、德行和习惯。心不是心脏，而是智慧本体，德行是你找到智慧本体之后的行为，习惯是你在智慧观照下的生活方式。

“虚静若纯然”，人安住于虚静状态时，会显得笨笨的、憨憨的，因为没有机心，不去算计，也不精明。这时，外界看不出你的智慧，但你有智慧。“纯然”就是老子所说的难得糊涂、大智若愚。很多真正的智者是看不出来的，能看出聪明的人，都是半瓶子水。

“恒安无事生”，心中不要放任何事情，不要急功近利地追逐一些东西，只管在安详和虚静中完成一个过程。

“默默对大闹，无惧亦无惊。”默默地看着这个如闹市般喧嚣的世界，既不要害怕，也不要吃惊，也就是“宠辱不惊，看庭前花开花落”。

“心镜无尘滓，静水无波纹。”心里没有任何乌七八糟的东西，就像明镜，也像没有受到干扰的水面，无波无纹。

“深潭映明月”，心灵深邃而纯净，就像深潭的水面映照着明月。

“清净光华生”，因为心清净，所以能生出光明。

“心空坦荡荡，无事若无心。”心中无事，坦坦荡荡，就没什么能扰乱心。

“养心当无为”，常怀无为之心，便是最好的养心。

“虚明遂通神”，安住在虚静光明之中，便可以通神——不是跟某个神灵建立联系，而是让智慧生起妙用。智慧生起妙用之后，你就会慢慢进入一种做而无做的状态——既精进做事，又心无挂碍，任何事都干扰不了你的心，也扰乱不了你做的事。

这句话大家理解起来，也许有一些难度。我们举个例子。很多孩子都有自己的爱好，是非常喜爱、非常投入的那种，比如绘画、下棋、武术、编程等等。当他们投入其中的时候，他们的世界中就只有那件事，别的小朋友喊他们出去玩，他们也不会动心；外面很吵闹，他们也不会分心。他们甚至会忘了吃饭睡觉，完全沉浸其中，去钻研它、体会它，感受到莫大的快乐和满足，但做完之后，他们又会忘掉它，继续专心享受地做下一件事。这就是一种做而无做的状态。所以，投入自己喜爱的事情，享受那份宁静和快乐，是你调心的一个好方法。

我的事情很多，大事小事都有，谁都来找我，但我的智慧本体一直不动摇，所以，不管什么事情来到眼前，我都能平静地处理，一心多用。当你能安住在那种境界之中，可以一心多用时，同时处理很多世间事务，就成了一种特殊的训练。久而久之，你就不会把闲事放在心上了，即使总有闲事来找你，你也可以随时处理，但处理的同时，你仍然会安住在自己的智慧本体之中。

在这一章里，老子还重点讲了得道后的境界呈现，从另一个角度告诉大家，有道者是怎么为人处世的。我们简单总结一下。

第一，不装模作样、故作高深，因为“跂者不立”，做人做事都脚踏实地。

第二，不急功近利，凡事循序渐进，因为“跨者不行”。

第三，没有自己的成见，因为“自见者不明”。

第四，不自以为是，虚心听取别人的意见，因为“自是者不彰”。

第五，不自吹自擂、夸夸其谈，因为“自伐者无功”。

第六，不自高自大、沾沾自喜，因为“自矜者不长”。

还有一点，老子没有明说，就是作秀容易引来嫉妒。这个世界上，很少有人会真心认为别人很好，真心地欣赏、赞叹别人，一般都是嫉妒、反感比自己强的人，尤其在一个彼此差不多的环境里。所以，如果你比同一个群体里的其他人都强，就可能会成为众矢之的。这不仅仅是人的特点，也是所有其他动物的特点。一个鸡群里如果进去一只孔雀，所有鸡都会围上去啄那只孔雀，把它身上的毛啄掉。这是一种非常微妙的动物性。

智者明白人有这个特点，所以他一般不跟环境对抗。在智者眼中，所有变化都只是变化，不是大道，对修炼智慧来说也没有意义。所以，智者不去管身外之物，一般也不会主动表达自己的意见，你问了他才说，非常低调。

大家不太懂这些，也不懂得观察人性，可能还会觉得这些很可怕，可即便在校园中，这种幽暗人性也有它的土壤。很多学校都有霸凌的现象，那些孩子为什么被霸凌？原因很多，但最底层的人性基础，就是招人嫉妒。所以，孩子们虽然还小，但也要了解一些基本的人性。一是避免六种作秀，不让自己成为众矢之的，静静地学习和成长；二是学习自然之道，博大自己的心胸，避免嫉妒心理，学会理解和欣赏他人。

总而言之，就是要向智者看齐，不多言，不多事，只做最好的自己。

第二十五章

超越变化的存在

原文　有物混成，先天地生。寂兮寥兮，独立而不改，周行而不殆，可以为天地母。吾不知其名，字之曰道，强为之名曰大。大曰逝，逝曰远，远曰反。故道大，天大，地大，人亦大。域中有四大，而人居其一焉。人法地，地法天，天法道，道法自然。

前面几章，老子讲了道在生活中的妙用，这一章，又讲了道体有哪些特点。

那么，什么是道体呢？道体就是道的本体，在第一辑中，我们把“道”比喻为神奇的魔法师，还把“道”比喻为万物的母亲，所以，道体的特点之一，就是能孕育万物，拥有像魔法师一样神奇的能力。到了这一章，老子又讲了道的另外几个特点，我们来看老子的大概意思。

有一种存在是混沌的，它比天地出现得更早。它无声无息，无形无相，不需要任何依存条件，一切变化都不能让它改变，而且它周而复始地运作，永远不会倦息，更不会停止，天地间的万物，都是在这个过程中诞生的。我不知道它叫什么名字，只能勉强给它一个名字，叫大道。它的大无边无际，就像流逝的河水，一直流逝到看不到尽头的远方，但又会随时回到源头。所以，道很大，由道而生，包含了道的天地人也很大。法界有四大元素，人就是其一。人遵循大地的法则，地遵循宇宙的法则，宇宙遵循道的法则，道遵循无执无为的自然法则。

这些描述很抽象，你可能很难明白它们是什么意思，大人们也很难明白，因为道体本来就说不清。我有一本书叫《真心》，书里写到真心的时候，也只能像老子这样，用一些大家能看懂字面意思的表述，引导大家去感知它背后的世界，有点像数据线。老子的《道德经》，也是这样的数据线，能联通老子的心。所以，大家明白《道德经》的含义之后，如果能放下一切去背诵，也可能进入老子心中那个无为的世界。也就是说，《真心》和《道德经》这样的书，都是最好能边训练边读的，或者说，专注地读书，专注地感受书背后的世界，本身也是一种训练。你可以试试看。

大家的专注状态可能刚开始会很短，但没关系，慢慢地训练，就会越来越长。哪怕是本身很外向好动的孩子，也会慢慢能坐住。心定下来之后，就会进入老子所表述的这种境界，慢慢地明白什么是道体。我接下来也会给大家一点帮助，让大家更容易理解。

1. 万物之母

有物混成，先天地生。寂兮寥兮，独立而不改，周行而不殆，可以为天地母。

孩子们，当今时代，人类似乎已经“无所不知”了，宏观到宇宙星系，微观到基本粒子，人们探索了很多领域，获得了很多知识。然而，从远古蛮荒时代到现今科技时代，有三个问题，人类依然无法回答。

听到“无法回答”，大家是不是立即来了精神，想知道究竟是什么样的问题，连科学家叔叔也回答不了呢？其实，这三个问题非常普通，普通到我们可能在生活中会被无数次问到。比如，你要进入一个管理严格的小区，就会被小区门口的保安叔叔拦住，他会抛给你三个问题：你是谁？你从哪里来？你要去哪里？但这也是困扰人类的三个终极问题。面对小区的保安叔叔，爸爸妈妈很容易就能说出答案；可面对茫茫宇宙，面对无垠时空，面对生命奥秘，面对灵魂追问，爸爸妈妈往往就会沉默。为什么？因为他们知道名字不是他们，经历不是他们，外表和想法也不是他们。每个人都是这样。他们同样不知道，当死亡来临、身体消失的时候，他们会到哪里去，更不知道那个可以“到哪里去”的他们，又是从哪里来的。

孩子们，你们很小的时候是不是也问过爸爸妈妈，自己是从哪里来的？妈妈可能告诉过你，你是从妈妈肚子里来的。那进入妈妈肚子之前，你在哪里？问到这里的时候，你的妈妈是不是就回答不上来了？其实不但你妈妈回答不上来，无数科学家、哲学家哪怕挠破头皮，也回答不上来。但，人类可贵的精神之一，就是追问，不停地追问。可以猜想，两千多年前，老子也一定这样追问过。

孩子们，当你们也开始追问的时候，就会发现，世界上所有的事物，都互相关联，环环相扣，不可能是单独的存在，必须依托于很多条件才能产生。如果没有这些条件，或是缺少其中的一个条件，它们就不会存在。比如，我们看到一棵大树，但它不是一开始就是大树的，必须先有一粒种子，这粒种子必须被种进土里，必须有足够的水分和养料，还必须有阳光进行光合作用，它才能生根发芽，才能长大，其中任何一个环节出了问题，都不会有后来的这棵大树。再比如人，人是蛋白质、脂肪、微量元素等物质构成的，也是地水火风融合的能量构成的。没有这些元素和能量，或者它们不按特定的结构组合，就没有人。这个组合的过程，我们称之为“生”。一旦这些元素的排列结构发生变化，或者其中的一些元素消失，人就会消失。我们称之为“死”。世上万物，都是这样。

既然万物环环相扣，那什么才是源头呢？

这时，老子说话了，他说：“有物混成，先天地生。”这个神奇的存在不同于其他万物，它不需要因缘聚合，也就是不依赖任何条件，因为它是“混成”的，而且“先天地生”。“混成”是多种能量混合交融，浑然一体，分不清谁是谁；“先天地生”，天地出现之前，就已经存在了，天地只是它的载体，它才是名副其实的“天下第一”。说明这个神奇的存在是本有的、自生的，不是后有的，更不是人为的，因为它出现时还没有人类。没有人类，当然就没有称呼。老子发现它时，觉得这是伟大的存在，一定要告诉别人，希望天下人都能体验这种难言的境界，然而他想了很久，发现任何人类词汇在这位神秘的魔法师面前，都显得是如此苍白无力，怎么办呢？老子只好勉强给它取了个名字——“道”，又因为它很大，大到无边无际，老子就在“道”前面又加了个“大”字。

有一次，我遇到一位科学家。我们谈到了暗能量、暗物质，我请他用科学的视角，来解释一下它们，他说它们是功能性的存在。用这种说法来表述道，也是对的。就是说，道也是一种看不见的功能性存在，它既不是主观的，也不是物质性的。

为什么这么说呢？

因为功能性存在的特点，就是看不到，但客观存在，还有能量，能发挥某种作用，比如电波信号。道也是这样，它能生出万物，让万物不断变化，而且它不是“信则有，不信则无”，而是你信它也存在，你不信它也仍然存在，因为它是客观的，跟你信不信没有关系。

我这样解释，大家可以理解吗？如果还是觉得有点难懂，那我再举个例子——空气，大家看得见吗？看不见，但它无处不在，而且无时无刻不在发挥作用，你离不了它。当然，道跟空气不一样，因为空气是气体，道不是气体。

因为没有特定的形态，所以道也没有声音和边界，用老子的话说，就是“寂兮寥兮”。大家也可以理解为，它的存在方式超越了人类的感知范畴。因为无法感知，人们也就不知道自己从道中来，死后将回到道中去。打个不太准确的比方，演员一旦进入电影，变成影片中的人物，就成了数字信号，但电影人物知道自己是数字信号，存在于虚拟的数字世界吗？不知道。所以他们不知道自己从数字世界中来，也将到数字世界中去。

我写过一部很长的史诗，叫《娑萨朗》，里面有很多有趣的故事，有些人物老是斗来斗去，有些人物老是在苦苦寻觅，大家想一想，他们知道自己不过是我笔下的人物，自己的命运不过是我构思的剧情吗？不知道。当然，我不是说我们的世界之外还有一个“作者”，是他在编写我们的命运，而是说，身在这个世界之中的人们，是无法通过自己有限的感知，找到万物源头的，必须超越自己的感知，相信那个看不到、听不到、摸不到的“道体”，才能发现它作为万物的源头的存在。

这个存在，也就是我们说的魔法师，有三个特点。首先，“独立而不改”，就是说，它是本有的，不依赖任何条件而存在，因此不管世间万物怎么变化，它都是不变的；其次，“周行而不殆”，道遍布一切事物，一切事物都蕴藏着道，它循环往复，永不懈怠，更永不停止，就像永恒流淌的河流；再次，“可以为天下母”，它生出了万物，就像万物的母亲和本源，这与第一辑的“道生一，一生二，二生三，三生万物”是一个意思。

老祖宗还说过“无缘大慈，同体大悲”之类的话，“无缘”“同体”指的也是没有任何条件地遍布一切事物。为什么大爱能遍布一切事物，就像自己经历的一样？因为世上万物本就是一体的，都是一个“母亲”的孩子呀。

2. 世界到底有多大？

吾不知其名，字之曰道，强为之名曰大。大曰逝，逝曰远，远曰反。故道大，天大，地大，人亦大。域中有四大，而人居其一焉。人法地，地法天，天法道，道法自然。

孩子们，我们已经知道了道体的特征，那如果要用一个字进行概括，哪个字最合适呢？我们看看老子是怎么说的。

"吾不知其名，字之曰道，强为之名曰大。"意思是我不知道它的名字，勉强称它为道，再勉强起个名字叫大。我们现在说"名字"是连起来的，但古人的名和字是各自产生、各有讲究的。名是出生时有的，是一个人最重要的社会符号；字是成年时有的，作为名的补充和解释。老子将这个神奇的存在，名为"大"，字为"道"，连起来就是"大道"，这就是它的名字。是不是很有趣？

大家注意了，这里的"大"是一种说不清的境界，这种境界大到什么地步呢？"大曰逝"，大到无边无际，没有极限，川流不息。"逝曰远"，它能流淌到无穷远，远到看不见。"远曰反"，但它不管流淌到哪里，又总能回到本源。看到这里，有的孩子可能就会想，这是不是像放风筝呀？当然不是。因为风筝不论飞得多高多远，只要线不断，它总能被人拽回来，但道不需要人拽它，它也不需要用一根线远远地牵着，它是来处来、去处去，自自然然的。

大家可能会问，什么叫来处来、去处去？就是它是无处不在的，我们说它总是回到源头，并不是出去了再回来，而是每分每秒都在。我们站在这一点看，无穷远的地方也有它，但我们站立的这一点同样有它，我们自己身上也有它。它并不是离开我们，到哪里去，而是既跟我们在一起，又可以在任何一个地方，有点像空气。

老子还说，道大，天大，地大，人亦大。有些孩子可能也会疑惑，道大、天大、地大都好理解，可为什么说“人亦大”呢？大人们不是老说人类是渺小的吗？这难道不矛盾吗？我告诉你，人当然大啊，因为人包含了生发万物的道，怎么能不大呢？所以，包含了道的天地也大，道本身自然也大。

我们再具体来看这句话。

“道大”，是因为天地由道所生，“天”是天空的天，指宇宙，“地”是地球，我们生活的大地，宇宙和大地那么大，道都能生得出来，道该有多大啊？“天大”的意思是，道之大，充满了整个太阳系、整个银河系、整个宇宙，无时不在，无处不在，能包含这样的存在，天自然也很大。“地大”，我们生活的大地也很大。从外表上看，我们生活的大地是有限的，因为地球是有限的，但这个地，其实是超越地球的，泛指与天相对，又不同于人的存在，它包含了道，自然也大。“大曰逝”“逝曰远”“远曰反”我们刚才讲过，此外，“远曰反”还有一重含义：道在返回的时候，先是回归于天，也就是充满整个宇宙，故曰“天大”；然后回归于地，也就是充满我们生活的空间，故曰“地大”；最后回归于人，充满人的生命，故曰“人亦大”。总结起来，就是“道大，天大，地大，人亦大”，简化一下，就是“道、天、地、人”，这就是一个完整的自然系统。

在中国人，尤其是古人心中，天地是非常重要的，道又在天地之先，就更重要了，但老子在这一章中，却把人与道、天、地并列，足以说明老子对“人”的重视。这就是最早的人本主义。管理者和领导者做决定时，要把人放在第一位。

大家都知道，在我们中华文化中，有“人命关天”“天人合一”之类的成语，这是中华文化对人类的贡献之一。人本主义出现之前，中世纪的西方世界非常黑暗，他们不把人当人，随便残害，随便屠杀。最早期的基督教也很黑暗，后来，才慢慢出现了变化。虽然在人本主义刚出现的时候，社会不太了解它，也执行得很不到位，但人在文化中的地位确实提高了。而咱们国家被誉为文明之邦，就与我们从先秦时期开始重视人，将人与天地并列，提倡“天地人”三才有关。

接下来老子又说了“域中四大，而人居其一”，就是说在这法界当中，共有这四大，而人就占了其中之一。大家应该注意的是，这里的“域”可不是地球，也不是宇宙，而是整个法界。为什么呢？因为老子说的“域中”是无始无终的本然性存在，它不是诞生出来的宇宙，也不是毁灭之后的宇宙。不管宇宙诞生还是毁灭，“域中”都存在。

老子所说的“域”，就是这样一个不可思议的存在，这个“域”超越了时空概念，它不依循过去、现在、未来这条时间线，而是过去、现在、未来同在，因为时间是空间创造出来的。这样的不可思议的法界，人在其中，是怎样的一种状态呢？老子说，“域中有四大，而人居其一焉”，所以，在无垠的时空中，我们的存在虽然只是刹那间的花火，但也不能妄自菲薄。作为大道母亲的孩子，我们的存在，尤其是高质量地存在，对于法界和大道母亲，都是很重要的。如何才是高质量地存在呢？符合大道的规律。我们可以从学习可见的大地做起，遵循自然之道。

“地”是道家对我们目前生存的自然环境的表述，“人法地”，所有人类都依托于大地的法则而生存，违反了大地法则，就没有办法生存。但目前我们恰好就违反了大自然的法则，因为我们一直在破坏自然。如果我们能及时改正错误，回归自然，与自然环境和谐相处，就是合格的“人法地”。

“地法天”，我们生存的大自然要遵循宇宙的法则。

“天法道”，宇宙也要按照大道的法则来运行。

“道法自然”，这个“自然”不是大自然的那个“自然”，而是一种自然而然、无执无为的状态。就像修道中经常谈到的平常心。它远离很多人为的东西，既“自”又“然”，是无为境界中的一种智慧呈现。

以上就是老子讲的道的特性。大家对道这个隐身的魔法师，是不是了解得更深入了呢？

道不仅仅超越空间，超越任何一种存在，也超越时间，而人作为四大之一，就像是道的眼睛。为什么呢？因为我们都在自己的世界中发现道、认知道，也认知承载了道的这个世界。所以，一旦我们的生命结束，属于我们的那个“道”也就不存在了。虽然道依然存在于法界，但是，对于我们个体生命来说，就没有了意义。

正是因为深深地明白这一点，我习惯于对人对事都做到最好，这样无论结果如何，自己都不会留下遗憾。这便是学习经典的意义。

第二十六章

积重载轻，养静摄躁

原文 重为轻根，静为躁君。是以君子终日行不离辎重，虽有荣观，燕处超然。奈何万乘之主，而以身轻天下？轻则失本，躁则失君。

孩子们，还记得我们在第一辑的第二章中学过的内容吗？老子为了说明事物之间的相对性，给我们列举了很多对立面，诸如美丑、善恶、有无、难易、长短等等，这些都是我们容易有偏见，容易只看到一面、忽视另一面，更容易忽视它们之间依存转化关系的地方。老子希望我们能有一种智慧的眼光，正确看待对立面。

在这一章中，老子再次讲到了两组对立面：重和轻，静和躁。这两组对立面之间有什么内在关联呢？老子用“根”和“君”这两个很有分量的字，点出了这一章的主题。他通过君子、圣人的言行，再次强调了万事万物不是彼此孤立的，而是互相依存的。君子和圣人之所以能合大道，能够立身，能把事情做好，正是因为掌握了对立面之间的微妙关系。

我们先来看看这段话的意思：重是轻的根本，静是躁的主宰。因此，君子虽然终日行走，但不会离开他装了行李的车辆，虽然外面的花花世界很热闹，有满目繁华吸引着他，但他却闲适而居，不为所动。既然如此，为什么大国的君主，偏偏要用轻率浮躁来治理天下呢？轻率就会失去根本，急躁就会丧失主导。

这段话虽然不长，但包括了三个含义。第一，轻与重、静与躁的关系；第二，君子如何做事，如何面对世界；第三，大国之主该如何治理天下。君子处世和大国君主治理天下，也要遵循轻与重、静与躁的关系，这是他们行事的基础准则。也就是说，老子这一章提出的轻重、静躁问题，其实非常重要，不论是君子个人修身，还是国君治理天下，都需要正确把握轻重、静躁之间的关系。

1. 厚积薄发的智慧

重为轻根，静为躁君。

孩子们，你们见过鸭子游泳吗？它好像不费吹灰之力，就能在水上游来游去，可如果你看看它在水下的双掌，一定会忍不住笑出声来。因为，那一对小脚掌忙得不亦乐乎，动作非常有趣。但你笑的同时，也会发出感慨：原来鸭子并没有水面上看到的那么轻松啊！是的，这就是轻松的真相——有劳碌和沉重作为支撑，才得以轻松。

我们再看看窗外的大树，一阵风吹来，树叶随风而舞，有的还会落到空中，跳出更美丽更自由的舞蹈。我们觉得叶子很轻是不是？那是因为有厚重的树根在泥土中支撑着，为树叶提供营养。

有个成语叫“举重若轻”，其中的轻就是相对重而言的，原本很重的东西，他却非常轻松地举了起来，就像这个东西很轻一样。那么，如果没有“重”，“轻”会怎么样？它会失去意义和价值。举起一件轻飘飘的东西，举的人再轻松，这份轻松也没什么意义；如果他还要故意显得吃力，就更像是作秀了。因此，大部分情况下，人们对于举重若轻都很欣赏、敬佩。所有看上去的轻松，都有背后看不到的沉重或负重。有了负重的功夫，才有轻轻举起的潇洒。

大家要明白，老子专门谈到轻重的关系，就是想告诉大家，所有的轻都是以重为基础的，包括人的成长，还有社会上的诸多现象。“重”是什么呢？是分量、容量和厚度，所以我们经常说“厚重”，像大地一样厚重，能承载万物。我们做人做事都要以“重”为主，以品德为基础，注重积累和沉淀。

那么，“静为躁君”又是什么意思呢？我们都知道，君就是君主、帝王。在古代，帝王有生杀予夺的大权，可以主宰老百姓的生命和财产。所以，这句话就是说静是躁的主宰。你如果总是很浮躁，遇事容易犯急，可以多做静心训练，降伏自己心中的躁气。

有静气的人，看上去特别沉稳、安详，所以具有承担的能力，一般都能做大事；而浮躁的人，往往很肤浅，即使看上去不可一世，也是轻飘飘的，没有一点分量。没有事情时，静和躁还不太分明；一旦遇到事情，静与躁的差别就会立即显现出来。有静气的人，哪怕胸有惊雷，依然面如平湖，苏洵说：“泰山崩于前而色不变，麋鹿兴于左而目不瞬。”说的就是有静气、有定力的人，即使泰山在面前崩塌也不变脸色，活蹦乱跳的麋鹿突然出现在身边，也不眨一下眼睛。而急躁、浮躁的人，如果看到泰山在眼前崩塌，肯定会乱了分寸，哇哇大叫，甚至仓皇逃走。

之前给孩子们讲过诸葛亮，你们想想，为什么刘备偏偏要三顾茅庐找他做自己的军师呢？因为诸葛亮不仅有谋略，还有超出一般人的静气。《三国演义》中有一个情节，最能说明诸葛亮的这个特点。马谡失街亭之后，诸葛亮退守西城，司马懿马上就率十万大军打来了。当时，诸葛亮只有五千兵力，其中的一些壮兵还去运输粮草了，城里剩下的都是老弱病残。如果司马懿攻城，诸葛亮只能束手就擒。在没有援兵的情况下，诸葛亮心生一计：他送走百姓后，就大开城门，只留几个人在城门口扫地，自己登上城楼，神情自若、气定神闲地抚起琴来。司马懿见状，觉得城里肯定有埋伏，就率领大军撤走了。大家想一想，敌人都到城下了，诸葛亮还有心情抚琴，这需要多么强大的心灵力量呀！这就是静气。

庄子说：“猝然临之而不惊，无名加之而不怒。”意思是，突然遇到棘手的事，也不会惊慌失措，被冠上莫须有的罪名，也不会发怒，这也是静气。

再给大家讲个很有静气的人。历史上有一场赫赫有名的战役，叫淝水之战，对阵的双方是东晋和前秦。前秦当时的兵力远超东晋，如果东晋败了，就有可能被灭国，形势非常危急，但东晋的统帅谢安却镇静自若，一边关注前方战事，一边与朋友下棋。前方发来捷报时，他也只是看了一眼，就继续下棋。陪他下棋的朋友看糊涂了，问他到底是胜了还是败了，他才淡淡地说，孩子们打了胜仗。即使关乎生死存亡，也不会乱了阵脚；打了胜仗，也不会欣喜若狂，面对打仗就和下棋一样，这种气度和沉稳，多么难得。相比而言，很多人稍微遇到点压力或是疼痛，就会吱哇乱喊，水平就差得太远了。这就是智者和庸人的区别。

在我们凉州，如果一个人承受能力太差，背负不住责任或压力，人们就会说他“背不住个烫面条儿”。一个人连一小块烫面条儿都背不住，说明一点小事也担当不了。这正好与我们所说的“每临大事有静气”相反。

静很重要，我也常说“静处观物动，闲里看人忙”，也就是静静观察万物的变化，以不变应万变，以一颗闲心看世人的忙忙碌碌，自己总是超然物外，逍遥自在。这是一种境界，也是一种生活方式，能做到这一点，人生就会非常从容。所以，大家可以从小培养静气，专心致志地做自己的事，不受任何干扰。

2. 超然物外的君子

是以君子终日行不离辎重，虽有荣观，燕处超然。

孩子们，你们知道我为什么能从乡下一个放马的孩子，成长为今天的雪漠吗？秘密就是“学以致用”。随时随地学习，从一切人与事物身上学其长处，并且用在自己身上。

比如，当我看到老子的“君子终日行不离辎重”，我就开始学习君子，不论走到哪里，要待多久，都要带着自己的“辎重”。“辎重”是什么？它本来指军械粮草等物资，也就是远行的食物、做事的资本。大家也许听爸爸妈妈说过，过去行军打仗，都是“兵马未动，粮草先行”，可见“辎重”有多重要。有智慧的人必须随时备好辎重，做到有备无患，不能草草率率、毛毛躁躁。对我来说，最重要的辎重就是素材，因为不管是讲课还是写作，想把最好的东西给读者，都需要大量的素材。比如，我如果要写一部长篇小说，讲一个发生在清末民初的中国的故事，就通读所有能找到的清末民初的相关资料，对那段背景烂熟于心。这时，它们就成了我的辎重。讲《道德经》之前也是这样，我每次都会认认真真地备课，看很多跟《道德经》有关的书。虽然我看不看都不要紧，都能讲，但为了尊重大家，也为了补充一些别人没讲的东西，我还是会尽量多看一些资料。这些都是“不离辎重”。

换句话说，“不离辎重”就是做好该做的准备，做任何事都要有备而来，准备工作做得越扎实，做事的时候就越轻松，效率越高。这就像你们参加考试一样，平时用的功越多，复习得越扎实，考试成绩就会越高；基础打得越牢，学习起来也就越轻松。这也是“重为轻根”。君子看起来很轻松，实际上是以“重”为基础的。辎重不仅仅是物质，也包括行为、精神、智慧等等。

君子的辎重就是他的学识、智慧和品格，而这些东西，都不是三两天就能准备好的，不能靠临时抱佛脚。有的孩子平时喜欢偷懒，不好好复习，临到考试了，就匆忙准备一

下，这样肯定不如每天复习好。这就像部队出发前因为嫌重、嫌麻烦，没准备足够的“辎重”，结果供应严重不足，才急眼了。学识尚且如此，智慧和品格更是必须日常配备、积累的“辎重”，因为它们都不是马上就能获得的。如果平时不注意品格修养，不在每一件小事上养成好习惯，突然到了大场合，遇到大事，你能表现得很好吗？不可能。

积累辎重的重要方法之一，就是阅读经典。

老子和庄子非常伟大、非常了不起，中国竟然能出这么两个人，让世界对中国文化肃然起敬。《庄子》里的《逍遥游》《齐物论》都太好了，你一定要看一看，暂时看不懂也没关系，算是给自己多准备一些辎重，以后遇到类似的事，就明白是什么原因，该怎么选择了。比如，你以前觉得睡懒觉好，后来发现早起才更好呢，能看到很美的清晨，能享受清晨的清凉和安静，还能跟爸爸妈妈一起禅修，让自己也有一颗安安静静的心，感受到一个五彩缤纷的灵魂世界。你说多好。十八九岁时，我喜欢《道德经》和《庄子》，虽然看不懂，但它们在潜移默化中让我有了选择的智慧，这足以让我受益一生。可惜，现在别说孩子们了，连很多大人对这些经典都不感兴趣，他们不开心了，迷茫了，不懂选择了，也不知道可以从经典中获得营养，更不懂得人格和智慧的重要，不懂借经典来提高见识，让自己做更好的人。这个时代就是这样。所以，我总想把经典讲得更有意思、更通透，让大家能明白经典的意义和价值，知道没有经典的营养，是打不好地基、建不起雄伟的人生大厦的。比如，不读经典，很多人都不会知道静气的重要，也不知道什么是真正的平常心。而真正有本事、有水平、有城府的人，都会非常平静沉稳，胸有成竹，遇到任何事都以平常心对待，即使当了“万乘之主”，也会非常低调。

大家想想，《西游记》中，三个徒弟都比唐僧有本事，为什么偏偏唐僧是师父呢？因为唐僧有智慧、有目标、有定力，有合法性，为人低调，不跟任何人抢风头呀。而孙悟空不是这样，他神通广大，所以恃才傲物，老是觉得自己应该名满天下、无人不知。每到一处，有人问他是谁，他都会很得意地告诉对方，自己是五百年前大闹天宫的齐天大圣孙悟空。有一次，一个老头儿听说他是孙悟空，就仰起头问他，你是孙悟空？孙悟空马上就沾沾自喜，觉得这个老头儿一定听说过自己的大名，结果老头却回了一句：“不知道。”这个反转非常有意思。很多有能力但智慧修养辎重不够的人，都容易犯这个毛病。

“虽有荣观，燕处超然”，荣观是荣耀的景象，君子因为有很多辎重，所以看起来非常庄严，很多人都很尊重他，但他自己总是看得很淡。燕处，指居处，或者闲居。燕子是候鸟，它们虽然喜欢在人的屋檐下筑巢，就像这个家的一分子，但到了特定的时候，它们依然会根据时令飞来飞往，非常安然超然，不会对某处特别留恋，也不会认为某个地方属于自己。

生活在世间，也该如此。无论外面的世界多么喧嚣，风景多么好看，你都不能失去自己的宁静，可以静静地待在一个地方，也可以根据实际情况去另外的地方，无论在哪里，无论繁华还是萧条，都要有一份超然物外的静气。

你有没有听说过董仲舒？当年正是因为他的提议，汉武帝“独尊儒术”，从此儒家文化成了中国的主流。这个董仲

舒当年做学问时，有“三年不窥园”的说法，意思是，因为专心闭门读书，三年里连自家的后花园都不去。这种忘我投入，也是一种静气。

3. 做一枚低垂的果实

奈何万乘之主，而以身轻天下？轻则失本，躁则失君。

大家注意了，又遇到古今意思有天壤之别的字了。这里的“乘”可不是乘法的乘，而是古代那种马拉的战车，读 shèng。在老子那个时代，四匹马拉着一辆战车，战车上站着三个士兵，两个战斗，一个驾车，这就是一乘。“万乘之主”，就是拥有非常多的战车、士兵和战马的人，一般情况下，都指皇帝、君王。

“奈何万乘之主，而以身轻天下？”“轻天下”就是轻慢天下人、看不起天下人的意思。如果一个君主因为自己是大国的统治者，就轻慢天下人，就说明他没有处理好轻重、静躁的关系。因为，正是无数的普通百姓构成了大国，也正是百姓们用看似微不足道的力量，凝聚成了强盛的国力。如果君主为一时的强大而沾沾自喜、轻狂浮躁，嫌弃卑微的老百姓，他就脱离了根本，忘掉了如果没有厚重的基石，他不会有轻松骄傲的资本。如果他不能及时醒悟，最后就一定会为自己的傲慢买单。

我再给你们讲个故事吧，我们学习老祖宗的经典，就要讲好我们中国人的故事，因为故事里有人生、有命运，也有真理呢。一定要明白，故事也是“道”。

古时候，有个叫荀瑶的人，他的家族是晋国最厉害的家族之一，而且他仪态不凡，箭术高超，技艺出众，巧文善辩，坚毅果决，所以他非常傲慢。他的父亲临死前要选继承人的时候，很想选他，但族里有个智者坚决反对，认为如果立荀瑶为继承人，整个家族都会毁在他手里。那个智者的理由是，荀瑶为人残忍，还总是轻慢别人，不适合做领袖。可惜他的父亲不听劝，还是立他为继承人了。大家想想，这样的人做领袖，结果会怎么样？肯定不好，对不对？所以，有一次荀瑶联合其他家族讨伐别人，就在快要胜利的时候，盟军倒戈相向，与他的对手一起把他给灭了，他的首级还被做成了首爵（爵是古代的酒器）。这就是轻慢天下人的恶果。如果荀瑶不那么轻慢，凭他的能力，定能让他的家族更加辉煌，可他偏偏那么轻慢，结果不但把自己害了，整个家族也一起遭殃。所以，为君者绝不能“轻天下”。

你可能要问了，为什么轻慢别人不可取呢？因为“轻则失本，躁则失君”。“轻”是轻浮、轻飘飘、不慎重、过于不在乎的意思。假如出现这种情况，就会损伤根本。所以，那些过于轻佻、什么都不在乎的人，是成不了大器的。“躁”是浮躁、狂躁、躁动、不安，它们都会影响“君”。这里的“君”不是君主，而是真心、灵魂的主宰。过于浮躁，真心就会失去作用，我们就会失去主体性，心灵不能自主。所以，大家要戒骄戒躁，永远安定专注地做自己该做的事情。

我们前面说举重若轻是一种能力，以重为支撑才能轻，如果没有重作为支撑，只是一种肤浅的满不在乎、不当回事，就不是举重若轻了，而是一种不踏实、不靠谱。大家要注意分辨，更要注意自省。举重若轻的人，看上去不着痕迹，但一定会有认真谨慎的态度，而轻浮之人，缺乏的就是认真和谨慎。

大家都听过“纸上谈兵”这个成语吧？这个成语说的是赵括的故事。赵括熟读兵书，经常跟父亲赵奢谈论兵法，有时，连身经百战的父亲也难不倒他。尽管这样，他父亲还是不认可他，坚决反对他将来带兵打仗，还说，要是让他带兵，国家就危险了。为什么呢？因为他总是游游戏戏的，把军事行动不当回事。明明没有厚重的战场经验作为支撑，还想当然地自信满满，显得胸有成竹很轻松的样子，能不翻车吗？但当时的国君不听劝，还是非常信任地把兵权交给他，让他带兵出征，最后他果然失败了，不但自己战死沙场，四十多万士兵也被对方活埋了。这就是过于轻浮、轻率，将生死存亡等同于儿戏的结果。

你一定要记住，轻浮损伤根本。我们不要学赵括，我们要学狮子。狮子虽然被称为森林之王，但它就算抓一只小兔子，也会用尽全力，不会掉以轻心。我们也要这样，无论大事小事，都要像进行重大战役那样，尽全力做好。而且一定不能轻慢，要从心底里保持谦卑低调。

第二十七章

智者的成功学

原文　善行无辙迹；善言无瑕谪；善计不用筹策；善闭无关楗而不可开；善结无绳约而不可解。是以圣人常善救人，故无弃人；常善救物，故无弃物，是谓袭明。故善人者，不善人之师；不善人者，善人之资。不贵其师，不爱其资，虽智大迷，是谓要妙。

四十年前，我就背诵过《道德经》，当时只觉得它好，但好在哪里，怎么个好法，我并不十分明白。随着阅历的增加、智慧的增长，我才越发明白《道德经》的不可思议和无可替代。对于追求智慧的人来说，它是智慧训练的秘诀书；对于追求世俗成就的人而言，它也是最好的成功学教材。所以，老子就算被称为古今中外成功学的鼻祖，也当之无愧。

你听说过成功学吗？如果没有，可以问问你的爸爸妈妈，他们很可能读过成功学的书籍，甚至有可能用书里的观念教导过你们。但市面上流行的那些成功学书籍，是远远不能和《道德经》相比的。《道德经》就像树根，市面上那些成功学书籍就像树枝、树叶和树花，有根之树可以长出无数的树枝、树叶和树花，但树枝、树叶和树花只是表面，没有触及根本，如果不能从根系汲取营养，作用就非常短暂。与其羡慕成功人士的花团锦簇，不如在生命中扎扎实实地种下智慧之树，这样，你随时都能长出自己的树枝、树叶和树花。所以，《道德经》是一本人人都需要、人人都该读的书。

我为什么突然谈到成功呢？因为，这一章中，老子专门讲了如何成功，当然，老子是通过讲成功，讲了智者的胸怀和智慧。我们现在先来看这一章的字面意思。

善于行走的人，不会留下辙迹；善于说话的人，你找不到他言辞上的瑕疵；善于计数的人，用不着计算的工具；善于关闭的人，就是不用闩销，别人也不能把门打开；善于和别人结盟的人，即使不订合同、不用绳索，对方也不会毁坏跟他之间的盟约。因此，圣人善于挽救众生，也经常挽救众生，不会遗弃别人。同时，他也善于物尽其用，没有废弃之物。这就叫作内藏的智慧。所以，善人可以作为不善之人的老师，不善之人也可以作为善人的借鉴和资源。一个人如果不尊重自己的老师，不珍惜他人的作用，总是自以为很聪明的话，他就是大大的糊涂，这就是精深微妙的道理。

接下来，我具体讲一讲该怎么理解，又该怎么做。你就算暂时用不上，也要认真听，好好理解，为心灵成长和未来的人生，种下一颗智慧的种子。

1. 向高手看齐

善行无辙迹；善言无瑕谪；善计不用筹策；善闭无关楗而不可开；善结无绳约而不可解。

这一章中，老子向我们介绍了五位高手，也就是在五个方面登峰造极的人物。我暂且统称他们为“五大士”吧，他们分别是善于行走的人，善于说话的人，善于计算的人，善于关闭、防守的人和善于结约的人。

下面，我讲一讲他们的特点。

第一是善于行走的人，他的特点是“无辙迹”。“辙迹”是什么？就是车轮在地面上轧出的印子。一直生活在城市里的孩子，也许会觉得很奇怪：车轮再厉害，也不能在光滑的水泥路上轧出印子呀？但大家别忘了，老子生活的时代是两千多年前，那时的车轮可不是今天的橡胶轮胎，而是木头做的大轱辘。那时的路，也不是水泥路、柏油路，而是土路，车子一过，地面上就会留下印子，还会尘土飞扬，弄得人“灰头土脸”。所以，善于驾车的人，会尽量走在那种被轧过很多次、已经变硬的地方，这样就不会沾一身土，地上也不会留下车轮印。

这是它的字面意思，它还有引申义：善于做事的人看不出在做事，有大智慧的人，一般也看不出他的大智慧。只有不会做事、只能做小事的人才会咋咋呼呼，显示出自己在做事，唯恐别人不知道他做了什么。真正会做事、能做大事的人，是举重若轻的，不动声色就会完成很多事情，同时，他也不需要别人歌功颂德，只希望能静静地、没有障碍地把事情做好，不会留下“辙迹”。

说到这里，你可以回忆一下自己小时候，是不是做任何一件事，都会迫不及待地告诉妈妈：快看，我会自己穿鞋了，我会画小猫小狗了，我认得几个字了，等等。在小孩子的眼里，那是很大的事情，但是你长大之后，就不会这样了，你会默默地做很多事情，即使取得了很大的成绩，也不会到处宣扬。这就是一种成长。

所以，善行者无辙迹。

第二是善于说话的人。“善言无瑕谪”的“瑕”是瑕疵毛病，“谪”也是毛病差错。你知道谪仙人李白吗？为什么人们要这样叫他呢？因为他的诗太好了，简直不像凡人能写出来的，人们说他是犯了错被贬下凡间的神仙。说话没毛病、不犯错，容易吗？非常不容易。生活中，因为说错话惹出的麻烦太多了，轻则惹人生气、得罪人，重则招来祸端，甚至损伤性命。而善于说话的人，轻易不会让人感到心中不快，也不会让人从他的话中找到他的毛病。

那么，善于说话的人，是不是巧舌如簧，见人说人话、见鬼说鬼话呢？

当然不是，事实上，真正善于说话的人，反而不轻易说话，因为不说是最保险的，说了就有可能会有漏洞。必须得说的情况下，善于说话的人也不会走极端，不说绝对的话，不管了解不了解情况，他都不会把话说死。如果你说的话别人能挑出毛病，而且爱憎分明、锋芒毕露，就是不善言。

第三是善于计算的人。善于计算的人是不用计算工具的，“筹策”是古代的计算工具，如算筹之类。我上小学一年级时，老师还让我们削些小木棍作为计算工具呢。虽然字面意思是这样，但老子真正要表达的意思是，真正善于计算的人，不会在乎蝇头小利。这个计算相当于算计，不仅仅是计算数字的意思。老子认为，不计较小利，不患得患失，甚至不计较得失，才是真正懂得算计，我们可以称之为“大算之人”。

真正的善谋者、善计者都是不算计的，因为算计的都是蝇头小利。你看看街上那些小贩，他们总是拿个小秤，称来称去，再怎么称，也只是几斤几两的事。所以，做大事的人，尽管也会认真地注重细节，但不会斤斤计较，没有那么多功利性的考虑。历史上的军事家，也从不计较一时一地的得失。比如写下《孙子兵法》的孙武，他的兵法思维就是兵法之道，他考虑的都是战略。人生其实跟打仗一样，也不能计较一时一地的得失，要有一种不计较的胸怀。

再来看第四位高手，善于关闭门户的人。这里的“关楗”指门闩，也就是关闭门户的一种工具。过去，人们会在门后面架上几根杠子，有些杠子是竖的，有些杠子是横的，目的是把门顶住，让外面的人进不来。所以，“善闭无关楗而不可开”的意思就是，善于关闭门户、封锁门户者，就算门后不上门闩，外面的人也打不开门。老子借这件小事，传达了他真正的意思——真正善于守的人，不会拒人于门外，往往会以无守为守。为什么？因为他的内心光明坦荡，没有任何鸡零狗碎，不需要设防。只有小人才会提心吊胆，因为他的心里有很多蝇营狗苟的东西，不敢示人。

第五是善于和别人结盟的人。老子的原话是“善结无绳约而不可解”。就是说，他们即使不签订合同，不用绳索拴住对方，对方也不会毁坏跟他们之间的盟约。“结”就是打个绳结，把两根绳子拴在一起。这里的“结”，还有结盟之意。中国古代很早就有契约了，也就是我们今天的合同。买卖有买卖的契约，结盟有结盟的盟约，各种人与人、国与国之间的关系，都有一种约束性的证明。因为有这个证明，关系双方就会慎重许多、守信许多，但也常常发生背信弃义的毁约事件。所以，契约也好，结绳也罢，并不能完全保证盟约的有效。

而真正的高手，为什么没有契约，别人也会对他守信呢？因为他能让人无条件地信任他，并且十分愿意与他保持盟约关系，不舍得打破彼此的关系。这种无形的盟约，才是最有效的盟约。孩子们，你们和好朋友之间的友谊也是如此，最好的朋友之间，不用写什么保证书，也会遵守承诺，因为你们珍惜彼此的友情。

真正的信仰就是典型的“善结无绳约而不可解”。你可能不知道，在传统文化中，有一种“三昧耶誓约”就是这样，它完完全全是师父与弟子之间的心灵誓约，没有任何书面上的约定和保障，看似无形，但牢不可破。

以上就是老子给我们介绍的“高手”，虽然老子只说了很少字，但可以顶今天的无数个字，经典就是这样。现在，你认识了这些“高手”，是不是也想做这样的人呢？那就从现在开始，逐渐放大我们的心量，修炼我们的人格，跟着老子，慢慢地走，不要落下，总有一天，你们也会成为和他一样伟大的人。

2. 人尽其才，物尽其用

是以圣人常善救人，故无弃人；常善救物，故无弃物，是谓袭明。

孩子们，你们听过“鸡鸣狗盗”这个成语吗？这虽是个贬义词，指的是不足为道或上不了台面、偷偷摸摸的一些行为，但在《史记》中，它讲述的却是一个很好的故事。

战国时期的齐国，有个叫孟尝君的贵族，他以广纳天下贤士著名，所以，很多人都愿意在他麾下做事。你可能会想，那他一定是个有本事的人。有没有本事另当别论，但这个贵族平易近人，对所有前来投奔他的人都一视同仁，所以，投奔他的人多了，就什么类型的人都有了。他的门客中，既有怀抱通天彻地之志的大才，也有技能相对卑下的粗人。

秦昭王听说他的名气后，就想招揽他到秦国为自己服务，但孟尝君不愿意，可没过多久，齐王又派他出使秦国。这下，秦昭王觉得是个机会，本想把他扣留下来做自己的宰相，却又听信谗言，觉得这个人影响太大，会与自己为敌。于是，就把他关起来，想找个理由收拾他。孟尝君马上派人去找秦王的宠妃，请她说情，对方提出想要一件白色狐皮大衣，可孟尝君的那件白色狐皮大衣已经送给秦王了。正巧，他门下有个擅长披狗皮偷东西的门客，这个人当夜就把大衣给偷了回来。那个宠妃收到大衣，就帮了他们，向秦王说情放孟尝君离去。孟尝君知道秦王一定会后悔，所以，一出宫就连夜赶往函谷关，准备出关返国，但时间太早，函谷关要等鸡叫时才会开放。这时，又是一个擅长学鸡叫的门客发挥了作用，他一“咕咕”，全城的鸡都跟着叫了起来，镇守函谷关的将士们就把城门打开，孟尝君和门客们就顺利出关了。等秦王的追兵赶到函谷关时，他们已经走远了。

这就是“鸡鸣狗盗”的来历。人们总是用“鸡鸣狗盗”来形容干不了大事的人，但正是鸡鸣狗盗之徒救了孟尝君的命。所以，在圣人心中，没有无用之人，也没有无用之物。他不会认为某个人是废人就抛弃他，也不会觉得某个东西是废物就扔了它。相反，圣人最善于帮助别人、拯救别人，也最善于发掘人和物的用处，做到人尽其才、物尽其用。

庄子说过，老天爷生了那么多人，一定会让他们都有适合自己的营生，发挥他们的作用。能力虽有大有小，擅长的领域也不一样，但都是世间所必需的。就像我们社会中的各种职业，有光鲜亮丽的居高位者，也有默默无闻的行业螺丝钉，都是我们的正常生活不能缺少的。在圣人眼里，他们都是一样的，没有谁卑微低贱，应该被遗弃。万物也是如此。道生万物，必定赋予了它们各自的功能，没有哪一个是无用的、多余的。

你知道，一辆汽车要正常行驶，需要很多部件，大到发动机、底盘、车厢，小到一个很小的螺丝钉等。圣人知道，螺丝钉虽小，用对了，一样可以发挥大作用，所以，他不会因为螺丝钉小，就扔了它。

即便是我们丢弃的垃圾，也只是放错了地方的资源。如果进行适合的回收和再利用，一样可以变废为宝。地球上的资源是有限的，很多还是不可再生资源，一代代的人，不停地消耗着资源，总有耗尽的一天。所以，我们更需要珍惜万物，发掘可以再次利用的价值，物尽其用，才能为人类的将来留下更多的生存资源。

我的眼里，也没有无用之物。很多当下看起来没用的东西，我都不会轻易扔掉，总觉得它会有用。说来你可能不信，我至今还保留着小时候的很多东西呢。比如初中时的文章，还有年轻时收集的资料。很小的时候，我就觉得将来有必要建一座自己的博物馆，那时，很多东西都会有文物的价值。有一天，我甚至找到一张很旧的奖状，那是我高一参加作文竞赛得第一名的奖状。四十多年过去了，再次看到这张奖状，想起当年那个小小的孩子如何做着作家梦，如何为那个梦想而努力，我的心里就充满了温馨。当年，我并没有设想过这一幕，也没有想过成为作家的自己拿着这张奖状时，会是怎样的心情，真有点恍如隔世了。

3. “一个也不能少”的胸怀

故善人者，不善人之师；不善人者，善人之资。不贵其师，不爱其资，虽智大迷，是谓要妙。

大家要注意了，这里的“善人”是指有智慧的人。所以，这句话的意思是，那些有智慧的人，是没有智慧者的老师；那些没有智慧的人，是有智慧的人的借鉴、帮助和资源。有智慧的人是没有智慧的人的老师，这好理解；没有智慧的人，为什么是有智慧的人的资源呢？因为没有智慧，会被有智慧的人利用吗？你对“利用”这个词也许没什么好

感，但老子真正想表达的是一种态度。什么态度？对任何人都不废弃、不遗弃，认为任何人都有他的价值。让我们换个角度想，能被“利用”说明是可用之才，我们被社会和他人“利用”，说明我们对社会和他人是有价值的。人类文明从蛮荒时代发展到现在，一直在利用大自然，利用天地万物，也利用他人和社会，因此形成了彼此之间相互依存的关系，并推动了社会进步。所以，当我们看到老子说不善人是善人之资时，不能从表面意思来理解。

老子还说，不尊重自己的老师，不爱惜不如自己的人，即使有智巧、很聪明，也不过是一个迷路的凡夫。“不贵其师，不爱其资”中的“师”和“资”也可以扩大范围，泛指比自己强大的人和比自己弱小的人。“是谓要妙”的意思是，这是真正精微玄妙的真理，是最根本的奥秘。

表面上看，这一章，老子是在教我们如何成功，在我看来，其实体现了一种胸怀。什么胸怀呢？一个都不能少，容纳所有人。大家在学校里，能不能接受跟自己不同的人？会不会不愿跟成绩很差的人玩，只愿跟成绩很好的人玩？所以，老子的意思是，我们既要尊重比我们强的人，也要爱惜比我们弱的人。当然，老子只是举个例子，他这句话包括了所有人，不只是有没有智慧，是强还是弱。

在我明白这些道理之前，我一直就是这么做的。只是我没有“资”与“不资”的概念。对于比我强的人，我一直都很尊重，把他们视为老师，比我弱的人，我也没有看不起他们，相反，我永远把他们当成一起进步、同舟共济的伙伴。团队里也是这样，不管能力怎么样，我都会给他一个位置，让水手做水手的事、船长做船长的事、大副做大副的事、二副做二副的事，让大家都发挥自己的作用，一起让中国传统文化之船、大善文化之船行进得更远。此外，我永远都做最好的自己，然后随缘。尤其现在，不管能力强的，还是能力弱的，我都会接纳，只要他有一颗做事的心，我都会宽容地对待他，给他一个梦想，给他一点帮助，给他一个平台，给他另一种生活的可能性。我总是觉得每个人都有用，不忍心丢下任何人。

同时，你还要用一种变化的、相对的眼光，去看善与不善、师与资。不善者不断成长，增长智慧，也会变成善者；比我们弱的人一天天成长，变得比我们更强时，我们也会成为他们的资，向他们学习，再一次变得比他们更强时，又会成为他们的师，让他们学习。因此，善与不善，师与资，是相对的、变化的。

你还要记住，并不是只有学校和补习班的老师才是老师，只要有一颗爱学习的心，在生活的方方面面，你都会找到自己的老师。

孔老夫子也说过，三人行必有我师。只要能教给我们一些我们不知道的东西，都是我们的老师。如果我们能带给别人一些启发，我们也是别人的老师。人类文明之所以能够发展进步，就是因为不管哪个行业、哪个领域，都有无数人互为学生和老师。老师教育学生，让学生成长，就是我所说的传承关系。如果说男女关系保障了人类的延续，那么师生关系则保障了文明的传续，可见它多么重要，向不同的人学习和传授，又是多么重要。所以，孩子们，不管我们成为师还是资，都要尊重他人，也要尊重自己，在自己的角色和岗位上，履行自己的职责，贡献自己的价值。

第二十八章

《道德经》的妙用

原文 知其雄，守其雌，为天下溪；为天下溪，常德不离，复归于婴儿。知其白，守其黑，为天下式；为天下式，常德不忒，复归于无极。知其荣，守其辱，为天下谷；为天下谷，常德乃足，复归于朴。朴散则为器，圣人用之，则为官长，故大制不割。

这一章中又出现了几组对立的词，而且，毫无意外地，老子又选择了一般人不喜欢的那一面：在雌雄之间，大家喜欢雄，老子选了雌；在黑白之间，大家喜欢白，老子选了黑；在荣辱之间，大家喜欢荣，老子选了辱。老子为什么总和正常人的思维反着来呢？是他太消极了吗？为什么不选好的、积极的，总选弱的、差的？

历史上还真有不少人这么认为，即便是现在，仍然有些人不懂老子的心事，包括一些学识很渊博的人。那么，孩子们，你们与老子认识这么久了，有没有觉得老子消极呢？没有，对不对？其实，认为老子消极，是对老子天大的误解。

你们看，两千多年过去了，《道德经》的智慧跟当下生活结合，还是会迸发出无穷妙用，这足以说明老子思想的积极性和与时俱进性，还有它顽强的生命力。我们很难想象，如果没有《道德经》，没有老子和庄子，中华文化该是多么苍白。

暂且不说别的，只这一章，就太积极了，因为老子说人生要“大制不割”，也就是不要在乎一时的得失，要将人生当成整体来经营。我们先来看看这一章的大概意思。

知道什么是积极进取却安守柔弱的一面，心甘情愿做天下的溪涧。成为天下溪涧，你就不会丢掉厚德，可以回复到婴儿般的纯真状态。这时，你明明白白，智慧无边，对一切都明察秋毫，表面上却糊糊涂涂，你就会成为天下人的楷模，你的德行就不会有差错，你也会回归大道至理。知道如何得到荣耀，却安守卑辱，甘愿做天下的川谷。成为天下的川谷，你的德行就会越来越圆满，回复自然本初的素朴状态。你的所有行为，都会成为大道的载体和妙用，你也会成为一个有影响力的人。所以，圣人不会只盯着局部和细节，也不会破坏细节，他注重整体，注重万事万物之间的关联。

老子告诉我们，人生是一个整体，要从全局的角度衡量很多东西，不能计较一时一地的成败得失。很多人所认为的失败，其实根本就不是失败，只是眼前的一道屏障，或是脚下的一个沟堑，跨过之后，就会见到宽广的大路。而人们看不透这一点，遇到一点事就无限放大，像是天塌了一般，这是典型的一叶障目，也就是只盯着局部和细节，忘了人生是个整体。

我经常对读者说，人生真正的失败，不是跌倒，不是困顿，而是放弃。无论你做什么，是在学校里求学，在社会上打拼事业，还是在生活中追求真理和梦想，只要你不放弃，将它变成日常生活的方式、习惯和常态，它就会对你产生真正的意义，你就必然会成功。

很多人就是因为不懂这个道理，才会容易变得偏激，看问题总是局限于一点，老是用一时一地来衡量整个人生，否定了人生的希望。我们常常会看到一些令人心痛的新闻报道，比如，某个孩子因为没完成作业被老师批评，便一时冲动跳楼；某位博士生因为论文答辩受阻，心中绝望便自杀了；某位员工不堪工作压力，便跳楼自杀；还有人因为失恋，便寻死觅活……全球有数以亿计的抑郁症患者，这个数字还在不断攀升，诸如此类的悲剧事件，很多地方每天都在上演。他们或许有各种不快乐的理由，有各种令他们觉得活不下去的压力和挫折，但我想告诉大家，这个世界上，活得快乐、取得成功的人，并不是从未有过压力和挫折、打击，相反，他们比普通人经受了更多的考验，但他们懂得正确面对，将一切负面际遇都转化为心灵营养，于是心灵变得更加强大，心胸变得更加宽广，看待事物也更加全面整体。

那么，他们的力量源于哪里？对，就是老子的“大制不割”，当然，此外还有很多。但是，把人生作为一个整体，把自己作为一个作品，在经历中打磨自己，这是非常重要的一个原因。因为，有了这个态度，他们的心态就会开朗、积极很多，就能相对轻松地化解眼前的苦恼，甚至不会因为眼前事而苦恼。那么，他们就不会伤害自己、摧残生命，也不会这么痛苦。

所以，永远要虚怀若谷，而且要学会每天都从零开始，一切都从零开始，把每一天都当成一个新的开端，过去的就让它永远地过去。不要计较过去，永远感知当下，永远“守其雌”，像母亲爱你一样爱世界，爱世界上所有的生灵。永远“守其黑”，低调做事，不要高调张扬，不要沾沾自喜，不要骄傲自满，永远要让身边的人觉得你和他们一样。

1. 甘心做一个婴儿

知其雄，守其雌，为天下溪。为天下溪，常德不离，复归于婴儿。

有个成语叫“决一雌雄”，在一般说法中，“雄”代表公，“雌”代表母，所以，这个成语的字面意思是，比一比，看看谁公谁母。但老子当然不是这个意思，老子用的是它们的引申义。其中，“雄”是“雄心”的雄，表示精进、刚强、进取、积极；“雌”表示柔弱、绵长、安静、谦和、示弱等。二者分别代表阳和阴，是人的两种生命属性。你一定要明白，人的生命中必须有一种积极进取、强悍向上、奔流不息、灵活多变的东西，如果没有这个东西，人是立不起来的。同时，人也要深沉内敛、含蓄静默，这样才能有所沉淀、有所积累。所以，我们既要锻炼出独立于外部世界的强大心灵，也要守住宁静谦和的心态；既要拥有巨大的力量，也要懂得示弱。

具体要怎么做呢？不忘初心，默默守候。

比如，你的梦想是成为一位伟大的科学家，这就是“知其雄”；但你从不到处宣扬，而是默默地守住它，发愤图强，为它某一天的实现而一步步地努力，这就是“守其雌”；有个叔叔是建筑师，他想盖一座大厦，也画好了详细的设计图（这是知其雄），但他知道这座大厦不可能一天就建好，于是他不急不躁地做好计划，将工程量化到每一天，然后日复一日地施工，每天都完成该做的事（这是守其雌），到了计划完成的那一天，大厦就会成功落成。

我们还可以把“知其雄”理解为太阳，把“守其雌”理解为大地。太阳高高地照耀着我们的梦想，给我们鼓舞和力量；大地低到极致，任所有人践踏自己、把自己踩在脚下。我们要向大地学习，怀抱太阳般照亮一切的梦想，柔顺宽厚地面对世界，在心态上容许亿万人来践踏。

拥有大力和雄心，却不把雄心表达出来，也不急于实现雄心，心里守着雄心，踏踏实实、不骄不躁、宁静谦和、细水长流地做事，在安安静静的生命常态中达成雄心，也是“知其雄，守其雌”。

这时，你就有了水一样的德行，也就是老子所说的“为天下溪”。

老子说，只要你能像“天下溪”那样，将“知其雄，守其雌”变成生命常态，德就再也不会离开你，你会变得像婴儿一样单纯、纯粹，心灵非常干净，再也没有“成年人”的私欲和贪心，你的世界会变得自然、质朴而简单。

婴儿是天真无邪的，无邪就是没有私欲贪心，用现在的话说，就是“无公害”，对谁也不伤害。这样的可爱还带着几分柔弱，能让所有人卸下心防，也能激起人们的保护欲，让人无条件地信任和关爱他们。那么，为什么世上会有那么多不可爱的大人呢？他们也曾经是天真可爱的婴儿呀！他们的可爱哪里去了呢？都被慢慢产生的欲求和功利赶跑了。所以，孩子们，保护自己的心很重要，慢慢长大的过程中，你们会遇到形形色色的诱惑，如果不能保持警惕，就容易滋长私欲和贪心。为什么老子强调“守其雌”呢？就是为了让自己有所约束和节制。一旦“雄”的东西过多，想要的越来越多，又不能用智慧去看破，人就会浮躁迷失，不再纯粹简单，也就变得不可爱了。

《西游记》中几个徒弟都很厉害，就唐僧最弱，但唐僧反而能领导他们，就是因为唐僧有一颗婴儿般纯粹的心，也能一直守住这颗心，始终向着自己心中的太阳前进。所以，他的徒弟们对他既有对待师父的尊重，也有对待孩子的关爱保护，还能一直跟着他西行，最终实现各自的梦想。

知道自己的梦想，踏踏实实地向西走，就是“知其雄，守其雌”；知道自己只是一个普普通通的出家人，没有弟子们的那些能力，但取经的决心天地可鉴，宁可向西而死，也不向东而生，就是“为天下溪”。有向往的孩子要向唐僧学习，也要向太阳和大地学习，不要管那些流行的功利化的声音，像阳光下贴着地面流淌的小溪那样，默默地、目标清晰明确地、静静地长大。

2. 明白后的糊涂

知其白，守其黑，为天下式；为天下式，常德不忒，复归于无极。知其荣，守其辱，为天下谷；为天下谷，常德乃足，复归于朴。

“知其白，守其黑”，白是明亮，黑是昏暗不明。老子在这里用的也是引申义，“白”指什么都能看出来，“黑”指表面看来昏昏暗暗，一副稀里糊涂的样子，这就是大智若愚。

很多大人都喜欢聪明，喜欢明察秋毫，什么东西都逃不过自己的眼睛，他们就会觉得很是得意。孩子们，你们觉得这样到底好不好呢？有的孩子可能觉得好，因为显得很厉害；但有的孩子可能觉得不好，因为他们身边那些太聪明的孩子，总是会让人不开心，自己也不见得开心。确实是这样，过于聪明容易自以为是，还会锋芒毕露伤害到别人，就像太亮的白色非常刺眼。所以，老子鼓励人们留一点清醒留一点懵懂，不要太表露内心的明白。

宋朝有个宰相叫吕端，做宰相之前，他经常被人误认为是个糊涂虫，因为他什么也不计较，钱财的事、官员之间的那些事，还有别人当面或背后的坏话，他全都不在意，以至于同僚们都说，这样的人也能做宰相？但皇帝很有智慧，知道他是小事糊涂大事不糊涂。涉及国之根本的时候，他就会特别谨慎小心。其实他原本就很谨慎小心，只不过不在无关紧要的事上表现出来而已。

所以，只要不涉及原则问题，人就应该傻一点。一是人的精力有限，每件事都投注精力，就做不了更重要的事了；二是给别人一些表现的空间，不能光想着自己当主角，站C位，显耀于众人；三是傻一点，包容一点，就不会给别人造成压力。比如，即使你知道别的孩子的小心思，也要允许别的孩子有自己的小心思；即使你知道别的孩子在占你便宜，也不要跟他吵架，更不要跟他打架，甚至不要让他难为情；

即使你知道这个事怎么做会更好，也要偶尔顺着别人，按别人说的做，大人们称之为中庸之道；即使你真的有智慧，也不要表现出来，不要让别的孩子发现你有智慧。要知道，最有智慧、最有修养的人是大智若愚的，而最难得的，也是明白后的糊涂。

你知道什么叫明白后的糊涂吗？就是对一切都看得清清楚楚，但就算有对自己不好的东西，心里也依旧很宁静，该做什么就做什么，该怎么待人就怎么待人，明白一切都会变化。

所以，不要一味地展示自己，要学会欣赏别人，让别人多展示他们的才华，多问问别人，多向别人学习，而且要打心底里谦虚恭敬，不要让自己显得跟大家不一样。即使你真的有出众的智慧和才华，看起来也要像大众一样。保持一颗平常心，从别人的智慧中汲取营养，慢慢地，你就会接近终极真理。“无极”就是终极真理，也是道家的道。

你知道天空很好，也知道在天空中翱翔很好，但你宁愿做大地，宁愿在大地上一步步行走。你知道如何飞黄腾达，也知道如何得到世间荣耀，但你愿意做一些不起眼的事，愿意安住于别人认为的“低”和“卑下”，这样，你就成了山谷，大得能容纳天下所有的溪水。

我们举个生活中的例子，有的孩子的妈妈没有去上班，而是选择照顾好家庭。她也受过高等教育，也能找到好工作，能力也很强，只是为了让家人生活得更好，于是甘愿与家务为伍，做一些琐碎的看似没意义的家务劳动。这也是一种奉献精神。当然，有的家庭是妈妈出去上班，爸爸照顾家庭。不管是哪一种，我们都要尊重他们的劳动和付出，不能

因为他们不光鲜、不荣耀，就忽略他们的关爱和奉献精神。

说到“辱”，一般指的是不被他人所尊重。其实，只要我们不做有损人格和尊严的事情，也就是不自取其辱，别人无论怎么评价、怎么看待，都辱不到我们。况且，当你有了智慧时，你的世界就是圆满的，任何人都辱不了你。你会像能够容纳天下的山谷那样，德行变得越来越完善，最终达到圆满。这就是“为天下谷，常德乃足”。

“常德乃足”是真正的成功，因为你会拥有真正的德行。这时，你就归于自然朴素，毫无造作表演，你的天真烂漫，会像花的香味一样自然散发。这就是“复归于朴”。

人都有虚荣心，都不那么喜欢朴实无华。孩子们，在朴实的树根和耀眼的花朵之间，你们更喜欢哪个？虽然大家都知道树根很重要，没有它就没有花，但我们依然会被花所吸引。这就是人的天性。所以，无论是明白素朴的可贵，还是回归素朴，都不那么容易，都需要我们沉静下来，长时间地自我磨砺，洗去内心的欲望和虚荣。因此，老子总是强调要守住宁静，在沉淀中安养厚德。

老子也多次说到了“朴”，大道是朴素的、质朴的，在这里，老子提倡做人也要朴，做事更要朴。你知道怎样才是做人做事的“朴”吗？柔弱、不显示聪明，保持低调，不追求光芒万丈，不在乎荣耀，踏踏实实，就是大道的质朴无华。做到这一步时，你的智慧就被激活了，你就可以做很多事情。

3. 不分割的智慧

朴散则为器，圣人用之，则为官长，故大制不割。

在这句话里，“朴”代表大道。“朴散则为器”，大道作用于万物时，会出现各种各样的“器”。什么叫“器”？载体、可用之物，就叫器。

古人把抽象的精神称为“道”，把具体的物质称为“器”，道和器都很重要。比如，你做手工时，想好自己要做什么、要做成什么样子，这个设计理念是抽象的，你很难让人们明白，但你把玩具做出来，对照着玩具跟大家讲解，大家就会了解你的意思。道也是这样，世间各种各样的器物，包括人和动物，都源于道的设计和生产，因此无不在体现道的设计理念。

圣人比较特殊，他既是道的载体，体现了道的设计理念，又跟道是一体的，也能像道那样，设计出各种各样的器。比如，《道德经》就是老子的器，老子跟关尹子、孔子等人的对话，也是老子的器，它们的气象和味道，跟老子的气象和味道是一致的，都是大道的气象和味道。按老子的话说，就是“朴”的味道。虽然万事万物都是道器，但老子造出的器，肯定跟你造出的器不是一个味道。你知道为什么吗？因为，你造出的器，就像未开封的酸奶，你要揭开一个足够大的口子，才能闻到酸奶的味道。而老子造出的器，则是已经开封而且发酵完成的酸奶，你能直接闻到它的味道。

同样，老子画的画，管理班级的思路和方法，肯定也有与众不同之处，也肯定透露出道的气息。这就是道在器上的妙用。那么，这一个个的器，是互不相关的吗？当然不是，我写的书、我写的字、我画的画，背后都有一个共同的气象和味道，那一个个器也是如此。

所以，不同的器看似独立，本质上却是一体的，就像海面泛起的不同浪花。圣人看到一个个独立的器物时，也能看到背后的整体联系。例如，普通人看到一棵树，他的眼里可能就只有这棵树，他不一定能看见树木背后的森林，但圣人会看到整个森林，甚至看到整座山、整个城市、整个国家，因为他能看到它们背后的联系。圣人看待任何事物、任何人、任何问题，都是如此，都能从个体看到全局、从细节看到整体。这就是“大制不割”。

圣人将它运用到行住坐卧之间，那么，在任何领域他都会拥有巨大的影响力。所以，有大格局的人不考虑个体、个别、局部的得失，他注重的是整体，不会将注意力局限于某个细节，也不会破坏任何一个细节，将它从整体中割离。

你一定要明白，我们的生命是一个整体，不要在乎一时一地、局部的得失。否则，遇到一些小挫折、小小的不如意，你就会觉得很痛苦。有的孩子，可能一次考试成绩不理想，就会沮丧很多天，甚至彻底否定自己。有的孩子，一次两次没考好，或者事情没做好，但他不在意，继续朝着目标前进，最终他就会做得更好，实现目标。这一点，我深有体会。最早的时候，我想当作家，可身边没有几个人支持，更多的是嘲笑和讥讽。后来我也老是受到一般人所认为的惩罚，比如在中学里工作时，被调到小学，在教委工作时，也被调到小学，但我全然接受。因为我知道，我的一生不会永远是那个样子，当时不顺利，不代表整个人生都会不顺利。我知道自己应该干什么，对人生有着非常美好和切实的规划，也确信自己这样走下去，能实现目标。所以，为了这个蓝图，我不在乎面子和工资，也不在乎别人的种种议论。

为了体验生活，我还开过书店，而且开得很成功，但我还是在最赚钱的时候，毫不犹豫地把它转了出去，这也是因为明白“大制不割”的道理。任何事一旦牵扯过多的生命，让我偏离人生目标，我就放弃了。对我来说，人生目标就是读书、禅修、著书立说和传播文化，跟这些东西没有关系的一切，我都会完完全全地舍掉。你如果也能做到这一点，你们的目标就必然实现。

我不一定是圣人，但我前半生的轨迹，恰好佐证了老子的“大制不割”——每一件事情，每一段经历，就像一颗颗棋子，无声无息、不知不觉中被放在了该放的地方，共同构成我的人生棋局。所以，有很多东西，表面看来，是一种损失，但对于人的一生来说，其实是一种收获。不要计较一时的得失，要把人生当成一个整体，不要分割它，无论遇到什么事，都要向着那个终极的目标前进。当你实现了最核心的那个东西，完成了整体的构建时，任何人都伤害不了你。

第二十九章

从有为开始

原文　将欲取天下而为之，吾见其不得已。天下神器，不可为也。为者败之，执者失之。是以圣人无为，故无败，无执，故无失。故物或行或随；或嘘或吹；或强或羸；或载或隳。是以圣人去甚，去奢，去泰。

在上一章，老子告诉了我们如何与世界打交道，这一章，他又重点讲了如何治理天下。你可能会问，老子不是教人认识道、修道的吗，怎么还管起治理天下的事呢？这就要穿越到我们的文明早期时段了。你也许听爸爸妈妈说过，在那个时代，也就是传说中的“三皇五帝”时期，治理天下的都是圣人。也就是说，在成为国君之前，他们有个更重要的身份，就是修道者。他们通过修道而得道，而成为圣人，有了遵循大道的智慧和德行，才能承担治理天下的重任。这一点，我们从庄子的书中也能看出来。所以，上古时期的君王治理天下，一点都不费力，也没有很强的存在感，民众甚至认不出他们，不知道他们做了什么，只是恬淡快乐地过自己的日子，天下就自然得到了治理。

老子的时代已经开始礼崩乐坏，君王早已不是得道者了，所以，老子顺便教人治理天下，就是想告诉后世的君主，一个合格的君王是什么样子。

我们上一章刚刚讲过，器看似独立，实则一体，大制不割，这一章的治理天下也是一样的道理。所以，老子虽然被后世称为“帝王之师”，但他其实是“圣王之师”，他教给帝王的治国准则和方法，都是遵循大道的，而不是现在流行的管理学技巧，也不是一般的治国之术。

也许有的孩子会想，时代早就变了，我们又不想当什么君主，现在也不需要君主，我们学了帝王之道，懂得如何治理天下，又有什么用呢？

可你们知道吗？你们每一个人，都是“神器”。那什么是“神器”呢？神器就是神圣的载体。而且你们不仅是“神器”，也是“国之重器”，因为“天下兴亡，匹夫有责”。就是说，天下的兴衰荣辱，我们每个人都有责任。所以，不管将来你们做什么工作，会不会当官管理国家，都要有报效祖国、服务天下苍生的雄心壮志。

我们先来看看这一章的大意。

想以强权和暴力勉强得到天下、统治天下，想有为地按照个人意志来治理天下，依我看肯定不会达成目的。天下是一种神圣的载体，它是客观的，被一种说不清的、规律性的东西左右着，不以个人意志为转移。所有有为地想要达到某个目的的人，必然会失败，极力地想要控制世界、控制家庭、控制别人，就必将失去它。世间万物变化多样，人的天性和喜好也不同。有的人喜欢开拓，有的人喜欢跟随；有的

人像凉水需要呵热，有的人像开水需要吹凉；有的人强大，有的人弱小；有的人安分守己，有的人是危险因素。不能一概而论，管理他们也不能一刀切。因此，圣人不走极端，不过度奢华，也不好大喜功。

可见，在治理天下方面，老子的主张，是无为，是放手，让天道自然而然地起作用，减少人为的干预。你也许会有疑问，如果爸爸妈妈完全不管自己，自己可能就玩疯了，做不到自律，何况天下有各式各样的人呢？真是让人替老子捏把汗啊。不过，老子是个智者，他这么说一定有他的道理，让我们跟着老子，去学习什么是无为的治理方式，怎样做才是无为。

1. 顺天的智慧

将欲取天下而为之，吾见其不得已。天下神器，不可为也。为者败之，执者失之。是以圣人无为，故无败，无执，故无失。

第一句话，老子就给很多人迎头浇了一盆凉水。“将欲取天下而为之”，看着非常雄心勃勃，古往今来，多少英雄豪杰，都想要夺取天下，然后以强权治天下。天下在他们眼中，就是一件令人垂涎欲滴的神器，一个象征权柄和富贵的魔杖。他们没有上古时期圣人们对天下的敬畏之心，只有各种欲望，这样的心态，能让天下受益吗？显然不能。但人们非常崇拜这样的人物，觉得他们能建功立业，很了不起，是值得效仿的榜样。可老子淡淡的一句话，就宣告了结果——“吾见其不得已”，意思是这样做没门路，达不成目的。

那么，老子说得到底对不对呢？

为了便于你理解，我再给大家讲几个历史故事。要知道，被历史定格的所有人物和故事，都是我们的标本，有些是正面的，有些是反面的，但不管是正面的还是反面的，只要我们能反观到自己，明白自己该怎么做，就是有益于我们的营养。

比如，老子在这里说的强取天下，历史上就有很多案例。

你肯定听说过秦始皇，他被称为“千古一帝”，因为他统一了六国，结束了当时乱斗的局面。不仅如此，他在建立帝国之后，马上开始强权规范和改革，强化中央对地方的控制，奠定了中国大一统王朝的统治基础，建立了中国历史上第一个多民族共融的中央集权制国家。然而，虽然他做了很多事，但他的目的，不是天下苍生的福祉，而是自己的权力和野心，他想长生不老，永远统治天下，也想让嬴家千秋万世地统治中国，于是，不但他自己短寿暴毙，江山也落得个“二世而亡”的下场。

隋炀帝也犯了同样的错误——他把个人意志强加于天下人，于是遭到了天下人的反抗，即使他是一个非常有为、非常能干的天才君主，即便他的很多改革都是对的，甚至是划时代的，也不能改变他失败的命运。所以，哪怕你的个人意志是对的，有时也必须“知其雄，守其雌”“知其白，守其黑”，否则就会一败涂地。

你看到这里，是不是很敬佩老子？他说得果然正确，可是，为什么会这样呢，又该如何避免呢？答案很简单，老子也告诉我们了：天下是道的载体，是一种神圣的存在，它是大道运作的产物，必然遵循道的规律，面对它时，人们应该怀有敬畏心和责任心，通过它们来认识道，遵循道的规律来治理天下，而不是以个人意志去左右它，否则就是螳臂当车不自量力。所以，我们不要勉强地干预天下，天下自有其运作规律，我们遵循就好。历史上的很多大灾难，都是统治者将个人意志强加给时代、社会所导致的。

一定要明白，个人也好，家庭也罢，都是“神器”，都是客观的存在，都有非人为的规律，不是我们想要如何便能如何，想要控制便能控制的。

例如，在家庭中，父母想要改变孩子，处处控制，孩子就会遂父母的意了吗？就会变成父母想要的样子了吗？人际交往中，我们想要改变另一个人的命运，甚至想要操控对方，可能吗？一定会引发巨大的矛盾，甚至悲剧。所有想要达到某个目的的强权行为，都必然会失败。大事是这样，小事也是这样。这一方面是大自然的原因，另一方面是客观规律。直到今天，有为地、积极地想要达到目的，与客观规律对抗的人，没有几个能成功。因为，生老病死、成住坏空是必然规律，不尊重规律，以人为意志强行干预，其结果必然是悲剧。

再给你举个例子。人类和大自然关系的变迁，很值得我们思考。古时候，人类依赖自然，尊重自然，对大自然的索取是有节制的，甚至还会和大自然商量。因为，他们认为自然界中的一切都有神灵守护，水有水神，山有山神，树有树神，你想要砍树、开山、用水，都可以，但必须请神同意，还要供奉神，并且使用有度。后来，因为科学的参与，一切都变了。人们失去了敬畏之心，不仅毫无节制地开发、使用大自然，还毫无道理地破坏大自然。尤其是进入工业时代后，为了追求近现代化的发展，获取更多的资源和金钱，人们将大自然视为砧板上的鱼肉，肆意切割、取用。一切都向着失控的方向滑去，人类慢慢品尝到恶行的苦果。

我的家乡南部，有个张义镇，那是整个凉州区唯一的山区，非常荒凉，自然条件也特别恶劣，过去很长一段时间里，那里的人都是靠天吃饭。就是说，天下雨，就能长出粮食；天不下雨，那里就是一片荒地。有的地方，甚至没法生存了，政府便将很多农民安置到别处。而那块土地，也已成为贫困落后的代名词。但你知道吗，那么贫瘠的一块土地，很多年前却曾经物产丰富、非常富饶，而且有着独特的文化积淀。至今，那里仍然保存着很多珍贵的文化活化石。那么，是什么改变了那块土地的命运？正是人类对大自然的没有敬畏和过度利用。甘地说过这样一句话："地球能满足人类的需求，但满足不了人类的贪婪。"在第一本游记《匈奴的子孙》中，我细致深入地分析了西部自然环境的历史变迁，其中就谈到了这一点。

其实，我们不仅要敬畏自然，对待每一个人、每一个生命，都应该这样。不管他是大人，还是小孩，不管是人类，还是普通的小动物，因为大家本质上都是"神器"，都值得我们尊重。而最起码的尊重，就是遵循对方的天性，尤其是面对自己和其他小朋友的时候。你一定要明白，每个孩子都是神器，都是上天派来的天使，是来为这个世界增加美的。所以，选择的时候，一定要顺应自己的天性，做什么最快乐，你就做什么，在快乐地做事、快乐地游戏中，学你该学的东西。否则，你就会得不偿失。

圣人明白这个规律，因此总是以无为之心做事，也就是不勉强自己做一些事情，不勉强自己达到某个目标，不勉强自己实现某个功利性的结果，不勉强自己，也就不会失败。无论是治国、做人、修道、工作，还是婚姻、家庭，都是这样，“无为，故无败；无执，故无失”。

所以，老子讲的是，治理天下要无为无执，日常生活中也同样适用，因为每个孩子都要治理自己，治理家长，治理同学，治理身边的每一个人。如果每个孩子都能学会如何治理，困扰大家的很多问题，比如和爸爸妈妈的关系、校园霸凌等等，都会消失。

2. 朴素是大道

故物或行或随；或嘘或吹；或强或羸；或载或隳。是以圣人去甚，去奢，去泰。

孩子们，你们班里有多少同学？他们长得一样吗？性格是否相同呢？答案当然是否定的。因为，在这个世界上，没有完全相同的两片树叶，也没有完全相同的两个人。世间万物变幻多样，各有特点，人的天性和喜好也各有不同，有些人强壮，有些人羸弱，有些人喜欢在前面带路，喜欢做领头羊、先行者、第一个吃螃蟹的人，而有些人则喜欢追随别人，跟着别人一起做事。这就是“故物或行或随”。

“或嘘或吹”，“嘘”是嘘寒问暖的“嘘”，相当于哈气。

我的家乡在大西北，冬天很冷，总是冻手，所以我们经常会往手上哈一口热气，让手暖和一些，这就是“嘘”。“吹”与“嘘”刚好相反，“吹”是用凉风带走热气，叫某个东西快点凉下来，也就是“吹风扇”“吹空调”的“吹”。天下人有些像凉水，需要“嘘”，有些像开水，需要“吹”，不能一概而论。

我打个比方，你不喜欢甜食，一见甜腻腻的食物就没胃口，你的小伙伴却喜欢吃甜食，一见甜食，就喜笑颜开。那么，你们如果一起去买好吃的，会不会买一样的，或者非要对方跟自己吃得一样？肯定不会，对不对？这就叫“不能一概而论”。

你想，连你的小圈子、小班级，都有那么多不同，何况整个世界？

“或载或隳”，“载”是安稳，“隳”是危险。有些人非常安分，但有些人就是危险分子。

万物也好，人也好，有这么多的个性和特色，圣人该如何治理天下呢？似乎不管怎么做，都会众口难调，总不能每个人都单独面对、单独管理吧？但老祖宗说“大道至简”，道可以管理那么多的神器，让每一个神器都各安其位，所以，与道合一的圣人，也肯定有一个最简便最好的方法，能够恰当地治理每一个人。人虽然有千百种，但有些基本的需求和渴望是一样的，例如生理上的温饱健康和心理上的快乐自主。生理上的温饱健康，只要提高社会生活水平，就可以满足，但心理上的快乐自主呢？为什么现在生活好了，物质享受多了，不管大家有什么样的喜好，基本上都可以得到满足，但不开心的人反而越来越多了？因为，表面上的喜好是欲望，欲望是不可能得到满足的，尤其是不可能让所有人都满足。那么，能让所有人都快乐的同一准则是什么？你跟老子学了这么多东西，能不能自己回答这个问题？

对，这个准则，其实上一章老子就说过，那就是婴儿般的纯真素朴。这是每个人本初就有的特性。既然是人所本有的，那么当然可以作为共同的准则。就是说，只要让所有人都找回对道的向往，回归最初的素朴，就可以解决不开心的问题。圣人看似什么都没做，但他创造了一种社会氛围，让老百姓能安贫乐道，因此老百姓自己就能活得恬淡幸福。这也许就是老子提倡“小国寡民”真正的意图。

接下来，老子就开始说怎么做了。

“是以圣人去甚，去奢，去泰。”这里的“甚”是过度的意思。“奢”是奢侈，奢华。“泰”是过满。综合起来，就是圣人不走极端，不爱奢华，不会过度，也不求过满，做什么都是恰到好处，有所节制。

但在我们的现实生活中，能做到这一点的人实在少之又少。很多人都陷在物欲当中，追求这个，追求那个，总觉得自己拥有得不够，所以才会看不破物累，拼了命地算计。东西太多，就会成为负担，人就很难体会到一身轻的生命状态。你一定要明白，有所求真是一件很麻烦的事。

我曾经讲过一个故事：商纣王最早算不上是坏人，甚至还有一些功绩，为中国的大一统奠定了基础。后来，有人送了他一双象牙筷子，他开始用象牙筷子吃饭。在象牙筷子的衬托下，原来那个土制的瓦罐显得很不顺眼，他就换了一个玉碗。有了玉碗，他又觉得木头桌子很不协调，便换了个更气派的大桌子。有了新桌子，他觉得住的地方太简陋了，就大兴土木，建造宫殿。这样折腾到后来，就断送了商汤的整个江山。你也许会说，不就用了一双好点的筷子吗，有这么严重吗？当然，筷子本身没啥，但它能让人生起贪心，而人的欲望一旦生起，是永不满足的。所以，古代有句俗语，叫“一双象牙筷配穷一户人家”，说的就是“人心不足蛇吞象”的道理。

这个时代物质很丰富，而且物欲至上，打开电视机，几乎到处都在宣扬各种物欲。不断追求更好的生活，已经成了人们共有的习惯。就算人们觉得清心寡欲境界很高，也觉得跟自己没啥关系，甘心做个俗人。所以，和你谈这些，你不一定能理解。但你可以观察一下，一个没什么欲望的孩子玩泥巴，玩小石头，看天上的云彩，是不是也很快乐？大家玩游戏机、吃麦当劳的快乐，可能还不如人家呢。而且人家不需要买任何东西，就可以拥有这份快乐，爸爸妈妈没有任何负担，你自己也没什么牵挂。所以，凡事其实越简单越好。否则，你得到自己需要的东西，也会得到很多相应的麻烦。比如，你的要求越高，你的爸爸妈妈越辛苦，因为挣钱不容易。你的爸爸妈妈越辛苦、越不开心，家庭氛围就越糟糕，你就会越不快乐。如果你的爸爸妈妈为了给你更好的物质生活，欠了很多贷款，偏偏又失业了，你们家里就会更不开心、更困难。所以，所有的得到都是失去，所有的失去也都是得到——得到了一大堆物质，就失去了简单和清明；失去了物质的拖累，反而能得到一身轻松，心无牵挂。这下，大家就明白过去的修道者为啥远离人事、追求简朴了吧？但是，过于追求简朴和无为，又容易出现另一种毛病，那就是越来越懒、越来越消极，不去做事。这样也不好。那怎么才算好呢？走中道最好。

你还记得什么是中道吗？就是凡事都不过度，自然而然，恰到好处。

总之，不要有过多的物累，保持纯真和简单，按道的法则生活，才是一个人快乐的秘密，也是圣君治国的秘密。

3. 勉强成自然，最后达无为

老子在这一章讲了无为和无执，要我们顺应天道，不要有太多刻意和勉强的东西，但你一定要正确认知无为。真正的无为不是什么都不做，而是一种对有为的超越，它是复杂后的看破所带来的简单，是低级积累到一定程度所达到的高级，不经过有为的基础训练，很难达成无为。所以，你做很多事情，必须首先勉强自己，按特定形式每天坚持，勉强到一定程度，成为自己的生命常态，像呼吸一样，须臾不离自己的生命时，才是真正的无为。

读过《一个人的西部》的孩子都知道，很早的时候，我的梦想就是当作家。那时我不会写作，只能强迫自己写，即使写不出来，也要每天在桌子前坐着，一边禅修，一边练笔。这样坚持了很久，才终于达成了顿悟，写出了那些好作品。但即便如此，我还是每天写作，哪怕出差在外，或者非常忙碌，也几乎从不间断。所以，经过这几十年，写作早成了我的生命常态，不需要刻意，自然而然就能写得出来。这就是有为后的无为，执着后的不执着。

常有人说，老子很消极，这可以理解。你可能也发现了，老子推崇无为，否定有为，但又没有明确说出怎样才能达到无为，学者们不明白什么是真正的无为，当然会以为老子消极。不过，《道德经》中也有很多有为法，也就是从浅入深的训练方法。比如，前一章中的很多内容，就是有为的。如“知其荣，守其辱”“知其白，守其黑”“知其雄，守其雌”等等。因为，如果已经达到无为，根本就不会有荣辱、黑白、雌雄等概念。而且，老子不仅仅强调“知”，也强调“守”，“守”的过程，就是勉强自己的过程——哪怕你的天性中不愿做一些事，也一定要勉强自己去做，因为只有勉强，才能改变原本的习惯，帮助你升华自己。勉强自己去做，就是有为。经过漫长的训练，将它变成你的性格和习惯，再也不执着结果时，就是无为。

比如，我刚才说，每个人都是神器，每个孩子都是天使般的存在，你是不是有些疑惑：社会上也有犯了罪的人，也有小孩子会做坏事，他们一点也不像神器、不像天使啊？我说的“每个人都是”，指的是每个人最初的样子。大家本来是神器、是天使，但因为后天环境影响和自己的迷惑，他们没有体现出神器和天使应有的样子。这该怎么办呢？有为地训练自己，让自己积极行动起来，改变自己，不断地向善、向好。你要记住，这个积极有为的过程，是绝不能少的。人从婴儿渐渐长大，哪怕只是长到你们这么大，也难免沾染欲望和概念的污垢，无论是谁，都需要经历回归的过程。古人说得好，没有天生的圣人。

传统文化认为，人人皆能成为圣人，这让有些人特别自信，觉得自己本来就是圣人。我经常会遇到这样的人。我会告诉他们，这句话你现在还不能说，必须等到你有圣人、智者的行为时才能说，想要成为圣人和智者，必须刻苦磨砺，才能超凡入圣，不然，你还是一介凡夫，你的行为还是超越不了凡夫的层次。就像松树的种子刚开始只是一个可能性，它必须被埋进土里，一天天成长，将来才有可能长成参天大树。

孩子们，你们也一样，虽然你们是好种子，有着无穷的潜力，有可能会超凡入圣，但仍然必须训练自己，积极努力，不断向上，不断完善自己，修正自己的心和行为，让成圣的种子开花结果。

所以，我们要追求无为，但是要从有为做起；追求自然，但是要从勉强做起。勉强成自然，最后就会达成无为。你一定要记住，自在不成人，成人不自在。

第三十章

战争没有赢家

原文 以道佐人主者，不以兵强天下，其事好还。师之所处，荆棘生焉。大军之后，必有凶年。善有果而已，不敢以取强。果而勿矜，果而勿伐，果而勿骄，果而不得已，果而勿强。物壮则老，是谓不道，不道早已。

孩子们，生在如今的时代，你们觉得自己幸福吗？我常常会感叹，觉得生在这个时代的中国，真是太幸福了。为什么呢？如果你经常关注新闻，就会发现，在这个世界上，还有很多国家仍在打仗，很多老百姓还生活在水深火热之中，但我们国家却很安定和平。我们的幸福生活，当然是无数先辈用血汗换来的，这是我们的幸运，所以，我们要心存感恩。

老子没有我们的这份幸运，他生活的那个时代，正好是中国历史上的一大变革期，各个诸侯国都在争夺霸权，谁都想吞并别的国家，拥有更大的权力、更多的土地，谁都觉得征服者比被征服者更厉害。于是，我们脚下的这片土地上，就整天都在打仗，乱得一塌糊涂，到处民不聊生，哀鸿遍

野。很多老百姓因为战争而家破人亡，或因不堪重负而背井离乡、流离失所，非常悲惨。于是，老子趁着给尹喜传道的机会，明确表达了自己对战争的看法。

他具体是怎么说的呢？我先翻译一下本章的大意。

要用真理来辅佐领导者，不要用暴力和武力来称霸天下。穷兵黩武这种事必然会得到报应。打过仗或驻扎过军队的地方，都会变成荆棘丛生的荒野。大战之后，一定会出现荒年。善于用兵的人，只要达到用兵的目的就会停止作战，并不以兵力强大而争强好斗。所以，就算达到目的，也不要妄自尊大，夸耀骄傲，自以为是，要认为这是不得已而为之，更不要继续逞强。事物过于强大，就会走向衰朽。因为过度的事物不符合“道”，不合于“道”的，很快就会终结。

看了这段话，我们就清楚了老子的态度，他反对用武力和暴力称霸天下。为什么呢？因为“其事好还”，意思就是，对别人发动战争，自己也终将会承受暴力。善用武力者，必然会被武力所灭。

你如果不太理解，我们可以做个小游戏。你用你的小拳头去砸地面或墙面，你的拳头是不是很痛？在物理学中，这叫作用力和反作用力，又称牛顿第三定律。就是说，相互碰撞的两个物体（你的拳头和地面或墙面）会同时感觉到冲击力，且力量的大小相等，方向相反。大人们常说的因果法则，也是这个意思。

况且，无论从哪个角度来看，战争都是残酷的。我们没有亲历过战争，但我们能感知到战争的残酷。你也许看过一些战地记者拍摄的战地照片，还有一些视频，人们的家园被炮火摧毁，大街上奔跑着绝望恐惧的孩子，他们的父母可能就在躺倒的尸体之中。看到这些，你心中一定会很痛，因为，我们谁也不愿意失去和平的生活，失去我们的家园和亲人，是不是？尽管每天都很平凡甚至重复枯燥，只有上学、放学、回家吃饭睡觉，最有趣的，就是有时的周末可以读书或游玩，假期可以旅游，但平时繁重的各种功课，还会容易让我们烦躁，对不对？但你知道吗，我们习以为常，有时还会有点嫌弃的生活，在饱受战火摧残的人们眼里，简直就如天堂般美好。所以，人往往失去了才懂得珍惜，希望你不是这样，要在拥有的时候就好好珍惜，珍惜和平。

而且，战争虽然有胜负，但从来都没有赢家。所有人都是受害者，所有人也都是加害者。因此，所有的智者都反对战争，包括远离官场、置身事外的老子。你要珍惜我们的美好生活，并为这种美好能相对永恒，而好好读书，长大后，为世界和平做出自己的贡献。

1. 用武并非强大之道

以道佐人主者，不以兵强天下，其事好还。师之所处，荆棘生焉。大军之后，必有凶年。善有果而已，不敢以取强。

“以道佐人主者，不以兵强天下，其事好还。”圣人倡导，要以道辅佐统治者，以仁爱之心治理天下，不要穷兵黩武，否则，同样的事情，就会发生在自己身上。就像人们常说的，喜欢抡刀子的人，必然会招来刀子。

老子强调，无论是国家还是家庭，都要用真理、智慧来治理，永远不要用暴力征服对方。所有用暴力和力量战胜别人的人，必然会受到别人的反抗和报复。你打别人一拳，别人就会回敬你一拳；你踢别人一脚，别人就会回敬你一脚。有时，他因为暂时打不过你，内心积累了仇恨，就会用很长的时间积蓄实力，然后将你带给他的痛苦加倍还给你。越王勾践就是这样，他战败后在吴国忍受了很大的屈辱，三年后回到越国就发愤图强，最后灭了吴国，确立了霸主地位，但越国后来也被其他国家灭了。一代天骄成吉思汗，征战一生，率领蒙古铁骑横扫欧亚大陆，灭了四十多个国家，可最后，元朝还是不足百年，便被又一场暴力征战终结了。所以，用武并不是强国之道，也不是长治久安之道，战争不可能带来和平。

再比如，有的家长信奉一句老话，叫“棍棒底下出孝子”，于是，管教孩子就过于严格，动不动就打骂，要么激起孩子的逆反心理，要么把孩子给吓怕了，让孩子对自己恐惧和疏远，要么就是越打越糟糕，孩子破罐子破摔。当然，我说这些，不是叫大家找到借口反抗父母，也不是叫大家埋怨父母、批评父母，而是想告诉读者中的父母，要尊重关爱自己的孩子。孩子也一样，要尊重父母，不能对父母大声呵斥，更不能对父母拳打脚踢，你怎么对待父母，你的孩子将来就会怎么对待你。家庭教育一定要和风细雨，绝对不能动不动就打孩子。有智慧有水平的家长，一般不打孩子，也能管教好孩子。所以，武力和暴力，也许恰好是弱小的表现。真正的强者，绝不会用暴力解决问题。

班级里也是这样，同学们之间，发生一些小摩擦很正常，但是不能打架，打架解决不了矛盾。国家与国家之间也一样。历史上有些国家，打仗打了上百年，比如英法百年战争，打到最后，互有输赢，谁也没把谁吞掉，白白牺牲了很多人命，耗费了大量的资源。所以，要讲道理，遵循真理行事，不能老是打仗、老是敌对，只有和谐才能带来幸福。

老子讲得多好，他讲的都是真理，但就算他讲了这么多，两千多年来，人类世界也还是征战不断。有些军队甚至伤害平民，伤害孩子，摧毁医院，这就是战争对人心的异化。战争永远不会带来幸福和美好，只可能带来诸多恶果。当然，抵抗战争中也会出现感人的精神，但这是拯救和保护的精神，而不是进攻和暴力的精神，它们是两码事。老子反对的是暴力的掠夺和攻击。

老子说："师之所处，荆棘生焉。"大家注意了，这里的"师"可不是老师的"师"呀，而是军队。发生过战争的地方，就会成为荆棘丛生的荒凉之地。不仅如此，大战之后，必定会有大灾难降临，诸如瘟疫、干旱、洪水等等。我的家乡，有一座汉朝将军的雕塑，那个将军在中国军事史上赫赫有名、无人不知，他就是霍去病。他十七岁就驰骋沙场，打仗英勇凶猛、指挥有方，年纪轻轻便立下赫赫战功，可惜二十四岁就死了。为什么他那么年轻就死了呢？是战死的吗？不是，是在战场上感染了瘟疫。你要明白，战争是瘟疫的助缘，一旦爆发大规模的战争，就会有无数的尸体——人的尸体、战马的尸体，也有其他动物的尸体。这么多尸体暴露在烈日之下，很快就会腐烂发臭，产生致命的病菌和毒气，污染空气和水源。这时，瘟疫就会暴发。所以老子说，"大军之后，必有凶年。"现在的战争就更可怕了，因为有许多国家都拥有核武器，只要一个疯子按下大型核武器的发射按钮，整个世界都会被毁灭，人类文明会就此终结。

当然，有些战争是不可避免的。例如，有人发动战争，侵略别人，被侵略的国家，不想打仗也得打，因为要保卫国土和百姓。还有一些迫不得已的反抗暴政的起义等等。那么，被迫战争的一方该怎么办呢？老子说“善有果而已”。意思就是，那就尽量少杀点人，少造成一些破坏。打仗的目的是征服对方，而不是杀人掠城，所以，实在不需要在打仗时杀很多人，更不需要在打了胜仗后屠城。

历史上虽然有许多屠城的暴君，但也不乏开明的君主。你还记得我们前面讲过的刘邦吗？他在这方面做得就很好，他攻入咸阳之后，因为秦王子婴投降，他不战而胜，所以非但没有伤害咸阳城的老百姓，还跟军队约法三章，不准将士们欺负老百姓，并废除了秦朝的严苛法规和杂税，整顿了当地的吏治。因此，老百姓对他的印象很好，他还没有入主关中，就已经得到民心了。得民心者得天下。朱元璋打天下时，谋士李善长也告诫朱元璋，只要你向汉高祖学习，不乱杀人，知人善用，就可以很快平定天下。朱元璋照做之后，果然建立了明朝。这就是“以道佐人主”。如果违背了道，又会怎么样呢？项羽虽然靠武力得到了政权，但他并没有得到民心，没过多久，就因为不得民心，被刘邦给灭了。

所以，你从小就要明白智慧和爱的重要性。对一个人而言，智慧与爱永远都是第一等的，没有智慧，一生难有出息；没有爱，智慧也很有限。看过《宝莲灯》的孩子就知道，小沉香是凡人的孩子，没什么力量，他最后能战胜天神，凭借的正是智慧和爱。此外，爱会让我们拥有良好的人际关系，能顺畅地与人沟通，也会得到很多人的帮助——哪怕你不是最强大最有能力的，也不要紧。例如刘备，比起同时代的很多英雄，他显得有点弱，但他建立了蜀国，麾下有一大拨谋士、大将。为什么？就是因为他拥有智慧和爱，做到了以德服人。

我小的时候，从没有人告诉我这些道理，我的父母也不懂。所以，我从小就不擅长人际关系，长大之后，才发现人际关系很重要，但要做的事太多，我觉得做好自己就行了，还是没有花时间和精力去搞关系，以至于走了很多弯路。当然，后来因为有作品，得到了他人的认可，我才有了很好的人际关系。但你不要这样，没有得到世界认可，世界不知道你是什么人的时候，必须学会用行为表达你的爱，和人建立和谐的关系，否则，你无论什么事都做不成。你一定要记住这一点。人的成功不可能是个体的成功，必然是团队的成功。有一个强大的团队，有很多人帮你，你才可能成功。周公、曹操等人之所以求才若渴、礼贤下士，就是因为他们明白这个道理。

之所以和你们分享这些，就是希望你们从小学会如何与世界、与别人沟通，不要跟别人冲突，跟家里人也不要冲突，无论对待家里人，还是对待其他人，都要以德服人、以道服人。如果将来不但能做到以德服人、以道服人，还能做到以道治家，就很好了。这就是良好的家庭文化，也是一种智慧的取舍。

所以，我们虽然很可能不会带兵，也不会成为元帅或将军，但我们仍然可以用到这一章的智慧，只要拥有这种智慧，把它运用到日常生活中，你就是成功的人。

简单地说，就是不论做什么，都不要在乎结果，只管做最好的自己，善意地对待身边的一切人、一切事。我们不要学习霸主，不要表现得强大和霸道，更不要时时逞强，以武力来显示自己的威风。

2. 成功后的警醒

果而勿矜，果而勿伐，果而勿骄，果而不得已，果而勿强。

那么，如果不得不打仗，而且还取胜了，是不是就值得大肆欢庆呢？是不是就可以肯定战争，甚至鼓励战争呢？老子的回答是，即便战胜，也不要妄自尊大，不要自吹自擂，不要骄傲，不要逞强，因为战胜是出于不得已。

老子说得对不对？肯定对。你要知道，战争的胜利，不同于其他活动的胜利，如果你参加的是比赛或某个挑战游戏，胜利了当然值得庆贺，因为你取得了进步。而战争带来的永远都不是进步，哪怕是战胜方，也只可能倒退，而且是经济、文化、人性和国力的全面倒退，这种影响很难抹去，有什么值得庆贺、鼓吹和夸耀呢？

第二次世界大战结束后，战胜国的民众纷纷庆祝胜利，但人们很快就发现，并没有什么值得庆贺的。因为，战争是取胜了，可几乎所有人都受到了重创。家园不再，亲人不再，往日的一切都回不来了，留下的只有身心痛苦。“二战”后，很多人，特别是一些参战人员，长期遭受心理疾病的折磨，他们几乎夜夜梦回残酷的战场，看到战友们被炸飞，看到敌人对民众的屠杀，那些画面他们想忘都忘不掉，更不会骄傲地炫耀自己的强大了。除去少数的战争狂热分子，几乎所有人都宁愿从未发生过战争，无论是战胜方还是战败方。

你明白了吧，老子虽然置身事外，但其实非常悲悯，他理解有些战争是迫不得已的，更理解爱好和平者的痛心和无奈。所以他警戒战胜者，战争中取得的所谓胜利，是丝毫不值得鼓吹和庆贺的。因为，所有的鼓吹和夸耀，都可能成为下一场战争的引子。

那么，其他领域的胜利，我们是不是就可以肆意地骄傲夸耀了呢？比如，一个人在达到一个预定的目的后，是不是就大功告成，可以无所顾忌了呢？不是的。前面我们已经说了，圣人做事，总是像古兽“豫”一样，战战兢兢，如履薄冰。所以，老子特意又敲响了五个警钟：“勿矜”“勿伐”“勿骄”“不得已”“勿强”。

既然已经成功了，为什么还有这么多“不要”呢？你要明白，只要生命不止，所有的成功，都不是终极的成功，而是人生路上的一些站点。因此，即使成功了，也只是下一站的起点而已，重新出发时，一切都将归零。但在我们的生活中，人们往往取得一点小成功，就沾沾自喜，甚至以为可以躺在功劳簿上享受一辈子。所以，老子的这些提醒看似简单，却是最不容易做到也必须做到的。

首先是“勿矜”，这里的“矜”是自尊自大的意思，就是说达到目的、取得好成果，也不要因此而自负，觉得自己很了不起。

其次，“勿伐”，伐就是夸耀自己、炫耀自己。意思就

是，即使你取得了好成绩，也不要骄傲自满，不要自我炫耀，否则就会引来别人的妒忌，甚至祸患。小时候，我不知道人性善妒，我以为我取得了好成绩，身边人会随喜，因为我就是这样的，我总是会为别人的进步由衷地感到开心。于是，我老是跟朋友分享我的成绩，哪怕有一点小小的成绩，也会告诉朋友，想让他分享我的喜悦。后来我慢慢发现，我越是分享，对方的脸色就越是难看，这时，我才知道，朋友不一定喜欢听我谈这些，甚至不希望我取得什么成绩，至少不会因此觉得高兴。所以，你取得了好成绩，也要低调一些，照顾别人的感受。

“勿骄”也是这样，就是不要骄傲，骄傲的人，会被成绩拴住脚，再也前进不了。

再次是“不得已”。你可能会问，成功不都是人们追求的吗，怎么还会“不得已”呢？战争的成功确实是不得已的，你还小，也许对中国人民的抗日战争不太了解。你们可以问一问爸爸妈妈，或是上网看一看文章，那场仗我们打了十四年，无数人抛头颅洒热血，受尽折磨。没有人想打仗，哪怕取得了胜利，也没有人高兴，因为中国人民付出了巨大的代价。

最后，“勿强”，就算有好的结果，也不要逞强，不要咄咄逼人。

因此，一个人能取得成功很重要，但更重要的，是他取得成功后的态度。看一个人有没有智慧，灵魂有没有厚度，你就要看他取得成绩之后怎么样。如果他取得一点成绩就沾沾自喜、夸夸其谈、不可一世，就不会有什么出息，除非他改变自己的心。如果他不在乎自己取得了什么成绩，非常谦虚，不断精益求精，他就必然是一个有出息的人。

3. 顺道，才能长久

物壮则老，是谓不道，不道早已。

这句话虽然短小，但包含着非常深的智慧。万事万物发展到最强大的时候，都会开始衰退，人也是这样。

你知道吗，古代医书《黄帝内经》中说，对于一个男孩子来讲，三十二岁是生理意义上的巅峰时期，过了三十二岁，他就会开始衰老，他的身体不可能一直变强。所以，我现在有了白胡子白头发。任何人都是这样，因为“物壮则老”。这与《红楼梦》中，秦可卿给王熙凤托梦时说的，“水满则溢，月满则亏”，是一个道理。前面，我也多次讲到了，做人不要太满，凡事要留有余地。

我这样说，爱刨根问底的孩子可能就会想，如果我继续追求圆满，会怎么样呢？在最初学习《道德经》时，我们就说过了，顺其自然才是道，如果不顺其自然，违背事物本身的发展规律，硬要继续追求，就会“不道早已”，用我们今天的话来说，如果不合乎道，就会很快完蛋。

如果你观察过一朵花的绽放，就会发现，最初，它只是个花骨朵，渐渐地，它打开了自己，一天天舒展开鲜嫩的花瓣。等到花瓣全部打开，它就会慢慢枯萎，不可能一直保持绽放状态，更不可能变回从前的花骨朵。这就是道。所以，我们要遵循大道。如果不符合大道和真理，一切都不会长久。这就是“不道早已”。

再给你讲个历史故事。清朝有个大臣叫年羹尧，他为朝廷做出了很大的贡献。皇帝对他很好，起初，他也非常感谢皇帝的知遇之恩，可后来，他就飘了，觉得自己真的很不了起，甚至有一次，打仗回来后，他忘了君臣之礼，竟与皇帝并驾齐驱。皇帝这时就知道他不识抬举，开始找他麻烦贬他的官，最终逼他自杀。

无论是历史上，还是当下这个时代，很多人都犯了这个错误，不懂克制，不断地索求更多，最后打碎了一种美好，结局很不愉快。所以，学会感恩，学会知足，任何时候都不会错。

农村里养的小猪仔，拼命地吃啊吃，早早地养成了大肥猪，结果很快就被杀了。难道人跟猪一样吗？智者就不会让自己“吃太肥”，不会把所有的荣耀和好处，都往自己身上堆。比如，范蠡帮助越王勾践完成复国大业之后，立即辞官，到齐国做商人去了；张良帮助刘邦建立大汉王朝之后，也立即辞官归隐山林了。他们二人都得到了善终，因为懂得“物壮则老”的道理。

唐太宗时期的宰相长孙无忌很有意思，他前期很明白，后期不知怎么就糊涂了，人生曲线也就变了。太宗时，他始终很注意分寸，多次拒绝唐太宗的封赏和升迁，于是将唐太宗的礼遇、信任和器重，一直维持到唐太宗死后。可惜，唐高宗上任之后，他就有点“拎不清”了，惹得新主子很不高兴。后来，高宗和武后就找了个理由把他逼死了。如果他能一直注意分寸，就能得到善终。

所以，你要明白道、顺应道，凡事都留有余地，谦虚而低调，始终都保持一颗平平常常的心。即使考试考了满分，也要觉得自己其实没什么了不起，永远有一种归零的心态。养成这样的心灵惯性之后，将来即使做了天大的事，也不张扬傲慢，你的人生就一定会有别样的色彩。

希望你学完《道德经》之后，能好好地完善自己，学会低调，学会忍让，永远知道自己的不足，学会得到之后的谦虚与谦卑，学会永远不骄傲，学会不跟人冲突，学会永远和谐，学会永远尊重他人，学会感恩那些指出你过错的人。

第三十一章

战火中的疼痛

原文

夫兵者，不祥之器，物或恶之，故有道者不处。君子居则贵左，用兵则贵右。兵者不祥之器，非君子之器，不得已而用之，恬淡为上。胜而不美，而美之者，是乐杀人。夫乐杀人者，则不可得志于天下矣。吉事尚左，凶事尚右。偏将军居左，上将军居右。言以丧礼处之。杀人之众，以悲哀泣之，战胜以丧礼处之。

这一章和上一章是一脉相承的，老子继续表达对战争的看法。他生活在春秋晚期向战国过渡的时代，以礼乐制度治天下的周朝，再也没有了以往的祥和气象，几乎所有的秩序，都在逐渐被破坏。诸侯之间的争斗，也不再遮遮掩掩，而是变成了赤裸裸的武力角逐。老子虽然有运筹帷幄的智慧，对天下形势也洞若观火，但他不想参与其中，不想辅佐哪位诸侯称王称霸。于是，他选择了隐遁。他将对天下的关切和忧虑，对战争的否定和告诫，继续写在了这一章中。

我们先来看看这一章字面的意思。

兵器是不祥的，人们都很厌恶它，有道的人不会使用它。君子居住的地方，一般是以左边为贵，而用兵打仗时，就以右边为贵了。兵器这个不祥的东西，不是君子使用的，即使万不得已要用它，也最好是淡然处之，胜利了也不自鸣得意。如果一个人打了胜仗，自以为了不起，就说明他喜欢杀人。凡是喜欢杀人的人，是不可能得志于天下的。吉庆的事情以左边为上，凶丧的事情以右方为上，打仗的时候，副将一般居于左边，主将则居于右边，就是说，要以丧礼仪式来处理用兵打仗的事情。战争中，一般都会杀人太多，所以，要用哀痛的心情参加，打了胜仗，也要以丧礼的仪式去对待战死的人。

战争一直是人类无法摆脱的噩梦，就像物体摆脱不了自己的影子。为什么会这样？因为，战争发生之前，人们的内心就开始了对战争的演练，这就是在种下战争的种子。你发现没有，很多人即使现实中没有参与战争，也会在虚拟世界里不断地参与战争——对，就是网络游戏中的战争。多少孩子乃至成人乐此不疲，在虚拟世界中杀得你死我活，满脑子都是买什么武器、杀多少人、建立多少版图，这些不都是战争的演练吗？就连不打游戏的时候，很多人也会围绕这个话题聊天，白天见面聊，晚上网上聊，每天都有大量时间，让自己浸泡在这样的信息里。

你有没有想过，这些血腥的话题，已经伤害到你们自己？没有，对不对？因为你们觉得那个世界是虚拟的，跟现实世界没有关系——制作这种游戏的大人们也会这么安慰自己——但是，正是通过玩这种游戏，你们心中一种贪婪的、暴力的、野蛮的东西被激活了。不知不觉中，某种残忍的理念就会植入你们的潜意识，打碎你们对和平的向往和热爱。假如有一天，你们掌握权力，可以支配军队，甚至成为统治者，你们就容易穷兵黩武。明白了吗？这就是文化的熏染。

因此，重新提倡老子思想是一件好事，孩子们从小就接触老子思想也是一件好事，它会冲淡网络上的负面信息对你们的毒害，让你们从小建立一种正确的价值观。

你一定要记住，我们要远离暴力和好战的思想，所有有德行、有道德底线的人，都不会接纳这样的思想，也不会崇尚暴力。

1. 和平背后的暴力基因

> 夫兵者，不祥之器，物或恶之，故有道者不处。君子居则贵左，用兵则贵右。兵者不祥之器，非君子之器，不得已而用之，恬淡为上。

老子认为，兵器是不祥之器，意思是刀剑之类的武器会给人带来不吉祥。它们的出现和使用，意味着杀戮和死亡。虽然在中国历史上，兵器的研制和发展一向较为发达，十八般武器你可能也都听说过，但中华民族其实不喜欢打仗，更不喜欢侵略别人。

讲用兵之道最著名的《孙子兵法》开篇就说过："兵者，国之大事，死生之地，存亡之道，不可不察也。"就是说，用兵是关系到个人生死、国家存亡的大事，不能不慎重考虑。确实是这样的，没有人喜欢打仗，有道的人，更不会喜欢打仗。

接下来，老子点出“君子居则贵左，用兵则贵右”的现象，分析了背后隐藏的玄机。什么玄机呢？你们别看只是位置的不同，在这里，它们的区别可大了。为什么呢？因为在我们的传统文化中，左为上，表示东方方位，太阳从东方升起，象征生机，古人认为左边主贵、主生，是非常吉祥的，地位高的人通常居左。而右为下，表示西方方位，是太阳落下的方向，象征衰落和死亡，古人认为右边主煞、主死，地位较低者通常居右。所以，古时候，从座位上，就可以看出谁的地位高，谁的地位低。但在领兵打仗时，却与平常正好相反，权力大的人要坐在右边，次一等的人才坐在左边。

你可能又迷惑了：为什么要这样安排呢？因为，老祖宗认为，主杀主灭的右面是不吉祥的，既然发号施令的人可以决定如何杀人、何时杀人、杀多少人，他一旦发号施令，就有很多老百姓死去，那么即使他的地位很高，也是不吉祥的。所以，他就被安排在右面。偏将军虽然也不吉祥，但他没有上将军那么大的决策权，杀的人相对少一些，所以居左。

但不喜欢打打杀杀，并不意味着就不会去打打杀杀。就像前面说的，就算君子不喜欢战争，不喜欢杀人，不愿手执兵器，有时还是不得不这么做，这时该怎么办呢？老子说“恬淡为上”，意思就是淡然处之。只有安静、沉着，不崇尚暴力，才是君子该有的品德。老子借谈兵器之道，又强调了一次不得已参战时该有的心态。

你一定要明白，我们今天的幸福生活真的来之不易，我们要倍加珍惜，不要动不动就嚷嚷着打仗。战争是很可怕的，战争唯一的结果就是破坏、毁灭和杀戮，没有任何正面的意义。就像老子所说的，哪怕是很多人所认为的正义的战争，也是不值得推崇的，它只是一种不得已的做法，哪怕胜利了，也没什么值得高兴的。为什么呢？因为所有士兵都是老百姓的孩子呀，所以，杀来杀去，其实杀的都是老百姓。

既然如此，我们为什么不能和平共处，要互相残杀呢？

2. 忏悔是血色中的光明

胜而不美，而美之者，是乐杀人。夫乐杀人者，则不可得志于天下矣。吉事尚左，凶事尚右。偏将军居左，上将军居右。言以丧礼处之。杀人之众，以悲哀泣之，战胜以丧礼处之。

你一定要明白，这种否定杀戮的思想非常了不起，是中华民族对人类最伟大的贡献之一。老子思想影响下的国君，一般都崇尚“休养生息”，不喜欢打仗。我经常谈到的西汉初期的文帝和景帝，就奉行黄老之术，对内与民休息，对外尽量不开战端，总是以柔克刚，用和亲来维护和平。这固然有当时国力尚不够强大的客观原因，但更多的还是因为统治者不愿意打仗，爱惜民力。

说到和亲政策，历史上很多读书人认为这是一种屈辱，但你要明白，和亲政策保护了很多老百姓。民族主义的好战思想非常狭隘，真正进步的人类文明是面向整个人类的，它必然提倡博爱、和平与包容。就像老子不断强调的，就算为了保家卫国不得不迎战，也要明白战争的丑恶；即便最后打了胜仗，也要明白这没什么好沾沾自喜的，因为战争和屠杀本来就是一种罪恶。

老子还说："夫乐杀人者，则不可得志于天下矣。"喜欢杀人的人，得不到天下人的一致认可，即使能暂时得到天下，也很快就会灭亡。中国历史上第一个大一统王朝秦朝就是这样，从建国到灭亡，只有十五年时间。爱好打仗的君主四处征伐、穷兵黩武，浑身充满了暴戾的气息，即便具有优秀的统治才能，十分聪明，也无法避免不好的结果。汉武帝、隋炀帝、成吉思汗，都是其中的典型。隋炀帝身死国灭，成吉思汗死于战场，他打下的帝国很快也分崩离析。

"吉事尚左，凶事尚右。"过去都把吉祥的东西放在左边。前面也说过，左边主生，吉祥的东西放在左边，它就会生长。反之，把不吉祥的东西放在右面，它就会受到抑制。

"以丧礼处之"，有些将军打完仗之后，会请和尚念经，超度亡灵。不管那些亡灵能不能得到益处，这种行为，都让人觉得非常温馨。因为，它体现了人类最美好的一种情怀——悲悯。要明白，世界上不缺仇恨，不缺嫉妒，不缺愤怒，甚至不缺陷害和诅咒，你只要打开电脑、电视、手机，就会看到很多相关的行为和情绪，但是，承载了宽容、包容、悲悯等情怀的行为却不多——不能说没有，只是不多。

"杀人之众，以悲哀泣之。战胜以丧礼处之。"就算杀了很多人，也仍然要怀有一颗悲心，觉得迫不得已杀这么多人很痛苦，明白自己是在造罪。不要有战胜的喜悦，更不要沾沾自喜，要像举行丧礼一样，面对杀人换来的胜利。

我前面也说过，虽然现在是和平年代，不像过去那样，有大规模的杀戮行为，但青少年玩的暴力网络游戏，却在肆无忌惮地传播着它的毒素，因为杀人游戏的流行，很多人在潜意识里都起了杀心。哪怕只是玩游戏，杀心过重也不是好事。因为，有什么样的心，就会有什么样的行为，也会有什么样的后果。你一定要知道这个规律。

你如果愿意听我的话，就不要再玩那些战争游戏、杀人游戏。要知道，设计这些游戏的人是在制造罪恶，他们播下的是断绝他人生命的种子，用古人的话来说，他们会因此而绝了自己的子孙后代——不要觉得这是诅咒或者恐吓，它是一种因果规律。春天，你种下什么种子，到了秋天，就必然会收获什么果实。

要知道，孩子们都会长大，其中必然有人会掌权，会成为领导者，假如孩子们从小玩杀人游戏，长大后会怎么样？很可能会变成战争狂魔，时不时就竖起一个核武器发射架，时不时就想发射核弹，总是让世界一惊一乍。所以，我们应该保护自己的心灵，保护自己的善良。世界的未来就寄托在你们身上，你们必须成为有着健康心灵的人，不能成为战争狂。否则，你们就会给世界带来灾难，给人类带来灾难。到了那个时候，就会爆发第三次世界大战，而人类将不会再有机会延续当前的文明，现代战争的破坏力非过去所能相比，一切都将终结。这是任何一个人、一个民族、一个国家都无法承担的后果。

3. 暴力基因比暴力更可怕

我在长篇小说《西夏咒》中写过这样几段话：

人类最可怕的不是屠杀，而是对屠杀的讴歌。你只要翻开历史，就会发现人类顶礼膜拜的，其实是屠杀自己同类的人。杀人越多，可能越被认为是英雄，如拿破仑、亚历山大、成吉思汗、曾国藩等。这是整个人类的堕落，也是历史书写者和文学参与者的罪恶。

杀人者因为有其强权基础和欲望引诱，会情不自禁地进行屠杀。当人们无法制止其屠杀时，就不能不忍受命运的苦难。但我们必须明白一点，那屠杀是罪恶，是必须谴责的，决不能讴歌。这时的讴歌比屠杀本身更值得诅咒。因为屠杀者终究会因肉体和生命的消失而中止罪恶，那“讴歌”却可以依托文化传递给后人，在人类心灵中植入恶的基因。而一遇到适宜的气候，那恶的种子，就会发芽、生根、开花，长出杀性更重的屠夫来。

……

我们的文化，不应该是啦啦队。因为历史告诉我们，所有讴歌罪恶者，最终也会成为罪恶的牺牲品。

面对历史上的一把把屠刀，我们应该放直了声音——哪怕会招来屠刀——歇斯底里地大叫：那是罪恶！

当一个个人、一代代人，一直这样叫下去，等到有一天，人类翻开以前引以为傲的历史时，他们定然会羞红了脸。因为，他们一直将血腥当成了胭脂。

那时，他们会说：来呀，将这块罪恶的抹布扔向阴沟，由我们来重写历史吧。

那重写的历史里，定然会有有益于人类的无上光明。

你一定要明白，我们需要在民族危难时能挺身而出、承担重任的人，但不需要仇恨、隔阂，也不需要仇恨与隔阂所导致的杀戮。所以，“兵者不祥之器，非君子之器”“战胜以丧礼处之”的思想真的太伟大、太了不起了。我们需要老子的和平思想。假如这种声音越来越小，充满隔阂的声音越来越大，社会上就会出现一些非常可怕的人，社会就有可能因为他们陷入巨大的灾难。

老子生活的时代就是这样，那个时代充满了血腥，每一个统治者都崇尚暴力，都想开疆拓土，称霸天下。除了老子、墨子等不多的几个智者外，没有人发出和平的声音。我曾说过，一块田地不种庄稼，就会长满杂草，社会文化也是这样。和平博爱的声音越来越小时，人与人之间，就会越来越冷漠，阶级之间的血腥争斗就会越来越多。这样的文化背景下，人们不但不会向往君子，还会耻笑君子。

给你讲一个令人非常心痛的故事，故事的主人公是宋襄公。泓水之战时，宋国的军队不如楚国强大，有人就劝宋襄公，在楚军渡河的时候进攻，打他们一个措手不及，但宋襄公觉得这样不仁，就拒绝了。等楚军过了河，开始在岸边布阵时，那人又劝宋襄公马上进攻，不要等他们布好阵，宋襄公还是不肯。最后，宋军果然寡不敌众，宋襄公也受了伤。

但那大臣埋怨宋襄公时，宋襄公却说，我知道按你说的做，才有生机，但一个有仁德之心的君子，作战时不攻击已经受伤的敌人，不攻打头发斑白的老人，也不靠关塞险阻取胜，所以我不忍心。

你想想，宋襄公多么高尚，在兵不厌诈的战场上，他的选择非常值得人们敬畏，但悲哀的是，他不仅没有得到历史的敬畏，反而被耻笑了上千年。很多人都说他是"妇人之仁"，愚蠢无比，包括一些很有话语权和影响力的人。有人还说他是假道学的典范，沽名钓誉。他们都忘了，这本来就是礼乐时代的规矩，在春秋早期，即便打仗也要遵守君子之道，决不能野蛮地杀来杀去，后来礼乐制度崩溃，人们开始毫无节制地追逐功业，宋襄公才成了异类。当然，也有人赞叹他的德行，认为他是一个君子，但这样的人并不多。

宋襄公确实是那个时代的最后一个君子，因此便成了一个笑话。这正是最令人心痛之处，它标志着高尚的时代终结，堕落成为共识和常态。

宋襄公败了之后，就更没有人在战场上守君子之风了。大家都觉得胜利是第一位的，因为历史对一场战役的评价，是胜负，而非能不能守住道义。中国文化的价值评判体系也发生了变化，从过去的讲究文明礼仪，变成了后来的为求利益不择手段。这也是一种很容易被人忽略的倒退。就像老子所说的，即使迫不得已要用暴力来保家卫国，也不能在打了胜仗之后沾沾自喜，永远要明白，这是不得已而为之，没有任何荣耀可言。换句话说，我们认可为了保家卫国而尽心竭力的态度，但我们不认可"为达目的不择手段"的做法，更不认可和提倡耻笑君子的文化。我们认为，世界可以有这样

的行为，但世界不需要这样的文化，甚至认为不该有这样的文化。世界更需要老子思想，需要开放、平等、博爱的文化，需要重新定义君子和英雄，需要用老子的眼光去看一看世界。

假如我们能用老子的思想衡量中国文化，就会发现一个不一样的窗口，一缕不一样的阳光。

4. “狼”来了，怎么办?

孩子们，我这里说的“狼”不是大自然的狼，而是代指侵略者。我们通常将侵犯他人、他国的人，比喻为没有人性的凶暴的豺狼。人类历史上，时不时就有一些人为了自己的私欲，扮演豺狼虎豹的角色，给爱好和平的人们，带来巨大的痛苦。上一场世界范围的侵略战争刚刚结束不到百年，“狼”的黑影，又隐隐约约地浮现了。如果“狼”又来了，孩子们，我们该怎么办?

有孩子可能会想，这很简单啊，朋友来了有美酒，豺狼来了有猎枪，打它!

要知道，中国传统文化以“和”为贵，解决问题的首选方式，也绝不会是战争。如果一种文化首先想到暴力，说明这种文化中含有暴力基因，这个基因一旦爆发出来，就会给自己带来不必要的伤害。老子在这两章中，一直强调不诉诸武力，这并不是怯懦，而是最大的勇敢。在暴力面前拥有自制力，才是真正的强大。我们一定要学以致用，永远不要用暴力解决问题，无论家庭问题还是国家的问题，都不要诉诸暴力。

不仅老子这样倡导，纵观古今中外，很多先哲都有这样的眼光，他们爱惜和平，反对暴力，比如托尔斯泰和圣雄甘地。人类的文化永远要高于人类的行为。人可以用行为保护自己，但文化不能提倡其中的暴力。就是说，你可以“以其人之道，还治其人之身”，但你要调整好自己的心态，不能觉得暴力真好，要知道，你只是迫不得已使用了暴力，但你并不认可更不喜欢暴力。

这可不是虚伪。同样暴力的行为，背后的心理动机非常重要。那相当于一颗种子，喜欢暴力的人，种下的是暴力的种子，它会生出更多的暴力，而不认可暴力、不得已使用暴力的人，种下的是守护的种子。所以，孩子们，在这个并不完美的世界中，哪怕不得不用暴力来解决问题，也要明白暴力是不得已的，不能认可暴力，不能以“不得已”为理由滥用暴力，更不能崇尚暴力。你明白了吗？印度的圣雄甘地就是这样，即使在不得已的时候，他也没有使用过暴力，他的“非暴力不合作”思想，硬是让英国统治者无条件地退出了印度。

你知道什么是“非暴力不合作”吗？就是“我不跟你打，但我也不跟你合作”。你有时间，可以看看电影《甘地传》，看看印度人民当年为了争取主权和自由，是如何在手无寸铁的情况下，与军事力量异常强大的英国殖民统治者做斗争的。所以，虽然甘地只是一个看上去非常瘦弱的印度老头儿，但他的精神真的是太伟大了。

现在，你学习了《道德经》，有了一双“道”的眼睛，大家再来看看历史上那些所谓的英雄，他们真是英雄吗？在西方文明中，他们可能是，因为西方文明提倡私有，但中华文明不是，因为中华文明提倡大爱与和平。为了各种各样的理由，兴起大量的暴力，将无数人的生命，视为自己的名誉和勋章，这样的人，肯定不是中华文明所提倡的英雄。我们要透过各种各样的声音，包括那些被异化的声音，看到另一种历史教训。

孩子们，在我眼中，真正的英雄是给人类带来和平与幸福的人，而不是能够征服世界的人。人类的文化必须高于人类的行为，这样，人类才有升华的可能，也才有前进的方向。

第三十二章

各守其道，各安其分

原文 道常无名，朴。虽小，天下莫能臣。侯王若能守，万物将自宾。天地相合，以降甘露，民莫之令而自均。始制有名，名亦既有，夫亦将知止，知止可以不殆。譬道之在天下，犹川谷之于江海。

孩子们，人类虽然号称万物之灵长，但并不意味着人可以为所欲为，天地万物都是道的产物和载体，都要遵循自然规律，人也一样。人类之所以总是闹来闹去，充满了各种矛盾和纷争，本质上说，就是因为人类没有做到这一点，没有守好自己的本分。所以，讲完反对战争的观点，老子又回过头开始讲解道，阐述了天地万物各守其道、各安其分的规则。

我们先来看一看这一章的字面意思。

我之所以总是强调字面意思，是因为字面意思就像大楼的地基，是所有引申义的基础。只要你明白了字面意思，就能在生活中慢慢地明白该怎么用。这也是经典永久的魅力所在。

这一章的大意是：真正的大道是超越概念的，任何概念都不能概括和归纳它，因此它不能被任何概念所表达。它特别朴素，毫无造作，而且非常微小，视觉上几乎可以忽略不计，但天下没有什么能让它臣服。如果一个人能守住自己的道心，让道心做自己的主人，世上万物自然会成为宾客，不能控制自己的心，不能让人追逐万物而失去自己。久而久之，心与万物的对立就会消失，万物万象都会变成心的智慧，我们也就进入那个不受一切制约的，每个人都有的大道境界。从远古时代起，人类为了区分万物，创造了各种各样的名字，制造了各种各样的概念，并且慢慢地形成了人类的共识。修道者一定要超越这些名和概念，而且要知道自己该止步于何处，要守住什么戒，才不会有危险。道对于天下而言，就如同河川溪水与江海的关系，道是万物之所归。

总的来说，这一章有以下几个重点，你可以带着这几个问题，听我接下来的讲解，尽量把这几点给理解透，然后在生活中实验。

第一，任何名称和概念都不是道。

第二，守住道心，自然不会被万物所控。

第三，天地万物都有自己的道。

第四，道不可制约和控制。

第五，修道要知道在哪里止步。

1. 不被管束的道

道常无名，朴。虽小，天下莫能臣。

你发现没有，这两句话，再次强调了“道”作为天下老大的特点。

首先，它“常”，也就是永恒不变。这是道的本性，也是它最显著的特点。

其次，它超越名相。“无”是超越，“名”是名词、概念。你要明白，最初，这个世界一片混沌，后来才有了天地，有了人类。作为万物之灵的人类，为了更好地认识万物，开始给万物分类，并且找了一些代号，来做它们的名字。然而，这在帮助人类认识自然宇宙的同时，也使得人类的思维被概念所限定，远离了真正的真理。真正的真理就是道。

再次，是“朴”，也就是没有任何颜色、修饰、装饰、造作和功利，非常朴素。在这里，“朴”还可以理解为初心。真正的初心，就是“朴”，它是人最本初的、不加任何修饰的、灿烂本源的那个心，也是信仰和修道的源头。当你找到这颗心时，就见道了；当你能随时回归这颗心时，就得道了；当你的生命完全融入这颗心，没有你它之分时，就合道了。所以，只有“抱朴”的心，才能合道。

“小”也是道的特点。道很小，你看不见也摸不着，但是它无处不在。因为无处不在，所以它也很大，也就是老子前面说过的“道大”。这下，你是不是觉得道很有趣呢？它又大又小，最有个性也最没个性，真是让人难以捉摸。

过去，还有人说道是一种规律，其实，道可以体现在规律中，但规律不是道，因为规律是概念，道却超越了概念。

有人还把宇宙比喻为果冻呢。他说，人类的思想和精神就像果冻里的气泡，道则是果冻之外的世界。他的说法非常有意思。“果冻之外的世界”，我们可以理解为一个自己无法触及的世界。之所以无法触及，不是因为距离很远，而是因为它不是物质。我们不能说它离“果冻”很远，或者离“果冻”很近，因为它无处不在。“果冻”里有它，“果冻”外有它，“果冻”的气泡之中，也同样有它。我们仅仅是看不到它而已。

“天下莫能臣”，天下没有什么能让道臣服。就是说，没有人能支配道、调动道、命令道，但道可以支配任何人；一切都超越不了道，但道可以超越一切。比如，秦始皇统一了六国，权力很大，当时的中国权力最大的就是他，那么他可以命令道为他做个什么事情吗？不行。他连道在哪里都不知道，也无法摆脱道的支配、控制和命令，只是他自己意识不到而已。

所以，不论一个人多么强大，如果他不明白“道”，没有得道，他就仅仅是个凡夫，再强大也没有真正的意义。史书上说，商纣王非常强大，可以跟一百个人打架，智商、口才和理解力都很好，但商朝还是被灭掉了，原因就是他不明白道，也不遵循道。

2. 你是主人还是客人？

> 侯王若能守，万物将自宾。天地相合，以降甘露，民莫之令而自均。

大家注意了，很多人把这里的“侯王”理解为君王，在我看来，它虽然包含“君王”的意思，但不仅于此。《道德经》里出现的所有“王”“君”“侯”，很可能都不是一般意义上的“王”“君”“侯”，而是“主人公”，也就是人的主体意识。

如果按字面意思看，它是这样的：君王如果能守住阵地，万物就只能是宾客。但学习《道德经》，永远别忘了尹喜是在向老子求道，所以，我们还要从修道的层面理解。

你知道怎么从修道层面理解吗？对，战胜自己，不被万物所控，才是自己的王。老子还说过，战胜别人很厉害，但战胜自己才是真正的强大。因为，一般的君王没有找到智慧的主体性，能战胜别人，却不一定能战胜自己；而真正的君王虽然不一定能战胜别人，却战胜了自己。

我从小的座右铭就是“战胜自己”，战胜自己，让心属于自己，不被欲望、成见和习气裹挟，你就是自己命运的主人公。

你想想，如果你非常有主见，自我意识很强，别人想让你变成他们期待的那样，你会改变吗？不会，对不对？所以，真正战胜自己的人，才有强大的内心，能始终如一地守住自己的方向。当然，有些东西不能改变，而有些东西是该随时变化的，这个我迟些再说，我们先把不能变的东西弄明白，因为它是人生的导向。

当你能成为自己命运的主人公，也就是找到自己的主体意识，并能守住它时，你就战胜了自己，老祖宗称之为“守止”。“止”是停止，停止对欲望的追逐，停止对念头的追逐，停止对成见的追逐，等等。拒绝追逐，让心安住在道的境界里，就是守止。

这里的“守”是坚守的意思。过去打仗，被进攻的城池

总有一条护城河，河边再筑以高高的城墙，城里的人才容易守住。如果敌人不但越过河，还翻过墙，攻进来了，城就没有守住。城是什么？是你的心。因此，你要像士兵守城一样，牢牢守住自己的心，不要让眼耳鼻舌身意所感知的一切，动摇心的明白。

当然，不仅仅是修道，不管你做什么，守的意义都非常大。比如，马上要考试了，但你还有很多知识不懂，还有很多内容要复习，小伙伴却硬是叫你出去和他一起玩，你会怎么选择？如果你知道自己该做什么，也能坚守自己，继续复习，你就守住了；如果你禁不起他的诱惑，扔下该干的事，跑出去玩了，就没有守住。就这么简单。只有能守住心的人，才可能成功。因为，只有能守住自己的人，才不会被外界喧宾夺主，也就是不会被外界干扰。

这个万物，指的不是客观世界的万物，而是跟你有关系的、你的眼耳鼻舌身意所感知到的万物。你的世界，无论高低大小，都是由这样的"万物"所构成的。

小时候，我和我的伙伴们最爱玩猪尿泡做的皮球，你知道什么是猪尿泡吗？就是猪的膀胱。屠夫叔叔杀了猪之后，我们就要来膀胱，把里面的尿液倒掉，然后吹满气，它就成了一个很轻的球。风一吹，它就会飘起来，我们就追着它玩。很多小狗也会追着它，但它们不是为了玩，而是被血腥味吸引了，觉得它可能很好吃。你们是不是觉得很脏？但在当时，我们没什么玩具，只有在生活中找能玩的东西。但我们跟小狗不一样，我们的心没有被猪尿泡牵走，随时都能丢掉它，去玩别的东西。小狗不是这样，除非一口咬破它，发现它其实不好吃，否则小狗就会一直追着它不放。这时，那个猪尿泡就成了小狗的主人，小狗的心就成了猪尿泡的客人。

其实，不仅那些小狗的心是客人，当我们的心不能自主时，我们的心也会变成客人，吸引我们、诱惑我们的存在，就是另一种意义上的“猪尿泡”，它们不再是我们的工具、玩具，拥有了支配我们、操控我们的权力，这就是反客为主。所以，要做自己的主人，无论什么样的“万物”来到我们的世界中，都只让它们做我们的宾客——来了，以礼相待；去了，以礼相送。不管它们来还是去，我们都是我们，不可能跟着它们跑了，对不对？

那么，做了自己“君王”的我们，是不是就有了很大的权力，甚至可以操控别人，做别人的君王了呢？当然不是。我们永远只是自心的主人。

老子接着说：“天地相合，以降甘露，民莫之令而自均。”就是说，当你无时无刻不守住自己的心时，寄托在私欲、成见和习气上的小我就消失了。小我消失，你的心就会融于大道，与天地万物合而为一，这时，一切都是滋养你的甘露，都能让你发现一种新的智慧用途。而且，这种境界是每个人生命中本有的，跟大道本身一样，都不会被万物所制约和控制。

这是一种理解，还有一种理解是，天地之间有阴阳二气，每当阴阳二气交接时，便会降下甘霖。我们不必用现代科学对降雨的解释，去否定古人的说法，因为他们说的是能量，不是物质，这代表了他们对自然万象形而上的认知和理解。而天降甘霖，并不需要人为地发号施令，不像我们在家浇花那样，自己去决定这盆浇多少、那盆浇多少，老天降雨

自然而然就能“自均”。

什么是“自均”？大家都一样多吗？并不是。而是大家都获得适合自己的数量。就像我们老说“男女平等”，那是不是说男人和女人什么都一样呢？不可能。比如，你要是叫男人和女人吃一样多、干一样多，那肯定不科学。真正的平等是根据各自的需求而获得同等的满足。天降甘霖也是这样，根据各个地区需要的、合适的降水量，以达到“自均”。这个“自”，就点明了它不是一刀切。

这是大道独有的智慧，如果换作是人，是很难做到这一点的，人要么就是一刀切式的平均主义，要么就是分配不均衡。所以，老子举出天降甘霖这个例子，是为了让我们明白，大道自有规律，天地万物也各有其道，人不能把手伸得太长，不能干预不该我们干预的事情。我们做好自己的主人，守住自己的心就好了，不要替别人做主，更不要替上天做主。

3. 做人须“知止”

始制有名，名亦既有，夫亦将知止，知止可以不殆。譬道之在天下，犹川谷之于江海。

如何处理道和名相的关系，是任何一个求道者都绕不过去的问题。老子在第一章就谈到过这个问题。我们知道，道不是名相，但需要借助名相来表达，也需要借助名相来接近。所以，求道之人难免会遇到一个陷阱：一旦过于在乎名相、追逐名相，就会离道越来越远。

你发现了没有，世界上流行着各种各样的名相、概念、哲学和理论，它们笼罩着这个世界。而且，大多数人都以为掌握的概念和名相越多，就越有知识越聪明，于是，人们离大道就果真越来越远了。

孩子们，你们知道该怎么办吗？

老子说，“夫亦将知止”，就是说，你要知道在什么地方应该停下。停下，刹车，不去做，就是“止”。知道什么时候应该停下，就叫“知止”。这是一种非常重要的智慧。所以，不仅老子在这里强调，庄子也提醒人们要止步，不要拿有限的生命，追逐无限的概念和知识。儒家经典《大学》中，也专门说到“知止而后有定，定而后能静”之类的话。

你一定要明白，不管是修道，还是学知识，“知止”都是一项必备的素质。我们要学会选择、懂得分寸，明白过犹不及，并且做到，才不会犯错，才叫“知止”；不明白，或是做不到，就会犯戒犯错，就是“不知止”。

在正确的道路上，我们要知止，因为正确和谬误，往往只有一线之隔。我经常说到一个故事，有的人求道若渴，刚开始非常狂热、非常精进，恨不得不吃不眠去修道，谁劝他悠着点，停一停，他都不听。最后怎么样？走不下去了，把自己耗得再也没后劲了。孩子们，你们参加长跑比赛时，也不会刚开始就拼命跑是不是？跑的过程中，要时不时让自己缓一缓，调整一下节奏，保存力量，到了最后一两圈才用尽全力奔跑。这也是知止的智慧。

做正确的事尚且要知止，如果走在错误的路上，就更要知止了。否则，一条道走到黑，连回头的机会都没有。社会

上有很多这样的人，他们做事没有底线，为了眼前的一点利益，不择手段。比如那些专门制造假冒伪劣产品和有毒食品的人，比如那些投机取巧利欲熏心的人。他们永远不知道在罪恶的悬崖边上止步，直到坠落深渊。

所以，你从小就应该明白，身为社会人，我们要以正见为标准，守好做人的基本和道德底线，然后训练专注力，让心属于自己，得到智慧，用智慧来指导行为。

要记住，智慧永远体现在行为上，而不是言语上——当然，如果言语也是你的行为之一，那么另当别论。构成中华民族的不仅仅是血脉，还有中华民族独有的基本行为规范。我们要对得起自己的民族，对得起自己的血脉，对得起“炎黄子孙”这四个字，就要遵循这套基本行为规范，约束自己，至少做一个好人，不要损人利己。

老子真是了不起，“知止而不殆”太重要了。所以，我们要多学一些中国古代经典，如四书五经、《庄子》、《道德经》、《三字经》、《弟子规》等，它们都是老祖宗留下的了不起的智慧宝藏，能为我们这个时代提供非常宝贵的营养。我们不要忽视它们，更不要忘了它们。

大家注意了，这一章非常重要，大家只要学会自强（做心的主人、自己的君王，不被外物牵制）、自律（明白人各有主体性，没必要干预别人，更没必要干预自然规律，消解自己的操控欲，约束好自己）和自省（知道何时止步，时时反省自己，看自己是不是走在正确的道路上，是不是把握了恰当的度，有没有守住分寸），并实践它们，就一定会受益无穷。

第三十三章

自知与自胜

原文　知人者智，自知者明。胜人者有力，自胜者强。知足者富，强行者有志。不失其所者久，死而不亡者寿。

前面，老子教我们如何认识大道，如何应对世界，也提醒我们，要守住自己的真心，这一章，老子继续带我们认识自己，告诉我们什么是一个人真正的智慧，什么是一个人真正的强大。

我们先看看这一段话说了什么：了解别人、认知别人是对外的智巧，了解自己、认知自己是对内的明慧。以力胜人者，只是强悍；能够战胜自己，才是真正的强大。懂得知足的人，是富有的人；能勉强自己、约束自己，做该做的事的人，是有志向的人。不失去自己的位置，只能说长久；即便死了，仍能留下岁月带不走的价值，才是真正的长寿恒久。

这几句话看似对立，实际上是互补的。知人与自知，胜人与自胜，知足与强行，不失其所与死而不亡，每一组都有相对性，也都能组合到一起，形成和谐的整体。如果我们只取其一，就是对立矛盾；如果我们能同时兼顾，就是和谐互补。

比如，有的人对别人的观察很仔细，别人有什么毛病他一清二楚，但他看不到自己的毛病，因为他从来不观察自己，这是知人。有的人既能了解别人，也能观察自己、了解自己，知道自己有什么优缺点，这是知人且自知。

有的人很勇猛，总能凭借武力战胜别人，但他一旦情绪爆发，就会失去理智，陷入很被动的境地，这就是无法战胜自己。有的人，战胜了自己以后，不需要战胜别人，就赢得了别人的认可和帮助。

有的人知足常乐，安贫乐道；有的人心怀大志，总想做一番事业，为此不惜勉强自己去吃苦，突破一些不愿面对的障碍。还有一种人，既能知足，也能勉强自己追求更高的理想。

有的人小心谨慎，牢牢守住自己的位置，得到了长久。有的人不在乎失去什么，甚至不怕失去生命，因为他想要留下另外一种价值，一种不会被岁月带走的精神价值，于是，他也实现了长久。还有的人，在不失去位置的情况下，努力追求精神上的价值。

所以，老子列举的这些，并不是非此即彼的选择，他只是告诉我们，做到哪一步就会有哪一步的结果，也会有哪一步的收获。

老子真是一位智者，也是一位好老师。他从来不强制我们做什么、不做什么，而是从容平淡地展示做什么、不做什么之间的区别，让我们自己去思考、去选择，让我们从自己的选择中体悟智慧，这也是道。

1. 人贵有自知之明

知人者智，自知者明。

你一定听过“知己知彼，百战不殆”吧？其中的“知己”，就是知道自己、了解自己；“知彼”，就是知道别人、了解别人。

人是群居动物，每个人都是社会的一分子，都免不了跟别人打交道，乃至深度相处，每个人的命运，就会受到他所交往的人群的影响。所以，能准确地了解别人、认识别人非常重要。庄子、孔子、孟子，都写过识人的文章，教我们怎么从外表形态、言行举止中判断一个人，可见古代先贤对识人的重视程度。

如果不懂得识人，就像是把自己扔进了荆棘林或者沼泽地，因为你不仅交不到有益的朋友，还会被坏朋友所害。古今中外，因为识人不明（不懂得识人）、交友不慎而受害的例子太多了，有些栽跟头的还是很聪明的人。他们把不该信任的人当成了朋友，最后给自己制造了障碍，甚至被人落井下石、背后使暗枪。比如，大家都知道《孙膑兵法》的作者孙膑吧？他那么聪明，却还是因为错信庞涓，被魏王处以膑刑。

但一个人如果有了知人识人的智慧，就完全不一样了，他不仅能拥有良师益友，不断成长，还能建立一个好团队，一起做事。古人经常将识人和用人联系在一起，识人是用人的前提。所以，孩子们，历史上那些成功的人，都有识人、用人的智慧。比如，汉高祖刘邦虽然性情放诞，有很多小毛病，但他会识人，知道什么人有什么能力，该怎么用：他知道萧何很亲民，把老百姓安抚得很好，就让他从事管理；他知道韩信很会打仗，有勇有谋，就让他当大将军去率领军队；他知道张良很有智慧，善于筹谋，就让他当自己的军师，给自己出主意。所以，他最后就建立了大汉王朝。

知人重要，自知也很重要。孩子们，知人是向外的观察力，自知是向内的观察力，而往往向内观察更不容易。打个比方，你们跟小伙伴一起玩过沙子吧？你们是不是很容易就看到别人脸上沾了沙子，却不一定知道自己脸上沙子更多？这就像古人的一句歇后语："乌鸦笑猪黑——光看别人黑，不见自己黑。"所以，老子说自知者明，明是心中透亮，有智慧，有智慧才能照见自己。

知人的人，能够得到他人的帮助，那么自知的人呢？

先给大家介绍一个有自知之明的人，他就是晚清重臣左宗棠。左宗棠天分很高，很有才学，也知道自己适合做什么、优势是什么，但偏偏科举考试考不好，中不了进士，不能实现他的远大志向。但他即使在非常落魄的时候，也坚守自己。其他读书人都读科举文章，他却读一些当时很多人看不上的实务类书籍，如山川、地理、水利、税务、农耕等。别人都说他不务正业，但他自己知道，这些书能提升实务能力，将来他步入官场，想要干出一番实绩，非要了解这些不可。果然，他先后得到陶澍、林则徐等人的赏识，以平民之身在官场崭露头角，因实务政绩突出，官也越做越大，后来，还收复了新疆，在中华民族史上留下了英名。

从左宗棠的身上，孩子们也许能看出，自知之明，就是知道自己喜欢做什么，能够做什么，适合做什么；知道自己有哪些优势和劣势；知道自己在什么领域能发挥特长；不会与人盲目攀比而虚骄自大，或妄自菲薄。所以，自知之明是一种难得的清醒。

经常有人问我，雪漠老师，您知道我有什么天分吗？我应该向哪个方向发展比较好呢？孩子们，会这样问的人，肯定不自知。那如果不自知，该怎么办呢？做自己最感兴趣的事。你不知道自己有什么天分，总该知道自己喜欢什么吧？如果不做自己喜欢的事，偏要在不喜欢、不擅长的事上着力，就很难有很好的成绩。所以，人必须自知，即使暂时还不自知，也要往这个方向努力，同时，不要在自己不擅长、不喜欢的事情上面着力，要在自己擅长、喜欢、有可能做好的方面着力。明白这些，就是自知。

真正自知的人，不仅知道自己的优点、长项，也知道自己的缺点、不足，能充分发挥自己的优势，也能尽早弥补自己的劣势。比如，小时候，我就想当作家，但我们村子里没有书可以读，等我考上师范，都过了最好的背诵年龄了。那时候，我非常难过，但我并没有放弃。你想知道我是怎么做的吗？我做了一些小卡片，在上面抄了一些唐诗宋词，随时带在身上，走路的时候就背诵诗词。我记住的大部分诗词，都是散步的时候背下的。这就得益于我的自知。

真正自知的人，不会埋怨别人，也不会埋怨环境，只会完善自己。有些人不自知，于是做错一些小事，就爱从外界找原因，埋怨别人，这样可不好。所以，你要从小养成一个习惯：不要老是追问为什么别人要这样，为什么社会要这样，要追问自己，看看自己为什么会这样。追问自己，就是

自省，自省能力越强，烦恼和痛苦就越少。

所以，我希望大家都做坦荡荡的君子，永远自知，永远自省，永远将刀剑对准自己，不要做患得患失的小人，不要“常戚戚”。这是一种非常重要的德行。

2. 什么是真正的强者?

胜人者有力，自胜者强。

人人都想变得强大，成为强者，但什么是强大，每个人都有不同的理解。

孩子们，你们认为什么是强大呢?

有孩子说，强大就是有力量，那些天生神力的英雄就是强者。像电影中的英雄人物那样，或者身怀绝技，或者能力超群，仿佛是力量的化身，能打怪兽，能救助弱小，能解决危机，甚至能拯救地球。这种强大真的很耀眼、很吸引人。

还有孩子说，强大就是聪明，有一个最强大脑，无所不知无所不能，洞见一切真相，没有他们解决不了的难题。

那么，老子认为的强大和强者是什么样子呢?

老子说，“胜人者有力，自胜者强”。就是说，以力量战胜别人的人很强悍，然而，能战胜自己的人，才是强者。前面的“力”，可以是暴力，也可以是能力，但无论是什么力，都只能暂时作用于外界，而战胜自己，让自己的心灵不再受外界所控，才是永恒的、不会动摇的强大。所以，以力胜人者不是真正的强者，能战胜自己，才是真正的强者。

你也许听说过，人性中有善的美好的一面，也有不美好的一面，比如自私、贪婪、好斗、懒惰、嫉妒等等。人的一生，就是由这两面交织构成的。战胜自己，克服自己的自私、贪婪、好斗、懒惰和嫉妒等等，让自己呈现出美好的一面，使自己的人格得到完善和升华。老子认为，能做到这一点，才是真正的强者。

如果用老子的标准，再去看大家认为的强者，他们还是不是强者呢？就真的有点说不清了。因为，我们不知道那些英雄人物能不能战胜自己，我们也不确定最聪明的人能不能战胜自己。大家都知道项羽，力拔山兮气盖世，不可谓不强大，但是他不能很好地控制自己的情绪。这样的“强者”，我们的历史上有很多。他们以力量战胜了无数对手，却始终战胜不了自己的欲望和恐惧。

例如，除了项羽，我也经常提到秦始皇，秦始皇号称“千古一帝”，确实非常强大，但他一直妄求长生不老，为此弄出很多折腾百姓的事情来，最后刚到中年就死了。成吉思汗，全世界都闻风丧胆的征服者，也确实很强大，但他既想求长生还不愿停止杀戮，最后被人射伤，死在回家路上。

这些看似强大的人，在老子看来，都不是真正的强者。战胜了自己的人，绝不会给他人带来灾难，不会以征服他人为乐趣，他们永远不会把矛头指向别人，而只会指向自己。这样的人，哪怕看上去很弱，也是真正的强者。

大家都喜欢《西游记》中的人物和故事，那么大家觉得唐僧强大吗？很少有人会认为唐僧强大。为什么？因为他看上去实在太弱了，手无缚鸡之力不说，还很胆小，动不动就被妖怪吓得半死，一有危险，就只会喊“悟空救我”。是不是这样？是的，但你要明白，取经团队之所以能取得成功，核心就是唐僧的坚定不移。只有他，无论遇到什么都不改取经的初心。被妖怪逼着成亲也不动摇，被女儿国国王追求也不动摇，怎么都不动摇。而其他人，多少都有过退转之心，特别是猪八戒，他动不动就要分家当回高老庄。为什么唐僧从不动摇？因为他战胜了自己。他一不好斗，二不贪求，三不嗔怒，四不怠惰，对人对事都有一颗包容之心，这就是真正的强者。

那么，战胜自己难不难？当然难。所以做到的人才是强者。我年轻的时候，在床头贴了一张纸，上面写着“战胜自己”，并把它作为自己的座右铭，从小就经常提醒自己，生命宝贵，不要用它来跟别人较劲，要把它用在升华自己、跟自己较劲上面，这样，才会一天比一天强大。人的强大和成功都需要积累，不是一下子就能完成的。所以，战胜自己也是一个长期积累的过程。

很多人只知道我写了上百本书，但很少有人去想，这些书是怎么来的。我告诉你，是一天一天写出来的，最初的时候，没有电脑，是一笔一笔、一字一字写出来的。后来，有了电脑，就是一字一字、一句一句敲出来的。我每天都写，不管有没有时间都写，日积月累，才有了这么多书。所以，只要每天都做完自己该做的事，每天都让自己比昨天好一些、强大一些，你就做到了自胜，就会变得越来越强大。

3. 知足与强行

知足者富，强行者有志。

接下来，老子又为我们展示了两种不同的人生态度。一种是知足，一种是强行。知足是对现有的一切感到满足，强行是有所追求，勉力而行。孩子们，你们觉得这两种人生态度矛盾吗？对此又有什么评价呢？

首先是“知足者富”。什么是富有？按照人们的一般观念看，拥有很多很多财富，才叫富有，否则就是贫穷。而老子认为，懂得知足的人才是真正富有的。言下之意是，如果一个人不懂得知足，哪怕他拥有再多的东西，也仍然是个穷人。

世上有没有这样的人呢？当然有，还很多呢。《渔夫和金鱼》中的老太婆，就是这样的一个人。这个故事，你们可能都知道。善良的渔夫救了一条小金鱼，为了报答渔夫，金鱼愿意满足他所有的愿望。老渔夫什么都没要，可他的老太婆却不乐意了，她接二连三地向金鱼要这要那，一开始是个小木盆，接着又是大房子，然后是别墅，再然后要做贵妇人，这样还不满足，最后竟然要做女皇，让小金鱼来伺候她。结果，这个贪心的老太婆不但没能如愿，连已经拥有的也失去了，又变得像从前一样贫穷。

这个故事，就是对不懂得知足的人的教训。古人也常说，人心不足蛇吞象。一个人明明要不了太多东西，为什么还贪得无厌呢？因为他的内心很穷，看不到自己拥有的，永远盯着自己还没有得到的。这就是一个人最大的悲剧。

老子说，知足的人是真正富有的人，因为富足是一种心态。孔子的弟子颜回，你听说过吗？颜回就很了不起，因为他住得不好，吃得不好，穿得也不好，但他却非常知足、快乐。孔子赞赏他，后世无数的读书人也都把他视作安贫乐道的榜样，就是因为他内心富足。

孩子们，我们有吃有穿有住的地方，还能健健康康地读书，享受阳光、空气，以及和平的社会环境，我们是不是已经拥有很多了？所以，要学会对生活知足。知足的人容易快乐，知足的人也懂得感恩，这种富足的心态，才是世上最宝贵的财富。

老子又说“强行者有志”，那么，强行者是不知足的人吗？

有些人可能会这样理解，但老子大概不是这个意思。知足是觉得自己拥有得够多了，感到满足，而强行是对自己有更高的要求，因此对自己不满足。就是说，知足是对他人和世界没有更高的要求，强行是对自己有更高的要求。所以，知足和强行并不矛盾，反而是可以，甚至应该相辅相成的，也就是既要知足，也要强行。因为强行代表了志向，拥有志向，本身就会拥有一种力量。

前面我们说了，真正的强者是战胜自己的人，如果我们立志要战胜自己，那就必须强行。比如，你立志要早起读书或者锻炼，就要勉强自己、强迫自己从舒适的床上爬起来，是什么支撑我们这样做呢？志向。所以，古人强调人贵有志，人一旦有了志向，就不一样了，再也不会随波逐流，不会放纵自己的惰性，而是时时想要战胜自己。对于这一点，我是深有体会的。

最早的时候，我的理想虽然是当作家，可我有时也想偷懒，也想睡懒觉，也想与朋友们嘿嘿哈哈地玩，但我不能由着自己的性子。为什么呢？因为老人们说“成人不自在，自在不成人”，一个人要想有出息，就必须强迫自己，至少在一段时间内要强迫自己，养成一种习惯。于是，我就开始逼自己了。比如，我要求自己在凌晨三点钟起床，但刚开始很不舒服，很不习惯，怎么办呢？咬着牙坚持。我曾把当时的自己比喻成被赶往屠宰场的猪——一边龇牙咧嘴地叹气，一边诅咒自己，一边毫不情愿地从床上爬起来，坐到书桌前面。那段经历，我前面也说过，那是在我写出《长烟落日处》，刚打算写《大漠祭》的时候，我说过的写不出一个字的状态——不是一个字都没写，而是进不了那种写作状态——大概持续了五年，每天我都三点起床，在书桌前坐着。当时，我打定主意要跟自己较劲，写不出也坐着，因为坐比不坐好——坐了，有一天可能就写出来了；不坐，一辈子都写不出来，一辈子就睡过去了。所以，我宁可像挤牙膏那样，每天写几行字——最初是五百字，无论如何都要求自己完成，但经常会完不成，因为实在不知道写什么好。后来，终于能做到每天五百字了，我又强迫自己每天写两千字。总之就是逐步给自己加码，然后坚持写。这就是强行。强行到什么时候才算成功呢？习惯成自然，再也不需要勉强自己的时候。写不出东西的那五年，就是我勉强自己的五年，五年后的某一天，我的心“哗”一下打开了，就再也不用勉强了，因为，无数文字都想通过我的手往外流。所以，勉强是必要的，没有勉强，不会有真正的无为，更不会有后

来的无不为。

大家听了，是不是对自己很有信心？因为我也经历过这样的阶段，但只要勉强成自然，最后也就跨过去了。你如果也想成功，也可以这样做。比如，你不喜欢每天学习，但你勉强自己每天学习；你不喜欢每天早起，但你勉强自己每天早起；你不喜欢每天读书，但勉强自己每天读书。总之，凡是勉强自己做一些对人生有益的、非常重要的事情，就叫“强行”。

一定要明白，历史上很多有所为的人，都是“强行者”。孔子坐着破车周游列国时，肯定不如躺在家里舒服，但他为了自己的人生意义，就勉强了自己，等过了那个勉强的阶段时，他也便成功了。

这就是成功的秘密。你明白了吗？强行者一定是有为的。就像我前面说的，只有经过有为，才能达到无为。

4. 智者的追求

不失其所者久，死而不亡者寿。

长寿和恒久都是人们喜欢的，个体生命也好，事业与成就也罢，人们都希望它们能持久存在。特别是在我们的传统文化中，时间的长久，意味着一种无可比拟的优势和力量。我们喜欢传承了很久的文化和经典，喜欢老物件，喜欢做寿星，喜欢一切有历史有年代的好东西。这种心理，其实源于我们的文化基因。

那么，怎样才能长寿又恒久呢？先给你分享一段我自己的经历。

2015 年，我去北美考察。还没考察完，我就给自己的未来做了决定：立足中国，扎根中国，讲好中国故事。为什么呢？因为我在北美考察时，发现了一个现象，一些非常有作为的华人到美国后，生活境况并不如意，包括他们在那里的社会地位也普遍不如国内。这就是因为他们“失其所”了。这里的“所”当然不是位置，而是你可以汲取力量的土地，有点像希腊神话故事中，那个叫安泰的英雄向大地借力。

你想想，龙本来在水里，如果它离开了水，搁浅在沙滩上，会怎么样？你再想想，猛虎如果离开森林，到了平原地带，又会怎么样？所以，《增广贤文》中说：“龙游浅水遭虾戏，虎落平阳被犬欺。”这句话的意思是，任何人都不能离开自己得势的环境，否则，哪怕你再厉害也会遭遇挫折，甚至变得非常潦倒。

人和自然界的植物很相似，都需要一个好环境。植物需要的好环境，包括好土壤、好水分、好空气、好阳光；人需要的好环境，就是最适合自己、最能让自己发展进步的地方。古人说“生于淮南则为橘，生于淮北则为枳”，说的就是这个意思。到了一个不适合自己的环境，就是失去了自己的“所”，一旦失去“所”，没法汲取适当的营养，再水嫩的柑橘也会变成干瘪的枳。所以，了解自己适合什么环境很重要。而且，“所”并不仅仅指所在环境，还包括其他一些东西。

简单地说，“所”就是成功的资本，也是你“打天下”的根据地。我是一名作家，那么对我来说，“所”就是创作背景（西部）、写作和读者。你也许不知道，我的读者不是偶然与我相遇的路人，而是会一直跟着我学习，我也会用心培养他们的同行者。十多年前，我就建立了雪漠文化网，用QQ等通讯工具跟他们交流，帮助他们解决问题，成为他们的朋友。直到今天，我与他们仍有许多互动。我也经常举办一些公益讲座，目的就是培养他们，教他们创意写作，跟他们分享一些人生经验，为他们输送一些传统文化的营养，很多读者因此走上了自己喜欢的人生道路。

所以，“所”对我来说，就是我愿意承担，也能够承担的使命。每个作家都应当担负一种使命，每个公民也应该担负一种使命，比如传递正能量。这个使命，就是每个人的“所”。只要找对“所”，找到自己能发挥作用、汲取力量的位置，坚持一辈子，就会做出成绩，并且能够长久。

“死而不亡者寿”，死是肉体生命的终结，而亡指的是一种彻底的湮灭。这句话的意思是，一个人虽然死去了，但因为他的某种精神和行为，人们永远记住了他，而且一代一代人都会记住他。为什么呢？因为他的行为，为一代一代的人输送了强大的精神力量，这就是“死而不亡者寿”。

死是人们无法改变的，每个生命都会结束；而亡，却有人可以争取的空间。因为，总有一种价值、一种意义，不会随着肉体的消失而湮灭。历史上活过了无数代人，绝大多数人死了也就亡了，没有留下什么值得被人们记住的东西，于是在历史上，他们就成了无名氏、背景板。但仍然有一些人被历史书写、被人们记住，原因就是，他们都争取到了“不亡”的理由和资本——或做到立功，或做到立德，或做到立言，甚至实现了超越。

他们和普通人的根本区别在哪里？在于追问，也在于追问后得到的智慧。

你要明白，真正有智慧的人不会追求富贵和权力，他知道那些东西都是易变的、不可靠的，没有能留住的意义。所以，他不愿花时间和精力去追求那些东西。他追求什么呢？追求能够相对永恒的东西，也就是老子说的，能够“死而不亡”的东西。

我在很年轻的时候，就开始思考这个问题。所以，我选择当作家，选择修炼自己的人格，选择一种别人看来很苦，但我喜欢的生活方式。我之所以能这样选择，就是因为这样的一种追问。我从那个平凡的、除了梦想一无所有的孩子，一天天成长为今天的雪漠，也是因为那个追问。你如果也能这样追问自己，并且按自己找到的答案生活，长大后，就一定能成为自己向往的人，完成一些自己想做的事。那么，你们就会有一个非常尽兴的人生。

第三十四章

无我的伟大

原文　大道泛兮，其可左右。万物恃之以生而不辞，功成而不有。衣养万物而不为主，常无欲，可名于小；万物归焉而不为主，可名为大。以其终不自为大，故能成其大。

孩子们，这一章的话题又回到了道体上，老子再次讲了道的伟大之处。首先，我们来看这一章的大意——

大道是无边无际泛滥四方的，既可以向左也可以向右，还可以向四面八方延伸。万物都必须依靠道的规律和能量生长，但道从来不会表功。成就万事万物后，道也不会将万物据为己有。道滋养覆盖万物，极其微小之处也有道，但它从来不把自己当作万物的主人，总是对万物无欲无求。万物都归附于道，道至大无外，无所不包，但它仍然不做主人。正是因为道从不自以为大，才成就了道的大。

你看到这些内容，是不是觉得很熟悉呀？这分明说的是圣人嘛。不奇怪，因为圣人本身就是合道的。老祖宗所说的合道，就是完全遵循道的规律，没有任何言行与道不符。所以，老子对道体的表述中，肯定可以看到圣人的影子，圣人的身上，也肯定有着道的特点。

如果你记得前面的内容，就会发现老子又在悄悄地强调。强调什么？强调道不居功，也不表功。为什么老子总是讲这个话题？因为它代表了一种微妙的人性，不管大人孩子，都容易犯这个错误，而且犯了还不一定知道，可能会觉得理所当然。很多纠纷也是因此而生的。反过来说，道从不跟万物纠纷，就跟它从不争功，甚至从不表功有关。但你要学的，不只是这个行为，更是道不表功的原因，你只有明白了这个原因，才会自然而然地有这个行为。自然而然的行为，才是你的品格。我们学习老子，学的就是合道的品格，以及如何激活道体智慧，让自己拥有这种品格。

1. 真正的主人

大道泛兮，其可左右。万物恃之以生而不辞，功成而不有。衣养万物而不为主，常无欲，可名于小。

你有没有发现，道真的很像母亲，而且是一位无私的母亲：万物都是她的孩子，她生出了万物，也养育了万物，却从不索取，也不邀功，甚至对“孩子”没有任何欲求。

这一点我们每天都应该有体会，因为，大自然中的一切，都是无偿提供给我们的养料。我们人类和植物一样，需要空气、阳光和水分才能生存，但因为这些太过平常，反而被我们视为理所当然，甚至被我们所忽略。

孩子们，试试屏住呼吸，是不是很快就会有一种难受的窒息感？但我们畅快地呼吸空气时，却不觉得它有多珍贵。阳光和水也是一样。有时候，我们甚至会躲开太阳，因为我们怕晒黑，怕热。但你们想一想，没有阳光，一切都将失去生命的色彩，一切都无法繁衍生息，我们怎么能不珍惜呢？我们脚下的大地同样如此，是它贡献了粮食和蔬菜，我们才有食物可吃。这些东西和大道一样，虽然是免费的，却也是最宝贵的。它们都是大道母亲给我们的养料，大道母亲一直在养育着我们。

但大地从没说过“这是我贡献的”，太阳也从没说过“我最厉害，万物都离不开我”，大道母亲更是从来不会对我们说，看，你们吃我的，用我的，没有我，你们就会全部完蛋，你们还不感谢我？我可是你们的主人！道从来没这样说过。道也从来没说过自己生育过什么，是不是？道就像一个无名英雄，虽然无处不在，什么事都离不开它，但它从不表功，也从不因为生育万物，而控制万物。我们几乎意识不到，它才是万物真正的主人。我们还以为自己是万物的主人呢——人们不是总爱说“我的什么什么”吗？小到生活用品，大到国家、土地，人们都觉得是自己的，丝毫没有想过可能不是这样。

历史上，无数帝王说过“朕的江山”，他们都忘了自己只能活几十年，死后一切都是归于大道的。还有一些人，总是想要占有更多的东西，甚至占有他人。他们拼命地占有、攫取，希望成为更多物品、更多人的主人，可也忘了几十年后，什么都不属于他，谁都不属于他。我常常说，人生不带来死不带走，很多人就是想不明白。但等到离开世界的那一天，他终究会明白：房子是别人的，钱是别人的，伴侣也是别人的，他什么都没有，什么都抓不住。如果他的一生中做了一些有价值的事情，那么他还有一点收获，不然，人生就是一场虚空一场幻戏。

有些父母总对孩子不满意，说孩子不听话，他们说，孩子是他们生养的，是他们的所有物，就应该听他们的。这就是我们传统文化中的观念。其实这是不对的，孩子是父母带到这个世界上的，但并不属于父母。每个人都属于自己，属于大道，并不属于任何人。而且，认为孩子属于自己，什么都要管的父母，往往活得很累，也往往跟孩子很不和睦，孩子总想脱离他们的掌控。

孩子们，你们在生活中，也常常会觉得有什么东西属于你们吗？比如，你们会觉得玩具是你们的，书本是你们的，好朋友是你们的，那到底是不是呢？玩具和书本目前是你们的，可如果丢了、被弄坏了，或是被你抛弃了，就不是你们的了；你们的好朋友要是和你们闹掰了，也不是你们的了。这些随时会变的东西，都不是我们的。属于我们的只有一样东西，那就是我们的真心。

这样一想，你们是不是对“真正的主人”有了更深刻的理解？

当我们不再做外物的主人时，我们就不会想要太多，也不会吝啬，更不会争抢什么东西。我们反而会懂得珍惜，懂得感恩——大道母亲给了我们那么多好东西，我们怎么能不感恩呢？在我们使用它们的这段时间里，就要好好珍惜目前的拥有。我们那个年代，曾经流行过一句歌词：“不在乎天长地久，只在乎曾经拥有。”这句歌词那时可被人骂惨了，为什么呢？因为很多人觉得，它表达了一种对感情的不认真不负责。实际上是不是呢？当然不是，因为你本来就找不到天长地久的东西，包括感情。无论我们多么在乎一样东西，或是一个人，都无法永久地拥有。东西会坏掉，人会死去，感情会淡化，这并不是消极，而是真相。我们能做的，就是在拥有的时候，好好珍惜，善待我们使用的物品，善待我们生命中的人。

孩子们，我们看到眼前的一切时，都不要忘了道才是它们真正的主人，我们只是暂时拥有，不要想着去占有什么。道作为万物真正的主人，尚且从不占有，何况我们呢？

2. 在平凡中，成就伟大

万物归焉而不为主，可名为大。以其终不自为大，故能成其大。

老子认为，道之所以被名为大，是因为同时满足两个条件：一是“万物归焉”，大道处下、处低和包容，因此万物都归附于它，就像百川入海。二是道不做万物的主人，不占有万物、不支配万物、不凌驾于万物之上。

那么，道为什么能做到这两点呢？“以其终不自为大，故能成其大。”因为道始终不妄自尊大，始终没有自己，所以才能做到以上两点，也才会那么伟大。

孩子们，如果一个人见人就说自己很伟大，你们会觉得他伟大吗？不会。即便他真的伟大，你们也会觉得他在自我夸耀。所以，伟大肯定不是一种自我感觉，更不是自我标榜。伟大是心中没有自己，是一种纯然的无私。

在生活中，我们常常用“伟大”形容什么人？母亲。为什么呢？因为母爱会让一个平凡的母亲，变成一个无私奉献的人。她不求孩子给她什么回报，只是希望孩子健康快乐，为了孩子，她甘愿付出所有，甚至牺牲她自己。

我们还会说老师很伟大，当他们无私地将毕生所学传授给学生，希望学生能够青出于蓝而胜于蓝时，我们就会说这样的老师是伟大的。老子、孔子等等，都是伟大的老师，他们教给人们真理，却并不是想要得到什么，他们甚至不求后人能记住他们，只是希望人类能够从蒙昧的黑暗中走出来，走向智慧的光明。

历史上还有很多伟大的人物，他们的事迹各不相同，但都有一个共同点，那就是无私无我、奉献自己，甚至从不贪功，从不说自己做了什么，贡献有多大。这才是真正的伟大。比如，中国科学院有一位院士前段时间去世了，他九十多岁还坚持“一站到底”，为学子们讲课，但在讣告发出之前，我们几乎没有听过他的名字。老一辈的学者、教授和科学家中，有很多这样的人。你知道为什么吗？因为他们心里只有国家的未来，没有自己。孔子、老子等圣人更是这样，他们从不觉得自己有功，只想为世界留一些东西，惠泽民族，惠泽四海，因为他们有智慧，明白事情的成功，尤其是文化的成功，是多种条件共同作用的结果，缺少其中的任何一个条件，都不可能成功。如果他们不明白，觉得“因为我，某事才如何如何”，就说明他们不是智者，是傻瓜。

当然，我说的傻瓜，是没有智慧的意思，很多很聪明，甚至能青史留名的人，也可能是这种傻瓜。比如那些一心想要不朽的帝王将相，他们也许会得偿所愿，但他们伟大吗？不一定。除非他们认为天下为公，为众人奉献自己。所以，伟大与否，与身份、地位、职业没有必然的关系，只与我们的心和行为有关系。

我常说，要有大心。你知道什么是大心吗？大心是一种大胸怀、大视野、大格局，它是博大的，没有鸡零狗碎，不会计较算计一些小名誉、小利益，不会整天为了一点没意义的情绪，和别人斗来斗去。与它相反的，就是小心眼。一个人心中装着天下事，和装着鸡毛蒜皮的小事，是完全不一样的。古人为什么重视立志？就是希望自己的心量能变大，心一大，格局就大了，考虑的东西就不一样了。圣贤并不是生来就是圣贤，比如宋明理学的重要思想家朱熹、王阳明，他们二人从小就立志要做圣贤，别人读书是为了考取功名，而他们是为了升华自己。所以，他们一边读书，一边用书中智慧磨炼自己的心性，以圣贤的标准要求自己，渐渐地，他们的行为就像真正的圣贤那样了。这就是一介凡人能够成为圣贤的道路，它离不开大心和行为。

你可以看看《一个人的西部》，读过那本书的读者经常感慨，说无法想象我是怎么变成今天的雪漠的，因为当年的我，只是一个偏僻乡村中的普通孩子，一没有家庭背景，二没有天赋异禀，完全是靠着自己的志向和行为，走到了今天。一开始，我只想当一个大作家，后来，我通过心灵训练有了智慧，就想做文化志愿者，让更多的人能从优秀文化中受益，能拥有智慧，于是就努力地做了很多事，慢慢地，就走到了今天，但我最希望的，还是安安静静地继续写我的书。

因为我知道，对于作家来说，只有写作才有意义。它是我对抗无常的一种方式。现在，虽然市场上的书五花八门，琳琅满目，但我认为我的作品，定然有它的价值。世界上沙子很多，人们能看到沙子，却不一定能看到藏在沙中的金子，但它们是金子；世界上水很多，人们能看到水，却不一定能看到沉睡在水底深处的宝藏，但它们是宝藏。孩子们，我们也一样，不需要很耀眼，不需要得到全世界的关注，只需要安心做沙中的金子、水中的宝藏，在平凡中成就伟大。

所以，有人问我，“要想取得成功，最该学的是什么？”时，我告诉他，是像道那样，永远低调，永远不争，永远默默地做好自己。你不管做什么，都只管去做，像道一样，不要把任何一种成功据为己有。

第三十五章

平平淡淡才是真

原文 执大象，天下往。往而不害，安平太。乐与饵，过客止。道之出口，淡乎其无味。视之不足见，听之不足闻，用之不足既。

前面一章，老子告诉我们，道是无私无我的母亲，她甘于平淡，甚至甘于被遗忘，这成就了她的伟大。这一章，老子继续阐述道的平凡与平淡。

你长大之后就会发现，人们孜孜以求的东西，一般都是很耀眼很难得的，而且往往在高处，人们需要不停地向上爬，甚至挤破脑袋、击垮别人，才能争到那些东西。世上的名利富贵，就是这种居于高处的东西，正所谓繁华之巅、权力之峰，人人趋之若鹜。那么道呢？道也是很难得到的吗？道也在高高的地方吗？一个平凡普通的人，要怎样才能得道呢？

让我们带着这些问题，对本章进行探索。

先看看老子在这一章说了什么——

当一个人能守住大道、守住真理时，天下人就会帮助他。因为很多人都会归附大道，而且不会相互侵害，大道也不会侵害归附它的人，这时，天下就会一派祥和太平。好听的音乐和好吃的美食，会让人无法抗拒，而道呈现在世间的模样，却没什么吸引力，平平淡淡的，不像美色、美声和美味，也不像名利富贵那么诱人。你看不见道，也听不见道，但你见到的景象中有它，听到的声音中也有它，它的妙用永不枯竭，无穷无尽。

孩子们，老子阐述道，其实是告诉求道者，想要得道，与道合一，就要像道那样，有一种符合道的德行。这里，老子希望我们能像道那样，在平平淡淡中有一种内守，守住一份真味。

1. 做一个守道的人

执大象，天下往。往而不害，安平太。

在前面的章节中，老子曾经讲过他心中的大同世界，这句话里，老子再次说到了一种美好的社会现象："执"是守住；"大象"是道和真理，也是做人的准则，因此，"执大象"便是守住真理和向往，守住大道之象，守住做人的准则。"往"是归附的意思，过去多指投靠君主、王侯等掌握权势的人，但我们要与时俱进地理解，因此，你可以理解为帮助。

孩子们，观察一下，哪种人最容易得到别人的帮助？是不是那些做人有原则、待人真诚、不计较也不算计的人？

你听过“得道者多助，失道者寡助”吗？这句话是孟子说的，意思是，有道的人，天下人都愿意帮他，失道的人，不但得不到别人的帮助，就连亲人都不会支持他，甚至会背叛他。从这一点就可以看出，得道的人，命运肯定比失道的人好。

美国总统林肯的人生经历，就很好地证明了孟子的“得道者多助”。为什么这样说呢？因为他出身于一个非常贫穷的家庭，他之所以能成为州议员，然后一步一步成为美国总统，就是因为他的和平思想。如果忽略他对待印第安人的态度，他就是一个非常完美的人，甚至称得上君子和圣人，因为他身上有一种道气、大象，永远都能宽容别人。因此，老子才说，只要得到真理、守住真理，就会得到帮助。

人的情绪会传染，心境也会传染，善意会吸引更多的善意，恶意也会引发更多的恶意。得道者安守正道，对人真诚、公正，吸引了很多人去归附他，彼此之间互信互助，这是多么美好的社群关系，多么值得我们向往。人们常说，有人的地方就有江湖，因为每个人都有私心，很容易互相猜疑，很难真心互助，甚至还会有争斗，祥和太平的气氛也就不可能形成了。所以，一切都是从人心发端的。得道者身边，往往能形成一种很好的氛围，对他人产生积极的影响，因此聚集在得道者身边的人也会向道、向善。所以，孩子们，我们要注意自己的起心动念，要知道，自己的想法不仅仅是自己的事，还会对他人、对集体造成很大的影响。如果我们想要给他人带来快乐祥和，就要让自己先守住真理、守住向往。

但翻开历史书，我们很难找到“执大象”的人，尤其很难找到执大象的君王。很多统治者在得到政权之后，都会把陪他出生入死的功臣杀掉。这种忘恩负义、过河拆桥的思想非常可怕。所以，赵匡胤相对宽厚，当了皇帝也没有赶尽杀绝，保全了一些功臣，人们就觉得他非常了不起。但这也说明，古时候的权力之争非常残酷，没几个人能在权力欲望中守住自己。

你一定要明白，超然物外的老子为什么要多次提到战争，提到如何治国，因为他生活在一个充满动乱的年代里。他目睹了世界上的血腥和杀戮，看到所有人都陷入残酷的纷争之中，所有人都在互相伤害。因此，在这样的时代背景下，老子非常希望能出现一个执大道的人，让天下人都心甘情愿地归附于他，那么这种互相残杀的邪恶局面就会消失，中国就会出现“安平太”的景象，老百姓就能活得和谐安乐。虽然老子当时没有成功，但这样的声音一直响下去，和平就成了人类文明进步的方向。我们这个时代虽然还是有战争，战火的阴影甚至开始笼罩整个世界，但比起那个“强大即正义”的时代，人类现在有底线了很多。所以，老子的和平思想很重要，它是人类的希望，也是人心所向。就像老子所说的，“执大象，天下往”。

2.“道”真的无味吗?

乐与饵，过客止。道之出口，淡乎其无味。

你可能会问，既然守住大道，就能得到天下人的帮助，就能成功，为什么人们不坚守大道呢？

这个问题问得很好，答案就在老子的这句话中：“乐与饵，过客止。”听到好听的音乐，看到可口的美食，人很难拒绝诱惑。这是人的动物性本能。因为这种本能，即便知道得道很好，人也沉不下心去修道。

我给你讲一个故事，这是我的长篇小说《无死的金刚心》中的一个童话故事：有一条大海里的鱼，能看到自己的命运。有一天，一个渔夫将鱼饵投到他的面前，那鱼饵特别诱人，他很想吃，但他知道，自己一旦吃了鱼饵，就会成为渔夫餐桌上的一道菜。于是，他告诉自己，不能上当，但他的肚子实在很饿，这样游来游去反复了几次后，他终于没有经受住诱惑，吃了鱼饵，把小命给断送了。

生活中，我们都是那条小鱼，因为我们也经不起诱惑。比如，有个孩子想减肥，但一看到美味的蛋糕，她就想吃；有个孩子想早起好好学习，但定下的起床闹钟响了，他却舍不得离开舒适的被窝，只好“明日复明日”。这就是我们都容易犯的毛病，我们总是给自己找借口，自欺欺人地告诉自己，我现在有什么什么理由，明天才能照做，但真是这样吗？不是的。有些诱惑，我们完全可以绕过去，只要自己的心坚定一点，头脑清醒一点，想清楚为什么做这件事、为谁而做，很多做法自然就会不一样。这就是用智慧指导人生。如果你的“知道”不能指导你的行为，不能成为你人生的坐标，“知道”再多也没有意义。

有时想想，世界上的诱惑实在是太多了，比如好听的音乐、好看的衣服、好吃的食物、舒适的房子等。相比于这些享受，“道”确实没什么味道，很是无趣，不仅无法挑动人们感官享受的欲望，还叫人们清心寡欲，过简单的日子。所以，古人修道，一般都会远离世界，躲在某个清静但也荒僻的地方，清苦地活着。即便不离开家，也要严格拒绝美食、美味、美声、美色的享受。所以，对于贪恋花花世界的人来说，道真的是寡淡无味，没有一点吸引力的。

但是，人一旦得道，他的世界就完全不一样了。他的心真正属于自己，他不仅没了烦恼，没了痛苦，还能主宰自己的人生和命运，不再做命运的玩偶。虽然他的言行看上去与别人无二，却透着大道的智慧，他的心中只有无尽的喜乐，触目所及，再也没有任何不满足，这是生活中一般人所不能比的。

孩子们，你们现在可能不能理解这种快乐的重要，但你们如果因为学业的压力而不快乐，因为与父母的关系而不快乐，因为与同学的关系而不快乐，或是心里有什么别的不快乐，你们就会明白，得道有多重要。

现在，你再想想，大道到底有没有味？

3. 平淡中有真正的成功

视之不足见，听之不足闻，用之不足既。

我常说，人与生俱来既有神性，也有动物性。所以，人有时候表现出来的某些特征，需要我们理解，更需要我们警醒。比如，人很肤浅，总是容易被耀眼的东西吸引，追逐一些表面的光鲜。人也很盲从，敢于做自己的人不多，大多数人都受控于集体无意识，大众喜欢什么，他就喜欢什么；大众追求什么，他也追求什么。老子却不这样，你读《道德经》的时候，是不是经常发现老子和大众是反着的？大众喜欢争夺，老子说不争；大众喜欢攀高，说“人往高处走，水往低处流”，老子偏偏说要学习水，居于下；大众喜欢追逐名利，老子却说要无为无求。有意思的是，真理往往掌握在少数人手中，被人敬仰和效仿的，也总是那掌握真理的少数人。我们都知道，老子是智者，所以，即便他说的像是反的，我们还是认为他说的是对的，还是想要学习他。

你要知道，老子并不反对追求成功，《道德经》中的很多篇章，都在讲如何治理天下，如何守住成功，但老子认为的成功，和大众认为的成功不一样。现在流行的价值观，都在倡导成功，而且用一些物质性的东西衡量成功。比如，有多少钱，有多少房子，做了多大的官，获得了多高的名誉，等等。大家都觉得这才是成功。

那么，“天下往”是不是一种成功呢？能够得人心，使人归附，当然是一种成功，但很多人的理解是功利性的。他会想，这么多人来找我，我就可以做大做强，获得更多的名和利。这么一想，就不是“执大象”了。孩子们，很多成功人士像是坐过山车，很快就从成功的巅峰跌到谷底，原因就在这里。

老子说得道者因为“执大象”，才会“天下往”，而且得道者不会算计、侵害归附他的人，也不以自己的个人成功为目的，他只是想让众人获益，让大家都能在道的氛围中得到明白和快乐。所以，他反而是成功的。

现在，市场上有五花八门的成功学，但很多人却不知道，最好的成功学是《道德经》。读现在流行的很多成功学，都不如读一读《道德经》。你只要学会且做到其中的一章，长大后就一定会得到成功，甚至是大成功。

真正的大成功并不耀眼，它像我们生活中非常平淡的事物，不会太扎眼，但你需要的时候它总会在。它不是喧嚣的高名，不是熏天的财势，也不是凌人的权力，它只是一种润物细无声的影响，如暖阳般照耀着你，让你变得越来越有智慧，越来越有爱心，还能滋润人心，净化世界。老子说，道是看不见、听不到的，但它融入我们所见的一切、所闻的一切，无时无刻不在发挥妙用，其实，真正的大成功也是这样。

孩子们，我每次看到这里，都觉得老子是个很可爱的老头儿，你们有没有这种感觉呢？因为，他明明已经超越红尘了，但他并不否定众生的追求，包括那些有点功利的追求，他甚至还会帮助众生去追求呢。比如，他懂谋略，但他没有用在自己身上，而是毫无保留地教人们去用；他懂得如何取得成功，如何当官等，他也没有去做，而是知无不言地告诉别人，如何当官当君王；他不但跟你谈真理，还跟你谈人生，谈社会，谈如何生活得更好，如何让生活更有价值和意义。你们说，他是不是个善解人意的老头儿呀！

真正的智慧都是善解人意的，真正的经典也是这样。

我从十几岁开始学习《道德经》，从那时起，我就知道了自己想干什么，想做一个什么样的人。所以，很多人跑官当官时，我没有跑官当官，很多人下海经商时，我也没有下海经商，我能守住我该守的东西，就得益于最早的学习经典。大家多幸运，我在你们这个年龄时，没有人告诉我这些，也没有书可以读，那时，我只是一个放马的孩子。但现在，你们不一样了，你们不仅有好书读，也有老师告诉你们怎么做，还有爸爸妈妈的支持，只要你们能守住自己的梦想，你们的成功，也是必然的。

所以，你不要去追求人人都追求的那种成功，包括考个好成绩，考个好名次，考个好学校，等等，当然，你也可以注重学习，但不要把它作为你人生的目标。你只管做好你自己，让自己明道、合道，有符合道的德行就够了。只要你做得足够好，就像这一章中老子说的，“执大象”，你自然就会“天下往”，得到天下人的帮助。

第三十六章

大道与谋略

原文　　将欲歙之，必固张之；将欲弱之，必固强之；将欲废之，必固兴之；将欲取之，必固与之。是谓微明，柔弱胜刚强。鱼不可脱于渊，国之利器不可以示人。

孩子们，这一章我们将接触一个很有争议的话题，老子也因为这一章的内容，得到过很多争议性的评论，甚至有人说老子老谋深算，似乎老子突然从智者变成了一个谋略家。为什么这一章会有如此的反响和争议呢？对我们又有什么启发呢？

先来看看老子说了什么。

如果你想让一个东西收敛，就要先让它张开；如果你想将某种东西削弱，就要先壮大它；如果你想废掉某个东西，就要先抬举它；如果你想得到什么，就要先送出去什么。这些道理看起来很微小，但如果你能对此举一反三，就能得到很大的启迪。柔弱也是这样，它看起来没什么力量，实际上，守柔的人要胜过强悍的人。鱼不能离开水，一个人或者

一个国家最大的优势，也不能拿出来炫耀，该藏的要藏，智慧和谋略也是这样。

从这一段话中，有的人读出了老子的谋略，有的人读出了老子的语重心长。我读到这段话的时候，一方面惊叹于老子的世间智慧，觉得他不愧是帝王师；另一方面，也感动于老子的赤诚之心和慈悲之心，他将人性中最隐秘的东西全都告诉了关尹子，这是多么好的老师啊！只有父母才会这样和我们掏心窝子，关系一般的人，是不会轻易说出这些秘密的。可惜一般的家长没有这种智慧。所以，如果遇不到老子这样的好老师，我们也许撞上很多次南墙，都还是会一头雾水，不知道究竟发生了什么。

所以，孩子们，我会尽量解释得清楚一些，就算你们现在还听不懂，也要尽可能地记住，或者多看几遍。最好能每年都看上一遍，因为你们每年都在长大，都在经历着一些你们不一定明白的故事。这时，老子教给你们的东西，也许就会至关重要，对你们的人生会有莫大的帮助。

下面，我们一起来学习老子的谆谆告诫，以正确的态度对待谋略。

1. 危险的道具

将欲歙之，必固张之；将欲弱之，必固强之；将欲废之，必固兴之；将欲取之，必固与之。

孩子们，还记得我们前面说过事物的相对性吗？任何事物都没有绝对的好或者不好，好与坏都是相对的、有条件的，而且，这种好坏也是相互转化的。

谋略也是如此。在中国文化中，谋略非常重要，尤其是古代社会的领导阶层，几乎每个王侯贵族都养有谋士。但谋略的本身是相对的，你把它用正了，它就是面对世界的智慧，你能救人、做好事，乃至救世；如果用得不正，它就成了害人的利器，你就变成阴谋家了。

为什么老子说的这几句有相对性的话，会被视为谋略呢？谋略有什么特点？我们说一个人直来直去，没有城府，没有谋略，通常是因为他的行为和意图是一致的，没有迷惑性。但老子说的这几句话，全是行为和意图相反的，有一种欲擒故纵的味道，这就让人觉得很有"心机"了，因为你无法从他的行为中，判断出他真实的意图。这就叫谋略。但老子不是教大家如何用谋略，而是在说事物的对立性与生活的关系，以及它们对人心的影响。就是说，老子只是说出了几个规律，怎么用，在于我们自己。

这个话题很复杂，需要一定的人生阅历才能懂。所谓的阅历，就是亲身经历的故事，虽然你们还没什么经历，但我可以给你们讲几个故事，这样大家就会更容易理解。但你们要注意，我只是告诉你们一种人性规律，不希望你们用。我希望你们都能像天使那样简单、快乐，又富有爱心。

老子认为，如果想让一个东西收敛，就要先让它张开。或者说，如果想把一个东西扑灭，就要先让它燃烧。

任何事物都有这样的辩证统一关系，每两种看似对立的概念之间，都没有严格的界限，随时会互相转换。"大"和"小"是这样，"歙"和"张"也是这样。所以，你不管看到什么现象，都要明白它在变化，不要被它左右了心情和选择。如果理解得足够透彻，还可以借它来达到一些目的。比如，大家如果有什么不开心，要学会勇敢地找到伤口，然后揭开伤口，好好地看看它，明白自己不开心的根源。但揭开伤口不是为了自我折磨，而是为了让伤口更好地愈合，让心灵恢复健康。这种态度很重要，希望你能记住。

你是不是觉得很可怕？人还有这样的用心。但知道它的可怕，不是为了盲目地防备别人，而是为了警惕自己，避免自己在无意中犯同样的错误，同时也要清醒地观察生活，在生活的诱惑下守住自己的心。

因为，当你们渐渐长大之后，就会发现生活中确实有各种人，有些人明明想废了另一个人，想把他踩下去，却千方百计地抬举他。这叫作“捧杀”，意思是，看似在吹捧一个人，其实是让他膨胀，最后摔得很惨。老子所说的“将欲废之，必固兴之”，也是这个意思。

在西部，奉承别人叫给人戴高帽子，喜欢说奉承话的人叫高帽子匠。这种人往往人缘很好，因为他喜欢说好话，谁都喜欢他，但是，收拾你、坏你事的往往就是这种人。所以，你要学会清醒客观地评价自己，既要有自信，也要有自知之明，即使面对自己的长处，也不要沾沾自喜。这样，即便别人有“将欲废之，必固兴之”的心，你也不会受到损伤。

我曾说过这样一段话：“如果你想得到社会的回报，就要首先贡献社会；如果你想得到别人的善待，就要首先善待别人；如果你想得到别人的友爱，就要首先付出友爱。”这也是“将欲取之，必固与之”，但它不是在设计谋害别人，而是在传递正能量，建立一种美好的关系。

所以，老子的这几句话，既可以被用作谋略，也可以被用作智慧。这取决于用它的人有什么样的心。你要知道，从古到今，人性世界都是不完美的，因为并不是大多数人都向往道，愿意修道。更多的人，都只是在为生存和生活而努力，这部分人中，有些人知足常乐，于是就能老实本分；有些人想要过得更好，却又不能踏踏实实地努力，于是就会使用谋略。所以，谋略始终没有在人类世界里消失。不只中国，西方也是这样，大家也许看过一部叫《权力的游戏》的美剧，里面充满了各种权谋。本质上说，它们跟老子生活的时代很像，也是一个为了争权夺利不惜打破底线的时代。这就是谋略的生存土壤。如果不需要用谋略，那是最幸福的，就像上一章中，老子说的“安平太”，人与人之间互不侵害、互相协助，哪里还需要对别人用谋略呢？但既然现在不是这样的时代，我们就要管好自己的心，清晰地认识到谋略的两面性——谋略是个危险的道具，老子这样的智者，当然能将它用作智慧，为别人造福，而大多数人，却会被这些危险的道具所诱惑，在人生中种下很多不好的种子。

2. 当谋略遇到智者

你知道吗？讲这些关于谋略的内容，我是真不情愿的。因为这些谋略都是在害人，这么做的人是典型的阴谋家，就算有着某种自认为崇高的目的，这样做也是不厚道、不道德的，我们绝对不提倡。所以，我必须再次告诉你，虽然《道德经》讲了谋略，我也给大家讲了其中的奥秘，但我们绝对

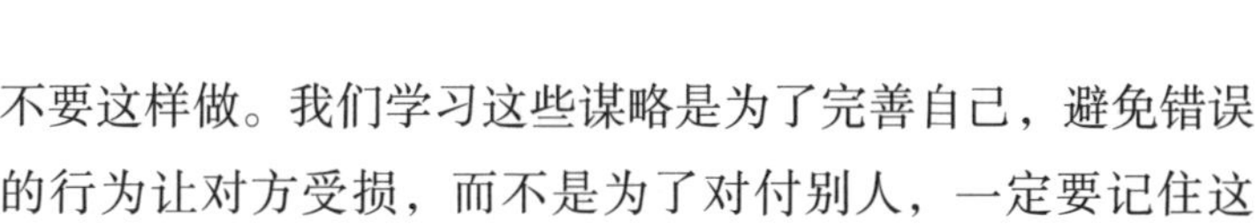

不要这样做。我们学习这些谋略是为了完善自己，避免错误的行为让对方受损，而不是为了对付别人，一定要记住这一点。

老子虽然深谙人性，洞悉人心，但你要知道，他是个得道的人，他能管住自己的心，他即使谈谋略，也是在大道观照下的应世。你知道什么叫应世吗？就是智慧地面对时代，面对迎面而来的各种事情、各种人。智者知道大道的规律，谋略再高明，也逃不脱道的规律，所以，智者即使因为权变的需要，暂时运用了谋略，也一定会遵循大道规律，不会逆天而行，更不会沾沾自喜于谋略。

你记得韩信和张良的故事吧？同样是运用谋略，也同样是辅助刘邦建立西汉，张良和韩信两人却有不同的人生结局。韩信在军事上善用谋略，取得了巨大的军功，但他因为自己的谋略而居功自傲，动辄拿它和刘邦谈条件，为他最后的被害埋下了伏笔。而张良，运用谋略完成使命之后，立即抽身而退，毫无眷恋地抛开功名利禄，隐遁修道。因为他知道谋略只是暂时的工具，真正值得做的事情是修道。

智者都是这样，就算在红尘中做事，并且必须运用谋略，也不会把谋略混同于智慧，更不会汲汲于谋略，在谋略中迷失真心。唐朝的李泌正是这样的一位智者。他历经四朝，主要辅佐唐德宗，是一位杰出的政治家，也是一位远离政治旋涡的奇人。他学识渊博，做过帝师，做过宰相，也多次被奸臣排挤、陷害。但他只关注如何积极于政事，为民造福，不眷恋官场和名利。安史之乱兴起，他便入朝追随皇帝，为社稷分忧，平复战乱后又拒绝封赏，悄然隐退，隐居修道。因此，他活成了独一无二的奇人。

而普通人不是这样，他们不懂道的规律，也不遵循因果，反而觉得自己了不起，可以超越天地规律走捷径，甚至将他人和万物玩弄于股掌之中。如果有一种东西能让他轻易地实现目的，得到成功，他就会不由自主地产生贪念，一而再再而三地用它。最后会怎么样呢？他会养成玩弄心计的习惯，离道越来越远，甚至有可能在不知不觉中，变成卑鄙小人。

运用谋略的人，表面上也许会达到自己的目的，但总有一天，他要为阴谋付出代价。我很小的时候，就常听村里明事理的老人说，算人终会算己。意思是，无论怎么算计别人，最后都会算到自己头上，因为天道好还，老祖宗也称之为“种瓜得瓜种豆得豆”。孩子们，你们玩过一种叫“回力镖”的玩具吗？它又被称为“飞去来器”，你把它扔出去之后，它又会飞回来。谋略就是这样的一种“飞去来器”，而且还是很危险的“飞去来器”。所以，你不要养成爱算计的习惯，不要向往谋略，要明白谋略并不是真正的智慧。

古人说，傻人有傻福，这是有道理的。当你傻乎乎地用真心面对一切时，道也会将最真诚、最好的东西带到你面前。我们要相信，吃亏是福，老实是福，不要玩弄心计，不要为一些留不住的东西，污染自己的心。因为世俗的谋略越多，就会离道越远。小时候，人们都说我老实，我也确实老实，后来有了智慧，也仍然很老实。我是不懂人心、不懂人性吗？不是的，我跟老子一样，特别懂人心，但很多时候，我都是“能察而不察”的，因为我不愿想很多东西。想，有时就是谋略；谋略，就是功利化的想。

所以，很多时候，我都守住自己的境界，做我该做的事，因为一切都会过去，而且很快就会过去，从究竟意义上看，它没有真正的意义。有意义的仅仅是大道，是合道。就像前面那一章所说的，只要你的一言一行无不合道，一切就会自然达成，不需要你去玩弄心计，也不需要你去煞费苦心。

有些孩子可能会问，明明可以把事情做得更好，为什么不用一用谋略呢？有谋略，有智慧，却不用，不是可惜了吗？你要明白，智者不是不用智慧去做事，而是知道什么时候可以用，什么时候不能用，不会按捺不住地去用，更不会时时想要显示自己的聪明和谋略。这是智者与普通人的区别。普通人要是有谋略，就会将谋略当作闪亮的羽毛，像求偶的雄孔雀那样，动不动就开屏，遇到对手时，更是要开屏一较高下。这是非常可笑的。

况且，谋略也好，智慧也罢，还意味着一份责任。我们来到这个世界上，既是为了体验生命的过程，也是为了将来离开这个世界时，能给世界留一点有益的东西。当一个人能做到这一点时，他的一生就没有白活，按老子的话说，就是“功成身退”。所以，有些人做事，不是为了追求成功，而是为了戏终离场。就像张良和范蠡。上天赋予他们能力，就是为了让他们在历史的舞台上展示一种活法。他们的使命完成后，也就到了离去的时候。你一定要明白，智慧和能力是一种责任，人一旦拥有了它们，也就有了一种责任。智慧和能力越强，责任也就越重，履行这份责任，是人来到这世上的意义。

3. 微妙之处见智慧

是谓微明，柔弱胜刚强。鱼不可脱于渊，国之利器不可以示人。

老子的这些“谋略”是很微妙的，也是一般人想不到的。而这些建立在微妙、微小处的智慧，却能起到大大的效果。比如，遇到强大的对手，如果你也很强，并且直接跟他抗争，你们就有可能两败俱伤；如果你遵循老子的智慧，保持内心的柔顺不争，行为上积极努力，做好自己，那么他如果非要跟你争，就会因为物极必反——要么自我膨胀到极点，要么盛到极点——而走向衰败。所以，老子紧接着就说，“柔弱胜刚强”。很多时候，内心的柔弱不争，才是最明智的“谋略”。

所以，我们要明白圣人的心，不要轻视他的哪怕一句话、一个字。老子这五千言，是真的字字千金。当我们学会这种对立统一的辩证方法，就会在生活中得到无数种运用。

你想，这一章看起来是谋略，其实都是一些朴实的做人道理。很多东西真的说不清是好还是不好，关键看你怎么用。我们有句老话，叫“甲之蜜糖，乙之砒霜”，意思是，同样一个东西，对甲来说是好的，对乙就成了毒药。比如，你学了老子的这些智慧，如果能运用到自己的生命当中，弥补自己人格上的漏洞，就能得到人生的启迪，少走一些弯路，收获智慧和品格；如果对别人动坏心思，想用它们去害人，或者谋取私利，这些内容就不是智慧，而成了阴谋诡计。

你知道鱼为什么不能离开水吗？因为，鱼在水里的时候，是它最有优势的时候，它想怎么游就怎么游，想游出什么样的高难度花样姿势，就游出什么样的高难度花样姿势，甚至可以跳到水面上扭几下、翻几个跟斗。所以，老祖宗形容人们得势，会说“如鱼得水”。但它如果觉得自己很厉害，想到岸上显摆一下，你想想，它会怎么样？它肯定会渴死。人也一样，就算在现有的平台上做得很成功，得到大家的认可，也不能将平台的力量视为自己的能耐，觉得自己可以随意去任何地方，否则，他就会失去自己的位置，丢掉自己的优势，也就是上一章中讲到的“失其所”。

所以，我们要用学习真理和智慧的眼光看这一章，学会从微妙之处打磨自己，让自己的人格和智慧更加完善。比如，学会用变化的眼光看事情，遇到自己不喜欢的人和事物，知道他们在鞭策自己；听到别人的称赞，不管是不是捧杀，都要保持清醒，不要自我膨胀；懂得先舍才能得，不要怕自己会吃亏；就算有才华或者取得好成绩，也不要炫耀。等等。这些都是非常重要的智慧，是老子送给你的智慧锦囊，你一定要随身带好。

第三十七章

顺其自然

原文　道常无为而无不为。侯王若能守之，万物将自化。化而欲作，吾将镇之以无名之朴。无名之朴，亦将不欲。不欲以静，天下将自正。

孩子们，我们经常听到一个词："顺其自然"，也经常听到一个非常相似的词："躺平"。那么，你们知不知道什么是顺其自然，什么是找借口躺平呢？这一章中，老子刚好解答了这个问题。而且，学习了这一章，我们不仅能知道什么是真正的顺其自然，还能知道怎样对待自己内心的欲望，怎样在生活中做到顺其自然。

先看看老子说了什么——

大道不强行作为，凡事自然而然，顺其自然，反而可以成就一切。承担了责任的人如果能守住道的智慧，一切都会自然而然地成功。万物一旦变化、运作，人一旦进入社会，欲望就会出现，但我会用智慧消解它。有了智慧，欲望就会渐渐消失，心也就静下来了，完全融入自然。心与自然相融，不再有小我的执着，天下自然会安定。

孩子们，你们明白老子的意思吗？

老子认为，社会应该和大道一样，遵循自然而然的规律。当然，这是理想状态，现实中，我们还差得很远很远，到处都是人为的、刻意的东西，人们在日常行为中，也不一定能完完全全地顺其自然。那么，为什么人们做不到像道那样，自然而然地生活、生产和做事呢？因为人有欲望，也有恐惧。

举个例子，一群人组成了一个团体，他们各有自己的欲求或愿望，有的人想要成为掌权者，有的人想要出风头，有的人想要人人都认可他、喜欢他，还有人需要掌权者，需要出风头的人，需要被安排，因为他们的心不自由，需要有个外面的依靠和主宰。这样的团体，还能自然而然地运作吗？当然不能。他们就像水里的乱流，彼此冲撞，很难像花园里的植物那样，自得其乐地活着，共同构成花园的生态系统。

当然，老子并不是说要对一切放任自流，他说的顺其自然，是有一个大前提的，那就是道的规律，在遵循大道的基础上，顺其自然，去除多余的人为干预，因为人为干预源自人内心的欲求。

孩子们，内心有欲望，就是人很难自然而然、顺其自然最根本的原因，也是这个世界喧喧嚷嚷无法清静的原因。老子真是一语中的。所以，顺其自然不是随口说说的，它蕴含着大道的真理，也蕴含着快乐生活的秘密。每一个想要快乐逍遥的孩子，都要像老子说的这样，找到对治欲望的关键，让自己真正地顺其自然。

1. 顺其自然的敌人

道常无为而无不为。侯王若能守之，万物将自化。化而欲作，吾将镇之以无名之朴。

大家注意了，古代中国有公、侯、伯、子、男五种爵位，其中，侯仅次于公，身份非常尊贵，地位也很高。但老子所说的“侯王”，既不是一个姓侯的王，也不是某种身份和特权，而是指有着特别权威的、能承担重要责任的人，无论是当官的、企业家、统治者，还是单位的领导，甚至包括一个家庭的家长，都属于这里所说的“侯王”。老子认为，“侯王”如果能守住道的智慧，顺势而为，一切就会自然而然地成功，不需要勉强攀缘。而且，就算你勉强攀缘，往往也很难成功。

前面我们还谈到对“君王”“侯王”的另一种理解，就是表示自己的真心，做自己真心的主人，做自己命运的王。所以，孩子们，每个人的外部世界有君王、侯王，内心也有君王、侯王。外部的君王管理社会秩序的运行，内在的君王负责内心秩序的稳定。想要让外部世界的秩序稳定，首先需要内在的稳定，做得了自己的君王，才做得了天下的君王。庄子说的“内圣外王”，就是这个意思。老子说的能够守住道的侯王，便是内圣外王之人。他们安守大道规律，面对生命中的一切，都能顺势而为，不会强求。

春去秋来，夏长冬藏，万物都在变化；年年岁岁，生老病死，人也在不停地变化。人如果不能破除执着，变化就会带来牵挂，也会带来欲望。欲望越多，人与自然和大道就会越来越疏远，心和命运也会越来越不可控。这是任何人都难免的。在文明的早期阶段，人们几乎全部依赖自然而生存，除了基本的生存需求，没有太多的欲望；后来，社会实践越发展越丰富，人的欲望也越来越多，每一项实践的产生和深入，都会给人带来无尽的欲望。就拿最基本的吃穿举例，从前人们吃饱穿暖即可，没听说有人得抑郁症，更没有孩子得抑郁症，后来服装产业和饮食产业兴盛，人们开始有了超出生存的各种欲求。这就是“化而欲作”，在诸多的变化中，欲望开始发作。心被欲望干扰，就只想得到更多，不能顺其自然了。

我过去有个朋友，文章写得很好，可他后来开始经商，就受到了种种利益的诱惑，发财的欲望也越来越强，最后，就再也静不下心写作了。当官也是这样，因为人一旦有了权力，就会想要管更多的事情、支配更多的人，心就不再轻松了。所以，才有了大人们常说的“无官一身轻”。

要是出现这种情况，该怎么办呢？老子接着就开出了“药方”——“吾将镇之以无名之朴”，意思是，我将用“无名之朴”来镇住它。这里的“它”指的是欲望，“镇”是压制，“无名之朴”是合道之心。

你记得吗，我前面讲过“战胜自己”，这个“自己”，指的就是自己的欲望。所以，每个人真正的敌人，其实不是别人，也不是外部世界的某种现象，而是自己心中的欲望。正是在欲望的蛊惑之下，我们才有了贪婪、嗔恨、愚痴、傲慢、嫉妒等坏情绪，也才会有很多烦恼和痛苦。

不过，你别着急，只要找出自己的敌人，情况就会缓解。比如，当一个小同学骂了你，你觉得很生气时，你的敌人就是愤怒；如果你已经有好几支钢笔，可还是眼馋同桌的那支新钢笔时，你的敌人就是贪心；当你看到同桌考试得了一百分，你却只有九十分，你心里很不舒服，觉得他抢了你的风头时，你的敌人就是嫉妒……心里所有的烦恼，不愉快，都是自己的敌人，想要战胜这些敌人，就要守住道的智慧。只要能做到这一点，一切都会迎刃而解。

那什么是道的智慧呢？就是打心底里知道一切都在变化，一切都会很快过去。比如，小同学刚才骂了你，但过上一会儿，他帮你捡起掉在地上的钢笔，你又觉得他还是很好的；你用同桌的新钢笔写字，发现还是你的钢笔好用，就不再想着他的钢笔了；你帮老师捡起掉在地上的粉笔，老师笑着表扬你，你就把刚才的情绪忘了；你认认真真地复习，下一次考试也考了一百分，心里的不舒服就消失了……所以，对于一切事物，你都不必太在意，只管做好自己就行了。不在意时，你的心就会静下来，那时，你的世界里也就没有烦恼和痛苦了。

那“无名之朴”又是什么呢？为什么它比欲望强大，能镇压欲望呢？所谓的“无名之朴”，就是我们所说的平常心。当我们不知道怎样才是顺其自然时，就看看自己有没有安住于平常心，这种状态是一把标尺，能够帮助我们校正自己，让我们走在顺其自然的中道上。

孩子们，生活中，这样的例子太多了。

比如，马上要考试了，大家都在紧张地复习，而你说顺其自然吧，于是就纵容自己，花很多时间玩游戏。这时候，你要问问自己的心，看自己究竟踏不踏实，玩过游戏后，内

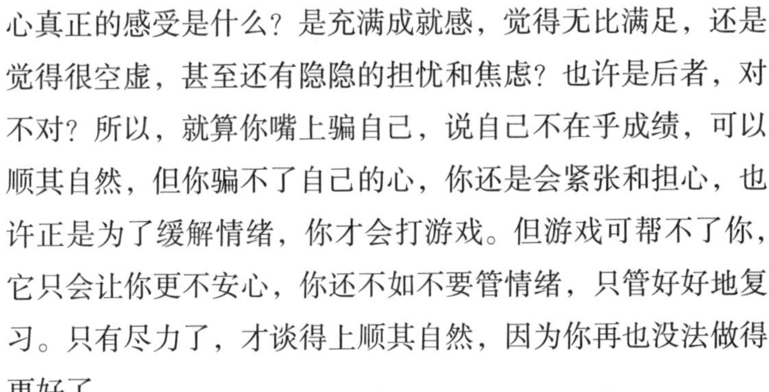

心真正的感受是什么？是充满成就感，觉得无比满足，还是觉得很空虚，甚至还有隐隐的担忧和焦虑？也许是后者，对不对？所以，就算你嘴上骗自己，说自己不在乎成绩，可以顺其自然，但你骗不了自己的心，你还是会紧张和担心，也许正是为了缓解情绪，你才会打游戏。但游戏可帮不了你，它只会让你更不安心，你还不如不要管情绪，只管好好地复习。只有尽力了，才谈得上顺其自然，因为你再也没法做得更好了。

还有一些人随波逐流，世界流行什么他就追逐什么，他觉得这就是顺其自然。但每当夜深人静，他一个人在黑夜里发呆时，却总会觉得非常空虚，不知道自己究竟为什么而活。这肯定不是顺其自然。顺其自然的背后，是一种恬淡和清醒，它是放下一切，不再执着后的淡然，也是忠于自己的选择，并且全力以赴后的坦然。如果你不能清醒地选择，也没有尽力，“顺其自然”就成了躺平的借口。

我这么一说，你是不是就明白该怎么做了？

简单地说，就是不要自己欺骗自己，不要被自己的欲望拽走，在积极做事的过程中，试着一点点放下结果。比如好好学习，但不在意成绩，哪怕总是班里的中下游，也不妨碍你学习和复习的热情。这才是顺其自然。

那该如何守住道心，不被欲望拽走呢？回归“无名之朴”，也就是回归大道，尽可能地让自己安住在大道的境界里。按老子的说法，这是最好的对治欲望之法。

2. 像婴儿一样活着

无名之朴，亦将不欲。不欲以静，天下将自正。

当一个人回归婴儿那样纯真的初心时，他的欲望就没有了。

大家注意了，第一个“不欲”指的是没有欲望，第二个“不欲”则是名词，指的是那个无名之朴的心。就是说，无名之朴出现的时候，人就会进入一种极致宁静的状态，这时，欲望就消失了。

老子一直在提倡返璞归真。他认为，只有这样，人才能快乐。

你可能不知道，最早的时候，人类比现在开心多了，因为那时的诱惑很少，没有小车，没有楼房，没有薪酬、学位、权势等乱七八糟的东西，老百姓的生活很简单，就是日出而作，日落而息，吃的也是粗茶淡饭，但他们与大自然最亲近，生活也最安详。现在，人们出有车，食有鱼，物质越来越丰富，居住的环境也越来越好，可很多人脸上都写满了疲惫、焦虑和烦恼。其实，在这个时代，很多人的生存都不算太难，那部分人所有的烦恼说到底，都来自贪欲，有了还想要，得了还想得。

老子能看透这个秘密，真是太有智慧了。很多人梦寐以求的东西，他都不屑一顾，他甚至不去当人们所认为的伟人，只追求无名之朴，追求那颗像婴儿一样天然质朴的心。当然，最后他做到了，他因此成了影响世界两千多年的圣人，而不是世俗意义上的会因为立场和思潮的变化而出现争议的伟人。

所以，无名之朴出现的时候，人就会进入一种无我的境界，在那种境界里，欲望消失了，烦恼消失了，“天下将自正”，也就是天下自然就安定太平了。

3. 做一粒随遇而安的草籽

关于“无名之朴”，我听过一个很有意思的故事，和大家分享一下。

有个禅师带着弟子住在一片山林里，那里有一块光秃秃的土地，连野草也没有。有一天，弟子对禅师说，师父，这儿太难看了，我们能不能在地里种点草啊？禅师说好，几天之后就给了弟子一些钱，让弟子买了一些草籽。弟子往地里撒草籽的时候，正好刮起了一阵风，有些草籽就被风给吹走了。弟子着急地告诉禅师，禅师却不在意地说，没关系，被风吹走的草籽是空心的，随性吧。禅师的意思是，被吹走的草籽都是秕子，秕子天性就是轻飘飘的，一阵不大的风就能把它们吹走；相反，饱满的种子天性是沉甸甸的，风吹它们也不会走。所以，随它们的性就好，总会有好种子留下来。

第二天，一群小鸟到地里吃草籽，弟子看到又着急地说，师父，不好啦，小鸟在吃草籽了。但他的师父仍然不着急，还告诉弟子没关系，小鸟吃不完所有的草籽，总会留下一些的，随意吧。禅师所说的随意，就是随便小鸟怎么样都行，愿意多留点就多留点，想多吃点就多吃点，留下多少都行。

第三天下雨了，雨水冲走了一部分的泥土，草籽也被泥水给冲走了。弟子又去找师父，但师父仍然不紧不慢地说，不要紧，随缘吧，冲到哪里都行。

又过了几天，地里长出了很多草，很多没有撒过草籽的地方也长出了小草。小和尚看到绿油油的土地觉得很开心，这时师父又告诉他，随喜吧。

在这个故事中，禅师说了四个“随”字词语：随性、随意、随缘和随喜。这四个词语当中，就包含了自然而然、顺其自然的智慧。

第一是“随性”，也就是随顺万物的本性，让它们自由选择。孩子们，人跟草籽一样，草籽有空心的也有实心的，人呢，同样是各有其性。性情不同的人选择也不同。你们在交朋友的时候，有的人一下子就能成为你们的好朋友，因为性情相投，有的人则不行，你不能强迫所有人都跟你好，要尊重对方。这就是随性。我就是这样，永远随性，朋友们愿意来也行，愿意走也行，我都随顺他们，不去干涉和强迫他们。面对任何人都要这样，随顺他们的天性，他们喜欢怎么样都行，让他们自由选择，来者自来，去者自去，就像风中的草籽一样。

第二是随意，禅师并没有阻止小鸟吃草籽，而是随它的意愿。就像我们生活中，会不期而遇的一些事、一些人，有些是给你一些东西的，有些是拿走你的一些东西的，不管是哪一种，我们都要接纳。让草籽给小鸟填饱肚子，也是一件好事啊。那么，给予他人一些东西，对于我们来说，也是一件好事。

第三是随缘，我们每个人都是“草籽”，都会被岁月之水冲走。我们只是这个世界的旅客，像李白说的那样，天地是万物暂时寄居的地方，我们去哪里，本质上并无区别。比如我，我的老家在甘肃，后来我搬到岭南，又从岭南搬到山东。不管到哪里，我都会随顺因缘，因缘让我去哪儿，我就去哪儿，无论在哪里都很开心。有一位老师曾对我说，雪漠，我真佩服你，你的生活能力太强了，到哪儿都能生存。我告诉他，这不是因为我的生活能力很强，而是因为我随缘。

第四是随喜，随喜是一种赞同的态度，对他人他物的一种认可与喜悦之情。当草籽们经历了风吹、鸟吃和雨水冲洗之后，终于完成了一粒草籽的使命，长成了一片绿油油的风景。小和尚非常开心，他的开心是一种达成目的后的兴奋；而禅师的随喜，更多的是一种从容的喜悦。他知道，身为一粒草籽，必然会经历种种考验；也知道，草籽必然会发芽长大，所以他不会有太多的兴奋，但他一定会有对生命的尊重和赞赏，哪怕只是一粒小小的草籽。

对待生命中的很多事情，我们都要像禅师对待草籽一样，既不要不种草籽，也不要执着草籽，随性、随意、随缘、随喜，自然而然，无为而无不为。

我们每个人其实都是一粒小小的草籽，在地球上落下脚后，也会经历风吹雨淋和小鸟的啄食，也会发芽长成绿色的风景。所以，对待自己的人生，不妨顺其自然。

第三十八章

身心圆满的道德修炼

原文　上德不德，是以有德；下德不失德，是以无德。上德无为而无以为；下德为之而有以为。上仁为之而无以为，上义为之而有以为。上礼为之而莫之应，则攘臂而扔之。故失道而后德，失德而后仁，失仁而后义，失义而后礼。夫礼者，忠信之薄，而乱之首。前识者，道之华，而愚之始。是以大丈夫处其厚，不居其薄；处其实，不居其华。故去彼取此。

大家知道吗，《道德经》学到这里，到了一个分水岭，因为前面的内容属于《道经》，从这一章开始，就是《德经》了。前者侧重于道，后者侧重于德。而且，老子不仅讲了德，还讲了另外几个我们很熟悉的品质：仁、义、礼，这些品质在儒家思想中被强调得最多，也是我们很向往的品质。老子对它们的看法，让人大吃一惊，在道、德、仁、义、礼五者的关系上，老子也有独到的评断。刚开始，你可能会觉得老子怎么会这么说呢，越深入学习，越理解老子思想的时候，你就越会生出感叹：老子真是太有智慧了！

我们先来看看这一章的大意——

最上等的德行，是看不出有德行，心里也没有“德”的概念，一切自然而然，老子称之为“有德”；最下乘的德行，是看起来品行高尚，但心里还有“德”的刻意，这就不是真正的有德。上德之人既不讨巧也不邀功，但万物都能因他而受益；下德之人虽然也在做事，但因为怀有目的，就大打折扣。上仁者关爱别人，不会刻意觉得自己在仁爱，只是自然而然地做。上义之人只是在遵循义的标准。上礼之人以礼待人，若是没有得到回应，便会感到不快。所以，做不到与道合一，就在德行上下功夫；德行如果不够，那就努力对人仁爱一些；如果仁爱也做不到，那就提倡义的规范；义也做不到，就只能强调礼节。提倡礼节，恰好说明忠信薄弱，这时社会就出乱子了。一些看似聪明的人，喜欢做表面文章，这是愚痴的开始。所以，大丈夫要敦厚质朴，不要只注重形式和技巧；要注重内在的道德修养，不要看重表面功夫。简而言之，就是去掉浮华，修炼内在。

这一章的内容很长，老子主要讲了两个重点。

第一是德本身，老子告诉我们上德和下德的区别。自古以来，道与德犹如孪生姐妹，总是相辅相成、如影随形，虽然之前我们学的是《道经》，但其中也有许多内容涉及了“德”，比如第二十一章中的“孔德之容，唯道是从”，和第二十八章中的“常德不离，复归于婴儿”。这里的“孔德”“常德”其实就是“上德”。因为老子认为“上德”是无为的，是完全合乎道的。上德者没有功利意图，一切都是以道体为本，但是“下德”就不一样了，“下德”还有功利心，下德者做事，也还有自己的主观意志。

第二是道、德、仁、义、礼之间的关系，老子认为，道、德、仁、义、礼是一步步地退而求其次，做不到道才追求德，做不到德才追求仁，做不到仁则追求义，做不到义便追求礼。所以，在老子看来，礼是最表层的功夫，是一个社会最后的遮羞布，只能退而谈礼的时候，说明社会氛围中的忠信已经越来越薄弱了，社会缺乏忠信，自然会出乱子。

孩子们，大家看一看中国古代历史发展的进程，就能明白老子说的话了——三皇时代有道有德，人不知有首领，人人自得自洽；五帝时代仁爱盛行，人人都说黄帝和尧舜禹勤政爱民；周朝以礼乐治国，人人遵循典章制度，也能相安无事。再往后呢？春秋战国时期，礼乐制度崩溃，社会的最后一层遮羞布被撕毁，从此进入用拳头说话的时代。这个等而下之的过程，是不是和老子说的一模一样？若是不了解老子的智慧，明白他说的是道的发展规律，还以为他有神奇的预测能力呢！

道、德也好，仁、义、礼也好，都成了远去的图腾，需要努力提倡、努力追求才能获得，可原本它们是自然而然的，是道赋予我们的，我们却弄丢了它们。

所以，老子不是说仁、义、礼不好，而是说，与道、德相比，它们在境界上是一种退步。换句话说，老子认为，能做到道与德是最好的，仁、义、礼只是退而求其次的选择。他是用前一个否定后一个，也是在告诉我们，什么样的境界更值得提倡和追求。

道家向往的是最高的道，其次是德，德更是道的一种外在表达。而儒家，因为立足点不同，就更注重眼前的现实，

试图去改变现实。所以他们认为，社会既然已经退步成这样，就要从最基本的做起，慢慢地向上升华。你听过孔子的故事吧？他是一心想要恢复周礼的，因为周朝的礼乐制度离他最近，当时的人们还够得着，三皇时期的道与德太远了，人们已经够不着了。所以，我们既要理解老子为什么这么说，也要理解孔子为什么不提倡更高境界的道、德，而要提倡境界没那么高的仁、义、礼。两位先贤都是正确的，只是关注的层面不一样。

1. 两个不同的德君

上德不德，是以有德；下德不失德，是以无德。上德无为而无以为；下德为之而有以为。

孩子们，“德”最初的写法是“悳”，上面是“直”，下面是“心”，意思是直心为德，心性正直，走正道。直心就是道，“道德”二字能够连用，就是因为彼此关系紧密，本为一体。以直心去遵循大道，就是道德。

那么，老子为什么将德分为上德和下德呢？和我们的心有什么关系呢？我们可以把它们看作两个人，一位是上德之君，一位是下德之君，看看他们到底有什么不同。

先说说“上德”。

大家还记得第一辑学过的“上善若水”吗？这里的“上”是最的意思，“上德”中的“上”也是最的意思，所以，上德就是最好的德。最好的德是什么样子呢？

老子说“上德不德”，你听到这句话，也许会觉得有些费解，不明白什么叫“不德”。其实，“不德”就是不执着于德，做了有德的事情，也不认为自己有德，反而觉得是理所当然的事，本来就是那样。

孩子们，看看我们头顶的太阳，再看看我们脚下的大地，它们就是典型的不德、上德，因为它们没有“德”的概念，也没有“德”的作意，只是自然而然地照耀着、承载着。如果我们身边有这样一个人，他默默地做着自己想做的事，奉献着，帮助着他人，心中却没有“奉献”的刻意和概念，不会自以为有德、自以为有功，他的行为就是上德不德，他就是一个有德之人。因为德行已经融入了他的生命，成了他生活的方式、生命的本能，他不需要遵循什么规范，一言一行自然能利益别人。这时，所有人跟他在一起都会非常舒服。所以，上德是一种无为的境界，接近于大道，证道者的行为便是上德最好的表现。

这就是“上德不德，是以有德”。接下来，老子又说到了下德之君，这样的人又有什么特点呢？“下德不失德”，这句话更令人费解了——不失德难道不是好事吗？为什么老子会说它是下德呢？是不是我们对“不失德”的理解反过来了？正是这样，孩子们，“不失德”在这里的意思是，不丢掉“德”的概念，刻意为之。这下你明白了吧？原来老子是说，这位下德之君的头上始终戴着一顶帽子，上面写着“有德”，让别人一看就知道他是个有德的人，是个做好事的人。这个“德”变成了他标榜自己的勋章。

我们的生活中有没有这样的人呢？有的。他也在做一些好事，也会约束自己，也会帮助他人，但他怀着一种作意的

心态，想要让自己显得有德。所以，得到他帮助的人会感到不自然、不舒服，甚至觉得自己亏欠了他。老子不提倡这种德。老子认为，“下德不失德，是以无德”，下德之君总是不肯扔掉“德”的概念和作意，所以反而不是真正的有德之人。前面我谈到的梁武帝也是这种人，如果他问老子他有没有功德，老子肯定也会说没有。

所以，你学习了这些内容，就要明白，德与自己的心有关，是自然而然的，不是外在的行为艺术。哪怕一开始，我们需要作意地训练自己，也要保持警醒，知道作意的德是通向德的台阶，但不是德本身，这样就能避免自己作秀，避免把德变成装点我们的闪光外衣。时刻记住，真正的有德，犹如君子怀玉，不会到处显示。

当我们和别人相处时，让善待他人、利益他人变成我们的本能，变成自然而然，不是想要得到什么夸奖，更不是想要得到什么回报，才是上德，才会令人如沐春风。

说到这里，可能有孩子会问，既然上德这么好，我们怎么才能具有上德呢？与道合一时就有了。这是一个长期的过程，需要我们用一生去实践，在自己的心上下功夫。

2. 仁义礼的局限和可贵

上仁为之而无以为，上义为之而有以为。上礼为之而莫之应，则攘臂而扔之。故失道而后德，失德而后仁，失仁而后义，失义而后礼。

孩子们，学习《道德经》，就要做好一种心理准备，那就是，我们惯常的认知，会时不时被老子“掀翻”。我常说，认知才是人和人的区别所在，提高我们的认知是最重要的。当我们遇到智者老子时，我们旧有的认知必然会被打破，破了才能立。千年以来，仁、义、礼都被奉为圭臬，但老子却认为，即便是最好的仁、义、礼也比不上道与德，上仁还好，而上义和上礼，就差多了。这种观点是不是很“颠覆”？我们来看看老子为什么这么说。

“仁”就是对他人的亲和、关爱，指一种慈悲心。“上仁为之而无以为”，上仁对他人的慈悲，是无目的、无功利的，和上德很像，虽然没达到上德的与道合一，但已经具有上德的无为之心。上仁者关爱别人，却不觉得自己在关爱别人，而是觉得这是自己的本分，本来就该这样。因为“仁”是他的本能，而不是他对自己的要求。在生活中，我们对人常常是有要求的。比如，我给你三毛钱的好，就希望你也给我三毛钱的好；我给你五毛钱的好，就希望你也给我五毛钱的好；如果我给你五毛钱的好，你却只给了我三毛钱的好，我也会觉得你不好。你要明白，德不是做生意，不是你给了他多少钱，他就要给你多少钱的东西，而是你对他好，是你的品质，他对你不好，是他的品质。这样想时，就算你对别人好，别人却对你不好，你也不会产生烦恼。

“义”是一种交往规则，该做的要做，不该做的不做，就是合义。人们常说“义气”，就是指遵守人与人交往的准则。能做到，就是有义之人，做不到，就不是。“上义”就是最讲义气，最遵守这个规则。关于义气，最典型的例子，就是《三国演义》中“桃园三结义”的故事。刘备、关羽、

张飞在一个叫桃园的地方结拜，发誓遵循一个行为规范：不求同年同月同日生，但求同年同月同日死。他们都遵循这个行为规范，就叫义。老子说“上义为之而有以为”，“上义”以责任感和道义感为基础，是一种对规则的遵守，它很好，但毕竟是有意而为的，执着于规则和约定，不是自然而然的，也不是无条件的。所以，你会发现，人们讲哥儿们义气，是因为彼此是好哥儿们，如果哪天不是好哥儿们了，义气也就没了，因为规则被打破了，没有需要遵守的必要了。

再看礼，“礼”是得体，合度，讲分寸，讲礼节。“上礼”就是最好的分寸和礼节。孩子们，你们的爸爸妈妈有没有告诉过你们，日常生活中，尤其是跟人交往的时候，一定要讲究礼节？中国人非常重视礼节，认为待人接物的态度一定要得体，这是一种非常重要的个人修养。但老子认为，即便是礼节方面做得最好、最讲究礼的人，遇到对方不回应自己的礼节时，也会不高兴，指责对方无礼。老子真的是太神奇了，他说的不就是讲究礼节的儒家的常见行为吗？孔夫子经常批评这个不懂礼、那个不讲礼，就是因为他自己讲究礼节，而对方常常不以礼节回应他，不与他礼尚往来。于是，他就生气了。当然，不讲礼节肯定不对，但为此而生气指责，是老子所不随喜的。“上礼”尚且如此，一般的礼究竟有什么效果，就可想而知了。

老子讲完上仁、上义、上礼后，就开始发出感慨，道落到德，德又落到仁，仁还是守不住，又落到了义，最后连义都守不住，不得不讲礼，但终于连礼也守不住了，于是世道大乱。老子只能长叹一声，就像家长看着难以管教的孩子们，感慨一个不如一个。

有一点，你要注意，“失德而后仁”中的“失德”，在“下德不失德”中也出现过。这两处的“失德”是同一个意思吗？不是。“下德不失德”中的“失德”，指的是丢掉“德”的概念和作意；“失德而后仁”中的“失德”，指的是真的丢了德，不能够直心走正道了。所以，老子的这几句话里，是有批评意味的。

那么，老子像家长一样批评了仁、义、礼这三个小孩之后，是不是就再也不管它们，放弃它们了呢？当然不是。还是要好好教育它们，让它们得到成长。所以，老子才把它们放在了道、德为首的系统之中，告诉我们它们的特点。我们即便知道仁、义、礼有局限，也依然要重视它们，因为我们现在很多人，连这三点都做不到呢。而且，如果以道、德的视野和高度去学习，就可以既汲取其营养，又避免其局限。

3. 总有层次适合你

有人说，道的境界太高了，我一下子做不到。那怎么办呢？没关系，圣人总是慈悲的。老子也说了，如果得不了道，就追求德。这就是“故失道而后德”，当然，得不了道，达不到无为的智慧境界，就不可能实现上德，这时，做个下德之人，在行为上体现出德行也很好。如果德行不够，又怎么办呢？那你就做个仁慈的人吧，如果连仁慈都做不到，作为一个人，你起码要做到讲义气，如果连义气都没有，又怎么办呢？那至少做个有礼节的人，总可以吧？所以，圣人不会要求所有人都去做圣人，都有圣人的德和行，他允许我们一步步往前走，慢慢升华。

那么，孩子们，你们有信心做哪一种人？

我们的生活中，除了得道之人和上德之人，其他的几类都大有人在。

比如，有的人智慧不是很高，但行为很好，能利益很多人。这就是下德之人。有些人，虽然心里也有各种贪嗔痴慢疑，只要他能经常做善事，做着做着就会有一定的德行，我们身边，不乏一些从不做善事到热衷于做善事的人，这就是因为他们体会到了奉献的快乐，将小爱化为了大爱。

我对一个想要超越我的学生说过，如果你想超越雪师，就要有更多的利众行为，这是你超越雪师的唯一方法。为什么呢？因为我的使命是著书立说，这也是我的利众方式，除此之外，我很难有时间去做其他的利众大行。如果有谁想超越雪师，就去做更多有益于社会的事情，为社会做出更大的贡献，要是能做到，你就超越雪师了。当然，如果做不到也不要紧，你们可以保持一颗仁心，对人宽厚一些、仁慈一些，变得更加博爱一些，让心调柔，学会爱人，用温柔的心对待别人。这就是“失德而后仁”。简单地说，就是对别人好一点。孔子有一句非常著名的话，也是我的行为准则：“己所不欲，勿施于人。”不希望别人怎么对待自己，就不要怎么对待别人。

如果连这一点也做不到，我们就要用义来规范和约束自己了。这就是“失仁而后义”。因为仁是无条件的，是对所有人都好，但义相对有选择，多指身边的人。在我们西部，如果有人对身边的人不好，对亲人不好，人们就会骂他无义种，就是说他无情无义。这是很糟糕的。

比这更糟糕的是什么呢？是只讲自己的利益。对这类人该怎么办？如果提倡义气也没用，就只好提倡礼节了。你给我个什么，我也给你个什么，礼尚往来。这也是一种行为。

你要明白，道、德、仁、义、礼在智慧和境界方面，是有层次的，它们并不是平行的关系，而是逆进关系，也就是从后往前一步步升华。在义之前，包括义本身，都有一种精神层面的认可和奉献，但是到了礼的层面，就没有太多的精神因素，而偏重于物质和功利了。

那么，孩子们，你们想好要做什么样的人了吗？

4. 像大地那样敦厚

夫礼者，忠信之薄，而乱之首。前识者，道之华，而愚之始。是以大丈夫处其厚，不居其薄；处其实，不居其华。故去彼取此。

礼节、礼仪看上去很好，似乎让社会维持着很好的秩序，但这只是表面的有序，没有内在的支撑，因为内心忠信的人，并不是因为外界制度的规定而忠信，也不会因为没有外界的约束而失去忠信。

我们举个常见的例子。在公交车或者地铁上，看到老人或者不方便的人上车，你会不会给他们让座？我相信你会，因为那一瞬间你会产生仁爱之心，想要帮助他人，而不是哪一条规章制度跳出了脑子，逼着你让座，是不是？只有当人内心的仁爱、忠信越来越少，道德失去约束力的时候，政府出于不得已，才会制定诸多的制度去约束人。可即便这样，也不一定有效。你是不是也见过太多人红灯时过马路，该排队时不排队？这时候，礼还有用吗？

所以，老子说，礼并不是社会的吉祥符号，规章制度越多，外在秩序规定越多，反而说明人的内在秩序越少，越缺乏忠信。继续这样下去，乱子就会产生。因为，礼是很容易被打破的，只要有一个人坏了规矩，很快就会有人效仿。

接下来，老子又讲了聪明人常犯的错误。

这里的"前识"，指的是有先见之明的人。生活中常会出现这样的人，也常需要这样的人，他们能把一切都设计得滴水不漏，让一切看上去都很完美，但你要注意，老子并不认可他们。为什么呢？因为这是"道之华"，意思是，他们只注重表面文章，想让事物按照自己的意愿发展，而不是顺应质朴的大道，所以，它不是智慧，反而是"愚之始"，也就是愚蠢的开始。因为，人心当中一旦出现计谋和算计，就会产生功利心、计较心、攀比心和执着心，智慧就会被蒙蔽。所以，和人交往的时候不要算计，一旦算计，你自己不会开心，被你算计的人一般也不会开心。

老子说得非常好。大家要记住，大道是拒绝算计的，人与人的交往也拒绝算计。

所以，大丈夫做事要厚道，为人也要敦厚一些，质朴、不张扬、不炫耀、脚踏实地，让跟你交往的所有人都感到舒服，不要太刻薄计较。你听过这样一句话吗？"地势坤，君子以厚德载物。"这是《易经》中的一句话。意思是，君子要像大地那样，厚重、质朴，具有非同一般的心灵承载力。

你想想，我们脚下的这片大地多么伟大！你倒一盆污水，它完全接受；你踩它几脚，它也完全接受；你有粪便，它完全接受；你有垃圾，它也完全接受。它从来都不会抱怨，不仅如此，它还给你贡献水果蔬菜，让你播种出自己需要的庄稼。这是怎样的一种品格？所以，我们要学习大道，宽厚一些。

不过，你一时做不到，也不要灰心。刚开始薄一点、计较一些，也没有关系，只要我们向往“厚”，追求人格的圆满，慢慢地完善自己，总有一天，你就会有大地一样的厚德了。

那么，具体怎么做呢？老子说“处其实，不居其华”，“实”原本指果实，“华”本义是花。人应该注重蕴藏着种子的果实，而不要只追求表面光鲜的花儿。老子的意思是，要注重内证功德、内在修养的积累，不要注重技巧等表面的东西。表面是展示给别人看的，不管你在别人看来多么优秀、多么成功，如果内在没有智慧的种子，没有道德修养，就没有任何意义，像是不结果的花儿一样，绽放完了就完了。生命不能虚有其表。

注重“实”，就是要从根本上改变自己。什么是根本呢？心就是根本。所以，我们要改变自己的心灵。让自己的心灵变得厚重，能承载更多的责任，包容更大的世界。

你想想看，如果一个人总是做好自己、善待别人，他怎么能不成功呢？始终让别人占便宜的人，自己最后肯定能成功。因为，你让一万个人占便宜，一万个人都会继续跟你合作，你就有一万个机会。相反，你占一万个人便宜，一万个人都会拒绝再跟你合作，你就少了一万个机会。所以，那些看起来占便宜的人，其实坑的都是自己。老是坑人，坑到最后就路断人稀、自绝于江湖了。

所以，你要记住，你在成长过程中，会接收各种各样的信息，你要用老子的智慧去选择，把表面的浮华舍去，不要被那些花里胡哨的技巧所吸引，要注重内证功德、内在修养，这才是君子之所为。

第三十九章

生活和道

原文 昔之得一者：天得一以清；地得一以宁；神得一以灵；谷得一以盈；万物得一以生；侯王得一以为天下贞。其致之也，谓天无以清，将恐裂；地无以宁，将恐废；神无以灵，将恐歇；谷无以盈，将恐竭；万物无以生，将恐灭；侯王无以正，将恐蹶。故贵以贱为本，高以下为基。是以侯王自称孤、寡、不谷。此非以贱为本邪？非乎？故至誉无誉。是故不欲琭琭如玉，珞珞如石。

孩子们，老子在这一章中讲了合道和不合道，还向我们展示了道的珍贵，而这份珍贵，恰恰显得非常平常朴实，所以很多人发现不了，体会不到。人们就像“买椟还珠”的故事中那个楚国人一样，看上华丽的匣子，丢掉了里面的珍珠。希望你学完老子的智慧，不要做那个楚国人，要做一个慧眼识珠的人，明白生命中什么最珍贵。

先来看老子是怎么说的。

过去，合道会出现这样的景象：天合大道，就会变得清明；地合大道，就会变得安宁；神灵合大道，就会非常灵验；山谷合大道，就会变得充盈；万物合大道，就会蓬勃生长；统治者合大道，就会高贵尊崇，得到臣民百姓的信服。相反，如果没有合道，天就不再清明，甚至会破裂；大地也会荒废；神灵就会不灵；山谷也不能饱满充盈；万物不能生长，甚至慢慢灭绝；统治者会没有威德，不高贵尊崇，别人也不会尊重认可他，他的统治就会垮台。尊贵以低贱为根本，高大以低下为基础，所以天子自称“孤”“寡”“不谷”。这难道不是把低贱作为自己的根本吗？最高的荣誉，是别人认为你不需要荣誉。所以，我不愿像美丽的玉石那样引人注目，宁愿像石头那样躲在角落里，不惹人注意。

这一章中出现了一个很重要的词：“得一”。有人将它解释为得道，其实不是的，解释为合道更为准确。为什么呢？因为合道只是符合道的规律，得道却是证得了道，自己本身就是道了。所以，在这里，老子主要讲了道的普遍价值——万物都离不开道，一旦违反道的规律，万物就会走向衰竭、难以生存。只有合道，万物才会显出自己的德。或者说，只要合道，自然也就有了德。原文中的“清”“宁”“灵”“盈”“贞”都是德，也是得道者才有的某些特征。拥有这些特征的时候，天下人都会喜欢它，万物也将得以生发。

“一”不仅表示合一，还代表了一种整体性的视野，跟二元对立的概念相对。你要注意，老子强调的是没有分别的好，而不是那种区别对待的好。比如，天合道以后，对谁都很清明，不是对好人清明，对坏人就不清明；大地的安宁也是这样，对待好人和坏人都是一样安宁。它们不像我们凡夫，对张三是一个态度，对李四又是另一个态度。一个人如果超越了二元对立，对谁都一样时，就会非常高贵，受到所有人的爱戴。

理解了“得一”，我们就能明白老子为什么那么强调它了，合道是一种全新的认知，它带来的好处，正是人们都向往的社会所具备的特点，老子把它形象地描述出来，对我们来说，具有很强的吸引力，这也算是道对人们的一种号召力。老子要传播道，就是要让人们真切地感受到，合道究竟有什么价值。

1. 合道的美好

昔之得一者：天得一以清；地得一以宁；神得一以灵；谷得一以盈；万物得一以生；侯王得一以为天下贞。

孩子们，合道之后究竟会怎么样呢？

清，天最佳的状态就是清，就像湛蓝的大海；宁，地最佳的状态就是宁，万物都能安宁生长；灵，神的最佳状态就是灵，清明灵验；盈，谷的最佳状态就是盈，充盈饱满；生，万物的最佳状态就是生，生生不息，绵延不绝；贞，侯王统治天下的最佳状态就是贞，能够守持延续。《易经》中说“元亨利贞”，元是开端很好，亨是发展兴盛，利是有所得益，贞就是能守能续。没有贞，前面再好，最终也会落空。换句话说，无论天地万物还是人间秩序，只要合道，都会呈现出最佳状态。人也是一样。

老子的概括能力太强了，他将原本不能概括的东西，用具体事物的状态概括了出来，这就是智慧的妙用。孩子们，你们看了老子的表述，是不是也感受到了合道的美好呢？

我们在前一章学过道与德的关系，德是直心走正道，也就是按照道的规律来行事，简而言之，合道便是有德。反过来说，我们也可以通过修养自己的德——比如一步步放下，来让自己越来越合道。

还有一种理解，就是统治者合道后，不但人间秩序会有改善，就连大自然的气象也会改善。比如，古人认为，统治者如果合道、有德，国家就会风调雨顺、国泰民安。为什么？因为统治者一旦合道，他的心念行为就是顺应天道、与天道一体的，那么他的世界也就跟天地相通了。天地因为他心灵境界的慈柔调和，也会呈现出一派祥和景象。所以，在古人心中，统治者的道德，是可以影响天地运行的。这就是古人的思维，理解这种思维的原理，我们就不会盲目地说古人迷信了。

孩子们，给你们讲个很有深意的小故事。

有个国王没有儿子，就想在全国范围内选拔太子。于是，他给每个小男孩都发了一粒葵花籽，并且告诉他们，谁的葵花长得最好，就立谁为太子。最后，几乎全国的孩子都种出了很好的葵花，只有一个孩子没有种出来。为什么？因为国王给孩子们发的是煮熟的种子，不可能长出葵花。换句话说，只有这个孩子没有说谎，其他孩子都说谎了。于是，国王就立了这个诚实的孩子做太子。所以，无论在什么时代、什么国家，人们都会向往德行、尊重德行，也只有有德之人才能做成大事。

明白这一点之后，你就要在德行上下手，学好老子教的这些做人的道理。简单地说，处世做人的时候只要无欲无争，低调一点，不居功自傲，就肯定能得到一定程度的成功。

2. 失道的惨状

其致之也，谓天无以清，将恐裂；地无以宁，将恐废；神无以灵，将恐歇；谷无以盈，将恐竭；万物无以生，将恐灭；侯王无以正，将恐蹶。

孩子们，还记得前面讲过的不合道的景象吗？合道有多美好，不合道就有多不美好。比如，天要是不合道，不但会不再晴朗，还会破开一个大口子。

我们没有见过天裂开大口子，但古代神话中有这种说法——你们都听过“女娲补天”的故事吧？女娲是创世女神，被称为华夏人文始祖，生活在远古时代，比老子的时代还要早很多。那时节，水神共工和火神祝融大战，共工失败，一气之下撞断了天地之间的支柱不周山，导致天空塌陷破裂，天河之水涌入人间。于是，女娲炼五彩石而补天。这个故事看似是神话，但哪怕是神话故事，其实也在传递着一种真实。我们只要知道那种真实就好，故事本身真实与否，并不重要。这个故事所传递的真实，就是人类如果做了不合道的事，大自然就会惩罚人类。按这种说法，近几年的自然灾害频发，就跟人类的失道有关。比如泥石流、地震、火山爆发、海啸等等，它们都属于老子所说的“废”。

如果不合道，充盈的山谷也会慢慢枯竭，草木不生，河床干涸，一切都会渐渐失去生机。

各个物种就更是如此了，一旦不合道，就会失去生生不息的能力，走向灭绝。恐龙和很多知名或不知名的动植物已经灭绝了，很多生物正在走向灭绝，很多文化也正在或已经灭绝。为什么？因为不合道就不顺势，没有生存下去的力量。你一定要明白，得道才能多助，或者说合道才能多助，多助才能得到支撑其存在和发展的能量；失道必然寡助，必然失去继续存在的可能性。

这一规律，任何生物都不能超越，包括古代的君王。就像我前面说到的，统治者如果没有守住正道，就不会有威德，也不会高贵尊崇，别人就不会尊重认可他。他得不到尊重和认可会怎么样？他的统治会垮台。民心所向是合道的体现之一。合道者得民心，得民心者才能得天下。企业、家庭也是这样。你们的爸爸妈妈如果合道，你们是不是会更加尊重他们，更愿意向他们学习，觉得有他们这样的父母真是幸福和自豪？企业员工也是这样，任何一个群体都是这样，包括班级，和朋友的小圈子。假如不合道呢？如果不合道，就肯定会矛盾频发，甚至分崩离析。

所以，不合道的惨状，无异于末日来临，非常可怕。不仅你一定不想看到，我也不想看到，整个人类都肯定不想看到。老子当然不是在恐吓我们，他只是说出了真相。历史上，已经有很多文明这样兴衰存亡过了，也有很多朝代这样更替过了。这些都是我们的镜子，我们要时时保持警醒。合道与不合道，通向截然相反的两条道路，而方向和道路，是我们可以选择的。

3. 贵从何处来?

故贵以贱为本，高以下为基。是以侯王自称孤、寡、不谷。此非以贱为本邪？非乎？故至誉无誉。是故不欲琭琭如玉，珞珞如石。

这里的第一句话，前面我们其实已经学过了。它的意思是，高贵的事物以低贱的事物为根本，强大的人也要以低于他的人为基础。这一点不难理解，为什么呢？因为，如果人没有无数个阶段的积累，不能取得高贵的地位或成就；如果没有低于他的人为基础，他也谈不上高。比如，你今年五年级，被称为高年级生，这个“高”是怎么来的？是不是因为有一年级、二年级等低年级才得来的？为什么老师表扬你，说你很强大，学习名列前茅？是不是因为很多人看起来比你弱小，学习也不如你？

再问你一个小问题：是先有爸爸，还是先有儿子？很多人都会下意识地说，先有爸爸。那“爸爸”这个身份是怎么来的呢？是儿子成全的，没有儿子，“爸爸”就永远都是别人的儿子。明白了吗？强大、高贵也是这样，是弱小、低微所成全的。

“孤”是孤独的人，没有人帮助的人。“寡人”是没有人陪伴的人。“谷”是美德，所以“不谷”就是不善、不成器、德行不够的人。侯王身居高位，手握权力，享受尊崇和富贵，身边何止百人，为什么还要自称“孤”“寡”“不谷”呢？一是表示自谦，因为自己已经拥有了太多，一定要留有余地；二是为了警醒自己，叫自己以德治国，以德服人。这就是老子所说的“以贱为本”。

不仅如此，老子还说，最高的荣誉其实是无需荣誉。这也跟我们熟悉的观点很不一样，你知道，老子为什么这么说吗？因为，有些人之所以夸人，是觉得对方喜欢听好话，如果他们认可你的德行，甚至觉得你是上德之人，不需要听好话，那么他们就不会称赞你，但心里会敬佩你。所以，认为你不需要别人的称誉和表扬，才是给你最高的荣誉。做到这一点当然不容易，因为我们每个人都想得到别人的认可，喜欢听到别人的夸奖。好名声和利益一样，容易诱惑人。很多人可以不在乎金钱利益，但很在乎名，想要有很大的名气、很好的名誉。所以，最高的荣誉，也是合道后的产物。

你发现了没有？老子总是在强调谦虚的重要。为什么要一直强调？因为，从古到今，生活中都是骄傲自满容易，谦虚低调很难。很多人都自以为很特别，自以为比别人高，但这恰好是最愚蠢的。“贵以贱为本，高以下为基”是一种智慧，也是一种非常重要的人格修养。它告诉我们，做人要把自己放得低一点，姿态越是低，别人越是尊重你。

曾经有个孩子问我，该如何修道？我告诉她，被人像泥土一样踩在脚下。我也经常说，要把自己化为大地，让人践踏。所有成功者都不是高高在上、沾沾自喜的人，他们永远都把自己放得很低，恨不得像角落里的石头那样，让大家视而不见。他们就像空气一样自然，像土豆一样寻常，却往往能成功。修道也是这样。而且你一定要明白，这是一种心态，而不是一种姿态。区别在于，姿态是装出来的，心态则是本来就那样。比如，有些孩子上电视讲话，我们会明显看出他们在背书，我们看到的就是他们的姿态；但有些孩子的发言很笨，让人觉得他们没见过世面，可那是他们真实的心态。你如果还是不明白，可以在生活中观察一下自己，慢慢就明白了。

老子的这些话说得多好呀！孩子们，我最看好的，也是那些低调的、总是在挑自己毛病的人。如果一个人总是探索自己的内心深处，总是寻找自己的不足和黑暗，并且改正它，而不是埋怨世界，认为世界对他不公平、世界亏待了他，这个人就是可造之才。相反，如果一个人老是埋怨世界，老是觉得别人对不起他，到哪儿都觉得不顺眼，他就几乎没戏，因为他没有基本的自省。而且，如果他不改变自己，在任何地方都活不下去，在任何地方都觉得不顺心，他的命运就必然不顺。所以，真正的修道者永远从自己身上找原因，而不去埋怨世界。孩子们也是这样，不管修不修道，都要在生活中完善自己，养成很好的习惯。修养就是一种好习惯，如果习惯不好，就很难有好的修养。所以，如果你觉得别人不顺眼，就要反省自己，因为你肯定出了什么问题。

这就是第三十九章的内容，简单来说，就是低调谦逊，更容易合道，合道更容易得到吉祥圆满，减少很多危险和障碍。

第四十章

神奇的往复

原文 反者道之动，弱者道之用。天下万物生于有，有生于无。

孩子们，今天我们要学习的这一章，非常简短，但含义非常丰富，每一句话虽然只有寥寥几个字，却都能被阐发成长篇大论，还能引发各种争议性的解读。这也是老子的语言魅力。

我们先来看看这段话的大意：

循环往复的运动变化，是道的规律，道看上去很柔弱、很低调，但总是默默无闻地运行着。天下万物都生于可见的有形物质，这些有形物质，从根本上看，都产生于不可见的无形物质，它们的本质都是变化。

这一章，老子想要告诉我们什么呢？一是道的运作模式，老子概括为“反”；二是道的运作特点，老子概括为“弱”；三是道的运作路线，老子概括为“万物生于有，有生于无”。你是不是觉得很抽象，不太好理解？别担心，我会告诉你们，如何在观察身边世界的过程中，很好地理解老子的智慧。

1. 奥秘就在螺旋曲线中

反者道之动。

大家注意了，“反者道之动”中的“反”字，既可以理解为“正反”的反，也可以理解为“返回”的返。

理解为“反”，说明了事物的对立统一性，符合大道。天下万物都有正反两面，比如，阴阳、苦乐、冷热等等。我们常说，任何事物，只要发展到一定程度，就会走向反面。古人有很多成语就是形容这种变化的，例如乐极生悲、否极泰来。阴阳之间的消长也是如此，一年之中，白昼最长的那一天叫作夏至，过了这天，白昼立即变短，阳开始消，阴开始长，一直到冬至那天，夜晚最长，阴达到了顶点。于是，夜晚马上变短，阴开始消，阳开始长。季节和昼夜的变化，是道的运作模式的一种直观明显的体现。而事物走向反面的转化过程，就是“反”的第二个意思“返回”。

你可以想象一下钟摆，它从左到右摆动，到达右边的最高点时，会停住并随即向着相反方向，也就是它出发的方向返回。而当它到达左边的最高点时，又会转向，摆向右边。这个转向返回的过程，也是道的运动过程。但你要注意了，道并不是原路返回，它永远没有办法原路返回，也无法重复自己的轨迹，尽管方向看上去是重复的，但路线已经变了。

大家动脑筋想一想，这是为什么呢？

对，是时间的缘故。虽然每一年都会有春夏秋冬的往复，但今年的夏天和去年的一样吗？显然不同，每一年的都不同。道往复返回的方向，我们可以用钟摆打比方，但它毕竟不是钟摆，它已经回不到原来了，它只能在时光的流逝中，或是在事物的发展变化中，在更高更远的层次上返回。

为了帮助你理解这种返回，我想请你去找一幅鹦鹉螺的图片看看。鹦鹉螺侧面的图案，是一个美丽的、令人惊叹的螺旋形。从一个中心原点出发，向外伸展成一个不闭合的圆，每一个外圈都比内圈更大一些，好像也是在重复画圈圈，但它永远没有终点，如果鹦鹉螺无限大，那么这个螺旋也会无限延伸下去。

孩子们，再看看旋转楼梯，它也有一种循环往复的方向，当你走在旋转楼梯上时，它会带着你转圈，同时也把你带到了高处。你完全可以把这想象成道的运作模式，因为道也带着我们在四季、昼夜的更替中转圈，同时也把我们带到时间的更远处。于是，我们在日复一日中变化着——出生了，长大了，年老了，死亡了，然后，又开始一段新的生命。

这就是“反者道之动”，它揭示了世间一切事物的运动发展和变化的规律。它的符号象形表现，就是一个美丽的螺旋形图案。生命从没有开始的无始处产生，螺旋着发展，走向没有终点的无终处。

那么，孩子们，我们学习这句话，究竟有什么意义呢？它对我们的生命，对我们的生活，有什么作用呢？

明白一切事物都会发展到它的反面，你就不会过分追求某种极致，至少不会走极端，也不会试图阻拦事物的发展，妄图将其留在某个阶段。同样，明白一切事物都是往返的，都沿着螺旋形的曲线前进，你就不会为了一点成绩而得意忘形，也不会因为一点挫折而灰心丧气。你知道，螺旋会把你从高处带到低处，也会把你从低处带到高处，还会把你从过去带到现在，再带到将来。你根本就不必执着什么，你只要抓住当下，随着美丽的螺旋一层一层地往上前进，去看更远的世界，把自己的生命触角伸向更远的未知。

你会明白，生命是一个过程，而生命易逝，你能把握的，就是那一条描绘生命过程的曲线——我不是让你去改变螺旋曲线，而是让你在曲线上走出自己最好的步伐。

2. 看似柔弱的强大

弱者道之用。

明白了“反者道之动”之后，再来看“弱者道之用”，就容易理解了。正因为道的运作模式是循环往复，没有什么是固定不变的，没有什么能够被执着地抓住，一切的争强好胜，都失去了意义。所以，“弱者道之用”中的“弱”是一种不争、守弱、低调的态度。这是符合大道的，是真正的强大，而世人以为的强，反而不是真的强。

“弱者道之用”，大道总是很低调，看上去弱弱的，不被人觉察，但它却永远都不会停止运行。你们看，春天不知不觉就来了，然后是夏天、秋天，最后是冬天，冬天结束后又是春天。人的衰老也是这样，不知不觉就来了。你在所有的过程中，都看不到道的参与，只觉得万物就是这个样子。跟

老子强调的无为而治一样，老百姓感觉不到政府和君王，反而觉得生活就是这样。大道如果不是这样默默无言，而是对万物施加强力，会怎么样？它会被自己的力量带来的反作用力击垮，败在自己手里。所以，大道的弱，正是它能持续产生作用的原因。

你有没有注意到，老子总是在强调示弱。为什么？因为示弱是一种智慧，但很多人不一定知道。比如，孩子们班里有没有那种很强势的同学，任何事都不服输？他们的人缘好吗？他们要是想做什么事，能顺利吗？很难，对不对？所以，江浙一带有些人匿名捐助有困难的人，到死都没人知道他们是谁，但他们从来没有间断过捐助，在他们的帮助下，很多人渡过了难关，有机会为自己向往的人生努力，但他们并不知道是谁帮助了自己，钱就像自动出现的一样。道就是这样，一直在示弱，因为它不干预任何存在，从来不会跳出来改变任何存在，只会静静地推动万事万物的自然运作，所以，任何存在都顺应它，没有一个存在会违背它。

“弱”就是不去干预，不去抗争，顺应命运赐予自己的一切，对一切都全然、坦然地接受。在我的长篇小说《大漠祭》中，老顺最爱说：“老天能给，老子就能受。”这句话虽然很简单，但它却有一种不屈的高贵，一种非常倔强的人生姿态——只要你能给，我就能受。你要明白，所有受者，都是弱者，如果将一切都视为命运给予自己的礼物，就是示弱。示弱者可不是软骨头，示弱反而是一种最为高贵的抗争，只是，这种抗争不体现于行为，它体现于一种由坦然接受来表达的尊严。

你想想，示弱的那些人是真弱吗？不是的。我们要明白，真正懂得这个智慧的人，并不是真的弱，而是在等待时机。《易经》中有句话是，“君子藏器于身，待时而动”。器就是自己的本事，君子总是藏着自己的本事，永远不张扬，等待时机的出现。在这个过程中，他会把种子种到地下，然后静静地等待种子发芽、开花、结果，然后再采摘果实。诸葛亮就是这样。最初，他并没有去找刘备，刘备来找他，还要“三顾茅庐”。这不是诸葛亮架子大，而是他明白君子当如凤凰，非梧桐树不栖息，非明主不归附。他在等待一个明君，如果等不到，也没关系，就在卧龙岗做他的闲淡散人，也很好。这就是随缘，不攀缘。随缘也是示弱。

再给你讲个故事。

希腊神话中，有一个叫西西弗斯的大力士，他因为惹怒了诸神，遭到了诸神所认为的最严酷的惩罚。什么惩罚呢？无休止地推石头上山。为什么无休止呢？因为山很高，石头很大，他差不多把大石头推到山顶时，总会筋疲力尽，只能松手，于是大石头就骨碌碌地滚了下去，他就只好下山，重新推一次，快到山顶时，又因为筋疲力尽而不得不松手，就这样日复一日地重复着。诸神也真够坏的，是不是？但西西弗斯却全然接受了这种惩罚。为什么？因为，他要用这种行为来展现自己的尊严。换句话说，当他无法改变自己的命运时，就改变自己面对命运的态度，用这种态度来实现自己的尊严和意义。所以，虽然西西弗斯看上去很弱，但正是这种弱，成就了他的伟大。

你也一样，在我们的生命中，难免会遇到一些不愿意为之的事情，但我们还是得接受，而且要全然接受。我们要在这种被动的接受中，完善自己的人格，以看上去吃亏或是吃

苦的方式，让自己慢慢长大，直到最后成为自己想成为的人。

3. 有无之间的生生不息

天下万物生于有，有生于无。

孩子们，我们有过一个追问：人是从哪儿来的？这样的追问可以遍及世界上的一切事物，比如这朵花是哪里来的？那棵树是哪儿来的？人们会说，是一代代生殖繁衍来的，那么最初的那一代，又是从哪儿来的呢？地球上那么多生命体，总不是莫名其妙出现的吧？到底什么才是那本初的源头呢？

老子也说，所有的事物，都有有形的上一代，都是可见的上一代孕育了下一代，没有什么是突然冒出来的，即便《西游记》中的孙悟空，是从石头里蹦出来的，那石头也是可见的有形之物。然而就像前面所说的，当我们在一切有形之物中寻找源头的时候，却发现找不到源头。源头并不在有形之物中。生物学家也许会说，所有生命都源于海洋中的一种蛋白质，那么，那种蛋白质是哪里来的呢？海洋是哪儿来的呢？星球又是哪儿来的呢？这样追问下去，足以令最专业博学的科学家都发疯。

然而，早在两千多年前，老子就轻轻地说出了答案："有生于无。"一切有形之物，都是从无形的大道中生出的。在《道德经》中，常常会出现"无"，很多人也在对这个字的理解中走偏了。那这个"无"真正的意思是什么呢？

如果说它是“什么都没有”，又怎么可能生出无穷的“有”呢？就像零加无数个零，最后还是等于零，同样道理，无数个“什么都没有”加起来仍然是“什么都没有”，又怎么会生出“有”呢？因此，这个“无”不是“什么都没有”的绝对空，而是一种与“有”相对的表述。

事实上，这个世界上确实没有“什么都没有”的“无”，也就是绝对的“无”，真空也不是什么都没有的。科学家做过一个实验，往真空中丢进几个电子，它的周围就会出现一些说不清的物质。这说明，我们认为的真空并不是完全的真空，不然，它不会出现那些说不清的东西。这就像我们认为只有一个时空，但事实上，在同一个时空中还交叠着无数个时空，只是它们的维度跟我们所处的空间不一样，我们看不到它们而已。

因此，我们要明白，老子所说的“无”只是一种变化，任何一种事物都在变化，当下的形体很快就会消失，因此，老子认为“无”才是世间万物的本性。但这个“无”不是消失之后就不见了，而是消失之后转化成另一种形态。因此，这个世界的真相就是，一切都没有固定的、永恒不变的本体，道家称之为“无”。它不是什么都没有的虚空，而是缘起性空的虚空。包括那些连显微镜都观测不到生物迹象的空间中，也仍然有很多我们看不见的“有”，比如暗物质、暗能量等，它们都在遵循道的规律。所以，道无处不在，它就是那个可以生出“有”的“无”。

你还记得那个魔术师的例子吗？魔术师从帽子里变出了很多东西，这些东西从帽子里出来时，我们才能见到它们，但没有拿出来之前，它们就不存在吗？当然不是。我们看不

见的世界，就是魔术师的那个“帽子”。“帽子”里有很多原材料、各种元素，随时变化，随时组合，可以产生各种各样新的东西。当然这是个比喻，魔术师的帽子，其实只是一个出口，帽子后面隐藏的才是个大世界。同样，我们看到的有形世界，只是从道这个出口里涌出的一小部分，还有无数无量的无形世界，在有形世界的背后涌动着。

你还要明白，我们所说的“无形”“不可见”，只是以人类的标准而言的。因为人类的肉眼可见光的光谱区域非常窄，这就注定了我们只能看见一点点东西。我们会认为看不见的就不存在，就是无。但其实，“无”与可见不可见并不相关，“无”指的是一种变化，一种万物皆无固定属性的真相。不可见的是“无”，可见的也是“无”，它们都是元素的组合游戏，生生灭灭，永不停息。

你可能不知道，其实我们都是一样的。每个人都是由蛋白质、脂肪、碳水化合物，还有一些微量元素组成的。为什么这么说呢？因为蛋白质不是你，谁都有蛋白质；脂肪也不是你，谁都有脂肪；碳水化合物和微量元素也一样。你的念头是你吗？不是，因为它很快就会破灭。所以，你不过是一堆量子构成的肉体和念头。

所以，虽然看起来人和大地、草木、房子不一样，但实际上是一样的，因为构成我们的元素是一样的，都是量子。那为什么我们看起来会不一样呢？因为元素的组合方式不一样。木头做成桥，就能让人过河；搭成房子，就能让人住；点燃，就能让人取暖。不管你怎么用它，它本质上还是木头。一切都是这样。不管大自然让量子以什么样的方式组合，它本质上还是量子。

孩子们，你们现在明白什么是“无”了吗？死亡也是这样，人死后，不是什么都没有了，只是换了一种方式存在着。你看，灯灭了，但构成火焰的东西还在，所以，老子说“无”，不是在宣扬虚无主义。俄国科学家罗蒙诺索夫早在1756年就提出了物质不灭定律，他通过无数实验证明了能量的守恒。这是大自然中的一种规律。

道本身是永恒不变的。因为发现了道的存在，所以就出现了很多修道者，他们都在寻找这个永恒的本体。在我的史诗《娑萨朗》中，就有个女孩子为了拯救她们的星球，来到地球上寻找永恒。这个女孩叫奶格玛，她找到的永恒就是道。

4. 世界是个能量海

孩子们，“无”的世界，充满了各种我们不可见的存在，或者说是能量，你可以把“无”的世界想象成一个能量海，跃出的水泡、浪花，就是我们可见的“有”，比如我们生活的这个世界。它其实非常脆弱，因为能量海不停地运作着、涌动着，水泡起起灭灭，浪花浮浮沉沉，我们只是刹那之间的闪现。

你们都上网，都知道什么叫互联网，但不一定看过一部叫《互联网时代》的纪录片。我看过，里面的一些内容很有意思：在网络世界里，信息生成永不灭。因为服务器里记录了一切的信息和数据。只要持有那权限的人提取，就能全部调出来。所以，互联网非常“可怕”。一旦你的信息生成，

就会永存于互联网世界。在互联网的世界里，人没有真正的隐私，所谓的隐私也永远不会消失。我举个例子，你的某个亲人或好友去世了，从你身边消失了，但你仍然有他的QQ和微信，即使那个头像再也不会跳动，再也不会给你发信息，或者回复你的信息，它也仍然存在——腾讯收回或冻结那个号码，另当别论——你们的聊天信息也存在。你们有过的那段共同的生命记忆永远存在。这就是互联网的特点，其实也是整个世界的特点。

互联网是人类的世界，大自然的世界远比互联网的世界更加精密。因为，互联网技术是人类的发明，但互联网世界本身却不是人类的发明，它是人类的一种发现。人类发现了大自然的某个特点，然后发明了互联网技术，让人类能进入互联网世界，并且利用互联网世界的特点，完成一些在人类世界做不到的事情。换句话说，我们所认识和运用的互联网世界，只是大自然的一部分，甚至是一小部分，所以，对于宇宙，物理学家越是研究，就越是觉得神妙，摸不透它。

量子力学的出现，让人发现了很多没办法解释的现象。你可以想想，为什么两个量子一旦建立联系，一个量子一旦发生变化，另一个量子即使到了宇宙的另外一边，也会同时发生变化？——这不是传递，它们之间没有任何可以实现传递的媒介。但是，这个理论的出现，就解释了我们老祖宗的很多理念。时光越是往后推移，科学越是发展，也许就会有越多的“说法”得到证实，变成我们所说的定律。比如，我们已经知道宇宙是无穷的，空间是无穷的，而且有多维空间。如果将这些理念引入，我们或许会在《道德经》中发现更多的内容。比如“反者道之动，弱者道之用。天下万物生于有，有生于无”，它也许就跟多维空间有关。无数存在都生于一个尚未被发现、不易被觉察的“无”的世界。

寻常的时候，我们很难发现这个世界的存在，只有在变化产生的时候，我们才能触摸到它的存在。但关于它，我们还有太多的谜团没有解开，它就像藏在浓雾背后，让人捉摸不透。或许，《道德经》正是老子留下的一条线索。

第四十一章

你要做什么样的人?

原文

上士闻道，勤而行之；中士闻道，若存若亡；下士闻道，大笑之。不笑不足以为道。故建言有之：明道若昧；进道若退；夷道若纇。上德若谷；大白若辱；广德若不足；建德若偷；质真若渝。大方无隅；大器晚成；大音希声；大象无形；道隐无名。夫唯道，善贷且成。

孩子们，学习《道德经》这么久了，大家都明白道有多么珍贵多么重要了。按照常理，如果一样东西很好、很珍贵，那么想要得到它的人一定很多，人们对它也一定十分向往。那么，向往道，并且想要接近大道、与道合一的人，到底多不多呢？是不是所有人都抱这种态度呢？

我们先来看老子说了什么。

上等根器的人闻知真理，会勤奋地实践；中等根器的人闻知真理，往往不能做到勤奋实践，而是时而坚持，时而忘掉；下等根器的人闻知真理，不但不相信，还会哈哈大笑。所以，古人留下的格言中说，明白大道的人，看起来反而显得昏昧；精进修道的人，看起来反而像是在倒退；越顺利的成长道路，看起来越是坎坷。德行最好的人，心永远是空旷的，就像空荡荡的河谷，能容纳整个世界；品格最高洁、最伟大的人，看起来往往跟大家差不多；胸怀最博大的人，看起来总像有缺陷。修德上越是精进，看起来就越像在偷懒；质朴到极致时，反而显得有些糊涂。宽宏大度的人，心中没有芥蒂和棱角；真正的大器，需要经过长时间的养成；最大的声音，反而听不到；最大的形象，是没有形象。大道隐在万物之中，没有固定的形式和形态。只有道，没有任何条件地帮助、成就着万物。

孩子们，你们知道什么是根器吗？就是接受智慧的难易程度，越容易接受和相信，根器就越高；反之则越低。下等根器，也许看起来很精明，但反而是最愚笨的人。然而，人间更多的，其实是第三种人。所以，当你们非常开心地跟小朋友分享老子的思想，小朋友又回去跟他们的爸爸妈妈说时，他们的爸爸妈妈可能会不以为然，觉得你们是小孩子不懂事，在瞎说。但不需要沮丧，做好自己，开开心心地活着，好好学习老子留给我们的宝贝，用自己的阳光感染身边的孩子，在他们困惑难过的时候，给他们一点关爱和帮助就好，其他的不用在乎太多。实践真理的路上，有时会很孤独，但值得。

1. 真理是少数人的选择

有一句话，叫作“真理掌握在少数人手里”，这可不是真理分配不公，而是只有少数人能接受真理。这样的人，就是老子所说的“上士”。什么叫上士呢？上士就是上等根器、上等智慧的人，也是上等的道器。他们一旦明白大道的真理，就会用自己的生命去实践，把这种实践当成自己的生活方式。

老子虽然把人分为三类，按理说，每一类会占三分之一，但事实上不是这样，老子所说的上士，可以说是人中珍宝，在人类群体中所占的比例极小。

你可以观察一下身边的人，比如爸爸妈妈，其他的亲戚，还有同学朋友，爸爸妈妈的朋友同事，等等，看看他们在一起的时候，都聊些什么，关心些什么。是不是大多在聊房子、车子、股票、家庭琐事、孩子学业、儿女婚配，或者单位里的谁谁谁，圈子里的谁谁谁？他们会聊如何读书，自己读了什么好书，有什么感想，如何提升自己的心灵，如何追求真理吗？很少，几乎没有，是不是？如果家里经常聊读书学习（课业考试之外的），那已经是非常非常优秀的家庭了。所以，世人关心的大多不是“虚无缥缈”的真理，而是实用的东西。如果你不关心实用的东西，不关心世俗生活中的打拼，不关心红尘中的欲望纠缠，总是跟他们谈修道，那么你在他们眼中，几乎一定会成为“怪物”，他们就算不嘲笑你，也不会理睬你。哪怕在小孩子的世界里，也不会有太大的不同。这就是真理和追求真理者面对的现实。

那么中士呢？这部分人稍微多一些，他们也追求真理，也知道该怎么做，但状态不稳定，态度和行为都很摇摆，属于“骑墙派”，一会儿倒向真理这一边，一会儿倒向真理的对面。即便倒向真理这一边，也是心血来潮时精进地修一下，被别的事牵走了注意力或兴趣，他们就会忘了实践真理，把真理抛之脑后，不能持之以恒。好在他们有见识，时不时就能转过来，只可惜心不属于自己，知道却做不到。

这是修道中的中士，除此之外，“中士”在古代也指为贵族服务的知识分子。中国古代有“士农工商”的分类，士比农、工、商的等级要高，属于贵族，但在贵族中级别最低，处于整个古代社会的中等阶层，所以叫“中士”。这部分人，我们今天不谈，我们只谈老子所说的中士。

修道意义上的中士，现代社会有很多，他们是“业余型选手”。他们也喜欢读书，也喜欢了解真理，也知道真理是什么，知道修道的生活方式是什么样子，但他们无法割舍原有的生活习惯。比如，有些人习惯于睡到日上三竿才起床，他们是不可能早起读书和修道的。我现在每天早上五点钟，在直播间分享好文化，但没多少人能一直坚持听课，即便人们知道听课会有很多收获，也会给自己找无数借口，让自己能继续睡觉，不来听课。连早起听课都做不到，怎么能坚持用真理的方式生活一辈子呢？所以，中士就像是票友，只会时不时地玩上一票，很难真正地进入真理和大道。

那么下士呢？下士就更不可能进入真理了。他们被世俗成见熏染太深，智慧完全被蒙蔽，老祖宗叫没有慧根。这类人一听真理就哈哈大笑，认为你在胡说八道。你把真理的金疙瘩送到他面前，他都会当成垃圾扔掉。所以，老子把他们放在修道的最下层，还说，他们如果不觉得可笑，你说的话就有可能层次不够，没能说出真理的精髓。为什么呢？因为，就像上面所说的，真理跟世俗常规有时是相反的，过于在乎贪欲、对真理不感兴趣的人，是不会觉得有道理的。所以，能让傻子欢呼的一定是傻子，一定是傻话，不会是真理。

2. 世人难识道的“真面目”

故建言有之：明道若昧；进道若退；夷道若颣。上德若谷；大白若辱；广德若不足；建德若偷；质真若渝。

为什么真理是少数人的选择呢？因为，大多数人都看不破生活的真相，不明白自己为什么烦恼，也很难放下世俗追求，认识道的“真面目”，所以，大多数人都活在世界的虚幻表象中，即使接触到真理，也很难超越欲望的吸引，感受到真理的力量，对真理和求道之路产生向往。

那么，老子是不是就放弃了这部分人呢？没有。老子虽然说，只有傻子才能让傻子欢呼，但老子还是孜孜不倦地说。他打开了自己的世界，等待着所有人的进入。他当然知道，经历会改变人，挫折会改变人，一切都会让人发生改变。很多曾经嘲笑过真理的人，仍然有可能转念，发现一切都是虚幻的，只有真理才能永恒。所以，老子并没有因为上士很少，就带着真理隐入黄沙。这就是老子的伟大。

你瞧，老子又想了个法子，再一次开始说明真理的特点了，这次引用的是古人的格言：“明道若昧；进道若退；夷道若颣。”

其中，昧是昏昧，“明道若昧”，就是说，明白大道的人，看上去反而糊涂而昏昧。你知道为什么吗？因为，求道者追求心灵安宁，宁愿不用世俗机心去追逐名利，吃住简单，对任何人也都一视同仁。但世俗人不是这样，世俗人最大的念想，就是吃得好，穿得好，住得好，生活优裕，寿命长，他们当然会觉得修道者总是傻乎乎的。尤其是亲人朋友这样的时候，他们更是会恨铁不成钢。

但不管世俗亲友怎么劝说，修道者都会不改初衷，他们越是精进修行，就越是对职位财富不感兴趣，显得非常消极，整天“不思进取”，简直就是堕落的前奏，甚至可以说是生活中的失败者和逃避者，越活越退回去了。他们不知道，修行的本质就是做减法，不去追求那些欲望性的东西，比如房子、车子等，因此才不会有太多的物累，能开开心心地享受本真的生活，享受灵魂的自由和快乐。

我在很早的时候，就为自己设定了目标，为了这个目标，我开始严苛地要求自己。你可以看看我的《一个人的西部》，看了那本书你就会知道，一个农村的孩子为什么能走出来，为什么能有一种跟其他人不一样的人生。所以，想要让生命实现圆满，就要减去生命中那些不必要的东西，而且要尽量早一些减掉，不要等死神追上你了，你才愿意做减法，那时可能就来不及了。

修道还有一个特点，就是越顺利的修道之路，看起来越坎坷。因为，让自己成功、成熟、成长的唯一途径，就是承受更多的挫折和磨炼。有没有例外？没有例外。

你听过孟子的那段名言吗？他说：“天将降大任于是人也，必先苦其心志，劳其筋骨，饿其体肤，空乏其身，行拂乱其所为，所以动心忍性，曾益其所不能。”当老天爷要让你承担伟大的使命时，就一定会三番五次地折腾你，让你具

有一定的承载能力，否则，你是不会有出息的。百炼成钢，人也一样，必须经过无数次历练，才能成长。

所以老子说呀，上德者的品德就像山谷一样，非常空旷，能够包容一切，再也没有半点执着计较，没有半点概念贪欲，也不再追求标签化的德行，自然就能顺着身边人，只求给身边人一份关爱和好心情，自然能和光同尘。但就算这样，他们还是觉得自己有许多不足，对自己的要求非常高。你可能不知道，越博学的人越觉得自己无知，越伟大的人越觉得自己做得不够，只有井底的青蛙，才会觉得自己是小天地里的王，不再追求进步。这就是“上德若谷；大白若辱；广德若不足”。

更有意思的是，建立德行的时候，越是勇猛精进，看起来就越像在偷懒。你知道为什么吗？对，因为要低调，悄悄地用功，如果大张旗鼓，告诉别人自己在用功，而且取得一点成就，就大加宣扬，就不叫建德了。

等到真的建立了上德，看破了许多东西，不再计较，很多思虑也就消失了，因为你觉得不值得花时间思考。这时，你的内心会非常质朴，总能安住于真心。于是你就会像前面说的，哪怕吃亏，也不觉得自己吃亏，总是乐呵呵的。你的亲友就会叹气说，唉，这孩子不修道还挺精明，怎么越修道越糊涂了？但还是改变不了你的智慧。这就是一种境界。

我讲得够清楚吗？你能明白吗？就是说，当你建立了上德，做到质真若渝时，任何事你都不会再难过，都只会鞭策你，让你变得更好。

总之，大道在每个人的身上都有不同的表现，但总的来说，有以下五个特点：第一，隐藏在万物之中；第二，成就万物，帮助万物成功；第三，内敛内视，不张扬；第四，无相无形；第五，充满了强大的生命力，生机勃勃。

3. 学习另一种极致

大方无隅；大器晚成；大音希声；大象无形；道隐无名。夫唯道，善贷且成。

孩子们，我们之前学习时，曾说过事物都有相对性。比如，大小、方圆等。但也有一种大，达到了极限，我们不用相对性来衡量它。什么是极限呢？就是再也不能更大了。这也是道的特点。

在这里，老子就讲了几种大到极致的状态。

第一是方，这里的方不只是形状上的方，也是心态上的方。就是说，虽然内心有自己的原则，但因为明白对错的相对性，所以能用很多角度看问题，包容度也就越来越大，棱角也会越来越不分明，最后就变得非常圆融了。用我的话说，这时就做人做到极致了。你可以看一看几何图形，四边形的棱角是不是比六边形分明？六边形是不是比八边形分明？如果继续增加边数，越来越接近圆形，棱角是不是就会越来越不分明？人也是这样，用“边”来比喻人接触世界的角度，角度越多，我们就越容易理解不同的人，看人看事的角度越多，就越不容易产生偏见，也越不容易与人冲突，让人不舒服。所以说“大方无隅”。当你站得足够高，格局足够大的时候，也就没有什么不能理解的人，没有什么非要计较的事了。

第二是大器，“大器”就是最大的器皿。沂山书院正式揭牌时，有位朋友给我送来一对花瓶，那对花瓶非常珍贵，也非常大。制造这么大的花瓶，不像制作一般的瓶瓶罐罐，更不像制作一个小酒杯，它需要更多的时间和成本。能做大事的人就像这个花瓶，甚至像一个大鼎，需要我们用很长时间去培养，所以他不会成功得太早。孩子们也是这样，如果希望自己是个大鼎，就要耐着性子，细细打磨自己，让自己成为一个精品、成品。如果你想做大鼎，却耐不住寂寞，只肯付出做一个小酒杯的时间，你就会成为一个“残次品”。所以，每一个有大志的孩子，都不要赶急图快，要认认真真学习，认认真真走好每一步。

第三是大音，“大音”就是最大的声音。老子说，音最大的时候，我们是听不见声的。当然，现在是“声”“音”连用，在古代，这两个字却是分开的。音是震动产生的声波，声则是耳朵对声波的感知。就是说，即便没有耳朵的参与，音也是客观存在的。但声不是这样，必须有健康的耳朵，声波也在耳朵可以感知的范围内，不过高，也不过低，它才存在。大音之所以希声，就是因为超越了肉体和物质的层面，耳朵感知不到。比如，孩子们，你们听到过宇宙运行之声吗？没有吧？但宇宙一定有它运行的声音。所以，老子真是很懂现在的科学。至于他为什么可以超前两千多年，感知到这些人眼、人耳无法感知的存在，也许跟得道有关。

第四是大象，“大象”就是最大的形象。真正的大象，都是无形的。无形有两重意思，一是不可见，二是没有固定不变的形态。为什么说真正的大象无形呢？因为真正的大象就是大道本身。你想一想，我们能看见大道吗？我们能看见宇宙的原动力吗？看不到。因为它是无形的。那么人如果合道，你知道会怎么样吗？他也会呈现出大象。他的大象是从哪里来的？是从他的格局和境界中来的。这时，他的格局大到极致，心里没有任何标签和姿态，他就算不标榜自己，他的行为也在展示他的德行和境界，我们还是会知道他是什么样的人。而且，他这种远离标榜的真实，会更加打动世界。孩子们，我们也要做这样的人，从小就培养自己的格局，远离一些狭隘的关注点，用老子的智慧指导人生，让自己生活得快乐一点，不要被流行的功利思想影响，这样不但会远离一些烦恼，还会避免对生命的消耗。我们都看过一些新闻，有些孩子有大好的人生，就是因为把成绩看得太重，一点小错误就自杀了，或是被妈妈批评了几句，就跳河了。你是不是也觉得很心痛？是不是也觉得他们的爸爸妈妈一定很痛苦？所以，我们首先要做好自己，让自己有一颗强大无求的心灵，有更高的人生导向，做一个无求于世但又能贡献世界的人。

说完四种达到极限的大，老子又说了“无名”。什么是无名？还是大道。大道隐藏在万物之中，没有固定的名相，也没有固定的概念，因此无名。

“夫唯道，善贷且成。”“贷”是什么？就是银行借钱给有需要的人，这里指的是奉献和给予。真正的大道善于奉献，也善于成就万物。不过，银行贷款需要抵押，是一种对等的交易，道的奉献却是无偿的，没有任何条件。道一直在为人类做着各种贡献，成全着人类各种各样的需要和创造。没有任何人能离开道，独立于道，所有人、事、物都需要道

来成就。所以，这里指的也是一种极致，奉献的极致。

跟前面一样，学习这几种极致，除了了解道，也是为了学习如何做人。其实，了解道，同样是为了学做人，因为得道才能做一个真正意义上的好人。如果不能得道，我们就很难超越自我限制和外在束缚，很多时候的做人做事，都容易对别人有一定的损伤。所以，修道的目的，除了让自己开心，有一个圆满的人生，也是为了做一个无憾无愧的人，做一些对他人和世界有益的事，真正地超越个体生命，实现活着真正的价值。

第四十二章

平衡是道的准则

原文　道生一，一生二，二生三，三生万物。万物负阴而抱阳，冲气以为和。人之所恶，为孤、寡、不谷，而王公以为称。故物或损之而益，或益之而损。人之所教，我亦教之。强梁者不得其死，吾将以为教父。

孩子们，我们今天学习的这一章非常重要，老子的智慧，在本章中更是令人惊叹，你也可以说，老子揭示的大道智慧，更是令人惊叹。

这一章的主题有两点：一是平衡，二是和谐。它们不但是大道的特点，也是非常重要的生活智慧。在人生旅途中，如果我们能参透、用好这两个词，我们就一定会成为智者，同时也会获得大成功。

我们先来看这一章的大意。

道的本体是一元的，它生出了阴阳二元，阴阳互动又生出了各种变化，变化生出了万物。万物背阴向阳，在阴阳二气的互相激荡中，呈现出新的和谐。人们最厌恶的就是

“孤”“寡”“不谷”，而王公们偏偏拿它们来自称，因为他们需要保持平衡。一切事物，减少反而能得到增益；增加却会被减少。别人这样教导我，我也这样教导更多的人。强暴凶横的人不得好死，我把这句话当作施教的宗旨。

孩子们，你们能看出这段话的关键吗？对，就是保持平衡，维护和谐。老子从万物源头讲起，说了万物之间的关系，目的就是告诉我们，无论做什么事，都要注意平衡，不要走极端而失衡，更不要强行破坏平衡。

1. 阴阳平衡万物生

道生一，一生二，二生三，三生万物。万物负阴而抱阳，冲气以为和。

前一章中，老子告诉我们，一切事物生于有，而有生于无，所以，万物都是从那个不可见的能量海中诞生的。那么，万物诞生的具体过程和原理是什么呢？是什么让能量海中涌出“水泡”和“浪花”？这句话就是在解答这个问题。你需要注意的是，这里的“一”“二”“三”，并不是数学中说的“一个”“二个”“三个”，它们有更深邃的含义。

道的本体是一元的，你可以理解为一个混沌的世界，没有二元对立，所以老子说“道生一”。一元本体又化现出阴阳二气，因此说“一生二”。其中，阴阳代表了能量的两种不同属性，它们之间也有辩证统一的关系。阴阳属性不同，运动方式也不同，两者之间的互动、激荡，产生了一种动能，这种不停变化的动态，就是阴阳生出的“三”，即“二生三”，它代表了阴阳相合后无穷的创造力。于是，万物就在无穷的可能性中诞生了，即“三生万物”。

你能听懂吗？如果不太懂，你可以想象一个平静的海面，突然，从镜头外面进来了一艘小船，小船有两个桨，两个桨开始共同作用，小船就划破海面，向前行驶。两个船桨和小船激起了无数的浪花，每一朵浪花都不一样，都是一个独立的存在，但它们出现后不久，又回到海里，跟大海融为一体。这两个船桨有点像阴阳，小船前进的动作，就是阴阳共同作用引起的变化本身，三者相合，就会产生无数种不同的现象（浪花），这些现象，就相当于万物。虽然有点不太恰当，但你可以闭上眼睛，感受一下那个变化发展的过程。

接下来，老子介绍了阴阳构成万物，万物在阴阳变化中，不断形成新的平衡的现象。

“负阴而抱阳”，就是阴向下，阳向上，指的是能量运动的方向和形态，比如，植物总是向上的一面吸收阳光，向下的一面隐在黑暗里，而向上的一面也会生长得格外茂盛，显得更有生机。这是阴阳各自的特点。

“冲气以为和”，阴阳之气交合便是“冲”，“冲”相当于虚。意思是，万物因为有了不断变化的阴阳，便不断呈现出新的和谐状态，拥有新的生机。

孩子们，如果你们熟悉大自然，就会发现一个现象：很少有人干预的地方，很容易出现平衡与和谐。比如，有些植物，特别是果树，它们很懂得保持平衡状态。有些年份它们会结很多果子，而有些年份，它们就会让自己休息一下，少结一些果子。有时候，它们的果子结得太多，于是每一个都

不会太大；而果子结得有些少时，几乎每一个都会长很大。

大家想一想，树都懂得平衡自己的能量，人怎么能不在意呢？但事实上，人类很少懂得平衡，很多人总是被欲望催促着、驱赶着，老想得到更多、更大、更好，便总是杀鸡取卵，打破平衡，虽然短暂地获得了想要的东西，最后却付出巨大的代价。

当我们从平衡与和谐的规则角度看世界时，你就会发现，人们所有的不顺利和教训，几乎都是没能保持平衡造成的。比如，身体上的不平衡，导致疾病、肥胖；心理上的不平衡，导致各种烦恼和痛苦；人际关系上的不平衡，导致各种纷争和冲突……整个世界，就是在各种各样的不平衡中，一步一步地变成了我们不想看到的模样。

所以，孩子们，当我们明白了万物生于平衡，延续于平衡之后，就要有意识地运用平衡的智慧，在生活中细细地观察，找到维持平衡的那个微妙的点，试着去把握它，不要轻易地打破平衡。一旦失去平衡，造成倾斜，你就要用更多的失衡去平衡这种倾斜。人们就是这样忽左忽右地折腾着，浪费了自己的生命。

2. 老子的肺腑之言

人之所恶，为孤、寡、不谷，而王公以为称。故物或损之而益，或益之而损。人之所教，我亦教之。强梁者不得其死，吾将以为教父。

你可能会问，王公们明明不喜欢“孤、寡、不谷”，为什么要把自己描述成那样呢？因为王公们在自谦，说自己是个什么都不懂，又没人支持、没人陪伴的缺憾鬼。大臣们一听，心里就平衡了。要不，王公们手握权力财富，不是太招人羡慕了吗？

古人比现代人有智慧多了，他们懂得平衡的重要，明白大道的准则就是平衡，绝不会让一个人占有所有好处，也不可能让一个人拥有所有优点。所以，不管多优秀的人，都一定有缺点，或是有一些小缺憾。既然这样，王公们就在称呼上让自己有一点缺憾，好过在更重要的地方出现缺憾。缺憾就是不圆满，你什么地方过于圆满，就要在另一个地方不圆满，所以，体积越大的物体，阴影往往也越大，有些地方得到得越多，有些地方可能就会失去得越多。王公们肯定不想被大道的平衡法则收拾，你说对不对？

现代人不懂这个道理，有些富有、掌权的人不懂收敛，不懂留缺憾，还不断索取和显耀自己拥有的东西，甚至用权势和富贵碾压别人，将不平衡变得越来越严重，到头来会怎么样？他们一定会败。这就是很多贪官落马的原因。有些富翁就很有智慧，他们不断地回馈社会，不断地做好事，结果他们贡献得再多，也不妨碍他们成为超级富豪。所以，大道是平衡的。拥有一些自己重视的东西，又想让它长久时，就要懂得留一些缺憾，不要让自己太圆满。

如果有了这种眼光，你会不会觉得有点小挫折、小不如意，也不太要紧了呢？因为这意味着，你会在别的地方有所收获，实现圆满。有时，那就是德行、智慧和人格等有益一生的东西。这样的取舍，才最有智慧。

维持平衡的方式，就是此消彼长、此长彼消，也就是你增我减、我减你增。这跟这里圆满，那里留点缺憾，是一个意思。

不知道你有没有注意到，有些东西其实是越少越好的，比如我们常说的物累。物质生活越简单，其实越好，因为你的精神生活可能会越富足。比如，你把零花钱给了路边的乞丐，看起来因此失去了钱，但你的善心增加了。这样的例子有很多。

所以，生活中充满了平衡法则。我们在得到的同时，一定要想好该在哪里给予，不能什么都想要，什么都不愿付出。有时，甚至要多想想自己该怎么付出，不要过多地考虑怎么收获。因为，当你付出的时候，大道自然会让你有所收获，就算不是物质等实物，也会是智慧、德行和慈悲等更珍贵的东西。

平衡与和谐，确实是每个人都需要知道的智慧，它真的太重要了。它是万物存在和延续的原则，违背了它，我们的世界也就岌岌可危了。现在就是这样，很多人都过于有为，过于强势，过于自我膨胀，总想操控他人和世界，于是制造了一个个不平衡，到头来，影响的不只是他们自己，也是整个世界——他们的力量越大，影响就越大。

所以，老子说，强暴凶横的人不得好死。当然，老子的原话不是“不得好死”，而是“不得其死”，但意思是一样的，因为它指的是横死，不是自然死亡。翻开历史，这样的例子实在是太多了。除了我前面谈到的秦始皇、项羽和隋炀帝，还有西夏皇帝李元昊，他崇尚暴力，结果被儿子削去了鼻子，抑郁而死。

这最后一句，是老子为这番言论做的总结，也是他的肺腑之言。他再一次反对了世界上的暴力、邪恶和战争。只不过，前面主要说战争对国家的影响，这里说的是暴力对个人的影响，也可以理解为战争对个人的影响。

孩子们，老子真是一个慈悲的老人，他的肺腑之言虽然简短，但饱含对人类命运、对这个世界的关切。他作为一个智者，看得清一切的来龙去脉，也看得清人类的行为会带来怎样的结果，但他无法确保人们听他的话、照他说的去做，这就是智者的无奈。所以，希望你能明白老子的心，尽量听取、实践老子的智慧，用它来改变自己的生活，从改变自己开始，逐渐影响他人、影响世界。

智慧是一场心的游戏（跋）

雪　漠

孩子们，学到这里，《雪漠说老子：让孩子爱上〈道德经〉》的第二辑就讲完了，等到第三辑出版的时候，我们再继续一起学习《道德经》。

这一辑大家听得怎么样？能听懂吗？有没有觉得《道德经》也不是多复杂，跟大家熟悉的生活，联系还是很密切的？

确实是这样的，老子不但是个智者，也是个文学家，《道德经》很像一篇境界很高的散文，但用散文来形容它，当然把它的价值说低了，因为你别看它只有五千字，却是不折不扣的经典呢。

一来，它传承了两千多年，有无数人用无数的语言，从无数的角度去解读它，它早就自成一个世界了。如果加上我的这些讲解《道德经》的版本，包括"雪煮《道德经》"系列和《雪漠诗说老子》，《道德经》的世界就更庞大了。二来，它有很多直接作用于生活的例子，你一旦把侯王之类的词换掉，想成领导、家长、班长等，就会发现，它几乎可以直接用在现代生活里。

而且，你看到反战的那些内容时，有没有想到目前世界上兴起的那么多战争？我就有。每次看到那部分内容，我就会感叹：唉，那么多发动战争的人，怎么不看看《道德经》呢？他们看了《道德经》，再去看他们境内发生的一些变化，还有一些变化的先兆，难道不会有一种后背冒汗的感觉吗？

孩子们，世上一切，始作俑者都是念头。包括战争，以及我们生活中大大小小的事件。

你们打开这本书，听我讲了这么久，同样是源于一个好奇的念头。所以，念头的选择，直接决定了你们会开启什么样的事件。比如，企业家在念头的抉择中，可能会开发一个新产品，给社会带来一种新的便利或刺激，甚至开启一个时代，如互联网、直播、电商等产品的出现；老师在念头的抉择中，会教给我们各种不同的东西，有时是智慧，有时是人生的感悟、经验和教训；而我们在念头的抉择中，也导演着我们的生活和人生。

孩子们，你们现在有没有念头？如果有，你们的念头是什么内容？读完这本书之后，你们对念头之间的抉择，会不会有了更多的心得？如果是的话，我希望，你们可以像玩通关游戏那样，用它们来打通你们生活的关卡，让很多看似无解的问题，瞬间变成你们人生的一段坦途，把你们送到下一个人生节点，然后再次顺利通关。

这是很有可能的，因为老子的智慧，每一章都有整个人生的奥秘。只要能看懂，慢慢在实践中摸到门路，找到感觉，最终活学活用，你就会感受到智慧的趣味性。

孩子们，世上还有比了解自己的心更好玩的游戏吗？我觉得没有。因为，所有游戏都是玩完就完了，但心的游戏，你只要不懈地玩下去，一旦有一天通关，你就会受益终生。你相信吗？如果相信的话，你愿意试试吗？

在我心里，永远怀有好奇心、永远敢于尝试、永远坚持不懈的孩子，都是最可爱的。你愿不愿意做那个最可爱的孩子呢？

最后，祝每个孩子都有好心情，也都有一个美好的人生。

定稿于 2024 年 4 月 13 日

图书在版编目（CIP）数据

雪漠说老子：让孩子爱上《道德经》. 2 / 雪漠著 . 北京：作家出版社，2025. 8. -- ISBN 978-7-5212-3520-3

Ⅰ. B223.1-49

中国国家版本馆 CIP 数据核字第 2025PA5338 号

雪漠说老子：让孩子爱上《道德经》（第二辑）

作　　者： 雪　漠
策划编辑： 陈彦瑾
责任编辑： 田小爽
装帧设计： 李　一
插图绘制： 阮紫静
出版发行： 作家出版社有限公司
社　　址： 北京农展馆南里 10 号　　　**邮　　编：** 100125
电话传真： 86-10-65067186（发行中心）
86-10-65004079（总编室）
E-mail: zuojia@zuojia.net.cn
http: //www.zuojiachubanshe.com
印　　刷： 三河市紫恒印装有限公司
成品尺寸： 142×210
字　　数： 175 千
印　　张： 8.5
版　　次： 2025 年 8 月第 1 版
印　　次： 2025 年 8 月第 2 次印刷
ISBN 978-7-5212-3520-3
定　　价： 68.00 元

道经

dì yì zhāng
第一章

dào kě dào fēi cháng dào míng kě míng
道可道，非常道；名可名，
fēi cháng míng
非常名。

wú míng tiān dì zhī shǐ yǒu míng wàn
无名，天地之始；有名，万
wù zhī mǔ
物之母。

gù cháng wú yù yǐ guān qí miào cháng
故常无，欲以观其妙；常
yǒu yù yǐ guān qí jiào
有，欲以观其徼。

cǐ liǎng zhě tóng chū ér yì míng tóng wèi
此两者，同出而异名，同谓
zhī xuán xuán zhī yòu xuán zhòng miào zhī mén
之玄。玄之又玄，众妙之门。

dì èr zhāng

第二章

tiān xià jiē zhī měi zhī wéi měi sī è yǐ
天下皆知美之为美，斯恶已；
jiē zhī shàn zhī wéi shàn sī bú shàn yǐ
皆知善之为善，斯不善已。

gù yǒu wú xiāng shēng nán yì xiāng chéng
故有无相生，难易相成，
cháng duǎn xiāng jiào gāo xià xiāng qīng yīn shēng
长短相较，高下相倾，音声
xiāng hè qián hòu xiāng suí
相和，前后相随。

shì yǐ shèng rén chǔ wú wéi zhī shì xíng bù
是以圣人处无为之事，行不
yán zhī jiào wàn wù zuò yān ér bù cí shēng
言之教。万物作焉而不辞，生
ér bù yǒu wéi ér bú shì gōng chéng ér fú
而不有，为而不恃，功成而弗
jū fú wéi fú jū shì yǐ bú qù
居。夫唯弗居，是以不去。

dì sān zhāng
第三章

bú shàng xián, shǐ mín bù zhēng; bú guì nán dé zhī huò, shǐ mín bù wéi dào; bú jiàn kě yù, shǐ mín xīn bú luàn.

不尚贤，使民不争；不贵难得之货，使民不为盗；不见可欲，使民心不乱。

shì yǐ shèng rén zhī zhì, xū qí xīn, shí qí fù; ruò qí zhì, qiáng qí gǔ. cháng shǐ mín wú zhī wú yù, shǐ fú zhì zhě bù gǎn wéi yě. wéi wú wéi, zé wú bú zhì.

是以圣人之治，虚其心，实其腹；弱其志，强其骨。常使民无知无欲，使夫智者不敢为也。为无为，则无不治。

dì sì zhāng

第四章

dào chōng ér yòng zhī huò bù yíng yuān
道冲，而用之或不盈，渊

xī sì wàn wù zhī zōng cuò qí ruì jiě
兮似万物之宗。挫其锐，解

qí fēn hé qí guāng tóng qí chén zhàn
其纷，和其光，同其尘。湛

xī sì huò cún wú bù zhī shuí zhī zǐ
兮似或存，吾不知谁之子，

xiàng dì zhī xiān
象帝之先。

dì wǔ zhāng

第五章

tiān dì bù rén, yǐ wàn wù wéi chú gǒu;

天地不仁，以万物为刍狗；

shèng rén bù rén, yǐ bǎi xìng wéi chú gǒu.

圣人不仁，以百姓为刍狗。

tiān dì zhī jiān, qí yóu tuó yuè hū? xū ér bù qū, dòng ér yù chū.

天地之间，其犹橐龠乎？虚而不屈，动而愈出。

duō yán sù qióng, bù rú shǒu zhōng.

多言数穷，不如守中。

dì liù zhāng
第六章

gǔ shén bù sǐ, shì wèi xuán pìn, xuán pìn zhī mén, shì wèi tiān dì gēn. mián mián ruò cún, yòng zhī bù qín.

谷神不死，是谓玄牝，玄牝之门，是谓天地根。绵绵若存，用之不勤。

dì qī zhāng
第七章

tiān cháng dì jiǔ　tiān dì suǒ yǐ néng cháng qiě jiǔ zhě　yǐ qí bú zì shēng　gù néng chángshēng

天长地久。天地所以能长且久者，以其不自生，故能长生。

shì yǐ shèng rén hòu qí shēn ér shēn xiān　wài qí shēn ér shēn cún　fēi yǐ qí wú sī yé　gù néng chéng qí sī

是以圣人后其身而身先，外其身而身存。非以其无私邪？故能成其私。

dì bā zhāng
第八章

shàng shàn ruò shuǐ　shuǐ shàn lì wàn wù ér
上善若水。水善利万物而
bù zhēng　chǔ zhòng rén zhī suǒ wù　gù jī
不争，处众人之所恶，故几
yú dào
于道。

jū shàn dì　xīn shàn yuān　yǔ shàn rén
居善地，心善渊，与善仁，
yán shàn xìn　zhèng shàn zhì　shì shàn néng　dòng
言善信，正善治，事善能，动
shàn shí
善时。

fū wéi bù zhēng　gù wú yóu
夫唯不争，故无尤。

dì jiǔ zhāng
第九章

chí ér yíng zhī　bù rú qí yǐ　zhuī ér ruì zhī　bù kě cháng bǎo
持而盈之，不如其已。揣而锐之，不可长保。

jīn yù mǎn táng　mò zhī néng shǒu　fù guì ér jiāo　zì yí qí jiù
金玉满堂，莫之能守。富贵而骄，自遗其咎。

gōng suì shēn tuì　tiān zhī dào
功遂身退，天之道。

dì shí zhāng
第十章

zài yíng pò bào yī, néng wú lí hū?
载营魄抱一，能无离乎？

zhuān qì zhì róu, néng yīng ér hū? dí chú
专气致柔，能婴儿乎？涤除

xuán lǎn, néng wú cī hū? ài mín zhì guó,
玄览，能无疵乎？爱民治国，

néng wú zhī hū? tiān mén kāi hé, néng wú cí
能无知乎？天门开阖，能无雌

hū? míng bái sì dá, néng wú wéi hū?
乎？明白四达，能无为乎？

shēng zhī, xù zhī, shēng ér bù yǒu,
生之、畜之，生而不有，

wèi ér bú shì, zhǎng ér bù zǎi, shì wèi
为而不恃，长而不宰，是谓

xuán dé.
玄德。

dì shí yì zhāng

第十一章

sān shí fú gòng yì gǔ, dāng qí wú, yǒu chē zhī yòng。

三十辐共一毂，当其无，有车之用。

shān zhí yǐ wéi qì, dāng qí wú, yǒu qì zhī yòng。

埏埴以为器，当其无，有器之用。

záo hù yǒu yǐ wéi shì, dāng qí wú, yǒu shì zhī yòng。

凿户牖以为室，当其无，有室之用。

gù yǒu zhī yǐ wéi lì, wú zhī yǐ wéi yòng。

故有之以为利，无之以为用。

dì shí èr zhāng
第十二章

wǔ sè lìng rén mù máng wǔ yīn lìng rén
五色令人目盲，五音令人

ěr lóng wǔ wèi lìng rén kǒu shuǎng chí chěng
耳聋，五味令人口爽，驰骋

tián liè lìng rén xīn fā kuáng nán dé zhī huò
畋猎令人心发狂，难得之货

lìng rén xíng fáng
令人行妨。

shì yǐ shèng rén wèi fù bú wèi mù gù qù
是以圣人为腹不为目，故去

bǐ qǔ cǐ
彼取此。

dì shí sān zhāng

第十三章

chǒng rǔ ruò jīng，guì dà huàn ruò shēn。
宠辱若惊，贵大患若身。

hé wèi chǒng rǔ ruò jīng？chǒng wéi xià，dé zhī ruò jīng，shī zhī ruò jīng，shì wèi chǒng rǔ ruò jīng。
何谓宠辱若惊？宠为下，得之若惊，失之若惊，是谓宠辱若惊。

hé wèi guì dà huàn ruò shēn？wú suǒ yǐ yǒu dà huàn zhě，wéi wú yǒu shēn，jí wú wú shēn，wú yǒu hé huàn？
何谓贵大患若身？吾所以有大患者，为吾有身，及吾无身，吾有何患？

gù guì yǐ shēn wéi tiān xià ruò kě jì
故贵以身为天下，若可寄
tiān xià ài yǐ shēn wéi tiān xià ruò kě
天下；爱以身为天下，若可
tuō tiān xià
托天下。

dì shí sì zhāng
第十四章

shì zhī bú jiàn míng yuē yí tīng zhī bù wén
视之不见名曰夷，听之不闻
míng yuē xī bó zhī bù dé míng yuē wēi cǐ
名曰希，搏之不得名曰微。此
sān zhě bù kě zhì jié gù hùn ér wéi yī qí
三者不可致诘，故混而为一。其
shàng bù jiǎo qí xià bú mèi mǐn mǐn bù kě
上不皦，其下不昧。绳绳不可
míng fù guī yú wú wù shì wèi wú zhuàng zhī
名，复归于无物，是谓无状之
zhuàng wú wù zhī xiàng shì wèi hū huǎng yíng zhī
状，无物之象，是谓惚恍。迎之
bú jiàn qí shǒu suí zhī bú jiàn qí hòu
不见其首，随之不见其后。

zhí gǔ zhī dào yǐ yù jīn zhī yǒu néng
执古之道，以御今之有。能
zhī gǔ shǐ shì wèi dào jì
知古始，是谓道纪。

dì shí wǔ zhāng
第十五章

gǔ zhī shàn wéi shì zhě wēi miào xuán tōng
古之善为士者，微妙玄通，

shēn bù kě shí fú wéi bù kě shí gù qiáng
深不可识。夫唯不可识，故强

wèi zhī róng
为之容：

yù yān ruò dōng shè chuān yóu xī ruò wèi sì
豫焉若冬涉川，犹兮若畏四

lín yǎn xī qí ruò róng huàn xī ruò bīng zhī
邻，俨兮其若容，涣兮若冰之

jiāng shì dūn xī qí ruò pǔ kuàng xī qí ruò
将释，敦兮其若朴，旷兮其若

gǔ hún xī qí ruò zhuó
谷，混兮其若浊。

shú néng zhuó yǐ jìng zhī xú qīng shú néng ān
孰能浊以静之徐清？孰能安
yǐ jiǔ dòng zhī xú shēng
以久动之徐生？

bǎo cǐ dào zhě bú yù yíng fú wéi bù
保此道者不欲盈，夫唯不
yíng gù néng bì bù xīn chéng
盈，故能蔽不新成。

dì shí liù zhāng
第十六章

zhì xū jí, shǒu jìng dǔ
致虚极，守静笃。

wàn wù bìng zuò, wú yǐ guān fù
万物并作，吾以观复。

fū wù yún yún, gè fù guī qí gēn. guī
夫物芸芸，各复归其根。归
gēn yuē jìng, shì wèi fù mìng. fù mìng yuē
根曰静，是谓复命。复命曰
cháng, zhī cháng yuē míng, bù zhī cháng, wàng
常，知常曰明，不知常，妄
zuò xiōng
作凶。

zhī cháng róng, róng nǎi gōng, gōng nǎi wàng,
知常容，容乃公，公乃王，
wàng nǎi tiān, tiān nǎi dào, dào nǎi jiǔ, mò
王乃天，天乃道，道乃久，没
shēn bú dài
身不殆。

dì shí qī zhāng

第十七章

tài shàng xià zhī yǒu zhī qí cì qīn
太上，下知有之。其次，亲

ér yù zhī qí cì wèi zhī qí cì
而誉之。其次，畏之；其次，

wǔ zhī xìn bù zú yān yǒu bú xìn yān
侮之。信不足焉，有不信焉。

yōu xī qí guì yán gōng chéng shì suì bǎi
悠兮其贵言。功成事遂，百

xìng jiē wèi wǒ zì rán
姓皆谓：“我自然。”

dì shí bā zhāng

第十八章

dà dào fèi yǒu rén yì huì zhì chū

大道废，有仁义；慧智出，

yǒu dà wěi liù qīn bù hé yǒu xiào cí

有大伪；六亲不和，有孝慈；

guó jiā hūn luàn yǒu zhōng chén

国家昏乱，有忠臣。

dì shí jiǔ zhāng

第十九章

jué shèng qì zhì mín lì bǎi bèi jué rén
绝圣弃智，民利百倍；绝仁
qì yì mín fù xiào cí jué qiǎo qì lì
弃义，民复孝慈；绝巧弃利，
dào zéi wú yǒu cǐ sān zhě yǐ wéi wén bù
盗贼无有。此三者以为文不
zú gù lìng yǒu suǒ shǔ xiàn sù bào pǔ
足，故令有所属，见素抱朴，
shǎo sī guǎ yù
少私寡欲。

dì èr shí zhāng

第二十章

jué xué wú yōu wéi zhī yǔ ē xiāng qù
绝学无忧。唯之与阿，相去

jǐ hé shàn zhī yǔ è xiāng qù ruò hé
几何？善之与恶，相去若何？

rén zhī suǒ wèi bù kě bú wèi huāng xī qí
人之所畏，不可不畏。荒兮其

wèi yāng zāi
未央哉！

zhòng rén xī xī rú xiǎng tài láo rú chūn
众人熙熙，如享太牢，如春

dēng tái wǒ dú bó xī qí wèi zhào rú yīng
登台。我独泊兮其未兆，如婴

ér zhī wèi hái léi léi xī ruò wú suǒ guī zhòng
儿之未孩。儽儽兮若无所归。众

rén jiē yǒu yú ér wǒ dú ruò yí wǒ yú rén
人皆有余，而我独若遗。我愚人

zhī xīn yě zāi dùn dùn xī
之心也哉，沌沌兮！

sú rén zhāo zhāo wǒ dú hūn hūn sú
俗人昭昭，我独昏昏；俗

rén chá chá wǒ dú mèn mèn dàn xī qí ruò
人察察，我独闷闷。淡兮其若

hǎi liù xī ruò wú zhǐ
海，飂兮若无止。

zhòng rén jiē yǒu yǐ ér wǒ dú wán
众人皆有以，而我独顽

sì bǐ
似鄙。

wǒ dú yì yú rén ér guì sì mǔ
我独异于人，而贵食母。

道德经

第二十一章

孔德之容，惟道是从。

道之为物，惟恍惟惚。惚兮恍兮，其中有象；恍兮惚兮，其中有物。窈兮冥兮，其中有精；其精甚真，其中有信。

自古及今，其名不去，以阅众甫。吾何以知众甫之状哉？以此。

dì èr shí èr zhāng
第二十二章

qū zé quán, wǎng zé zhí, wā zé yíng,
曲则全，枉则直，洼则盈，
bì zé xīn, shǎo zé dé, duō zé huò.
敝则新，少则得，多则惑。

shì yǐ shèng rén bào yī wéi tiān xià shì.
是以圣人抱一为天下式。
bú zì xiàn, gù míng; bú zì shì, gù
不自见，故明；不自是，故
zhāng; bú zì fá, gù yǒu gōng; bú zì
彰；不自伐，故有功；不自
jīn, gù cháng.
矜，故长。

fū wéi bù zhēng, gù tiān xià mò néng yǔ zhī
夫唯不争，故天下莫能与之
zhēng. gǔ zhī suǒ wèi qū zé quán zhě, qǐ xū
争。古之所谓曲则全者，岂虚
yán zāi! chéng quán ér guī zhī.
言哉！诚全而归之。

dì èr shí sān zhāng

第二十三章

xī yán zì rán

希言自然。

gù piāo fēng bù zhōng zhāo zhòu yǔ bù zhōng

故飘风不终朝，骤雨不终

rì shú wéi cǐ zhě tiān dì tiān dì shàng

日。孰为此者？天地。天地尚

bù néng jiǔ ér kuàng yú rén hū gù cóng

不能久，而况于人乎？故从

shì yú dào zhě tóng yú dào dé zhě tóng

事于道者，同于道，德者，同

yú dé shī zhě tóng yú shī tóng yú dào

于德；失者，同于失。同于道

zhě dào yì lè dé zhī tóng yú dé zhě

者，道亦乐得之；同于德者，

dé yì lè dé zhī tóng yú shī zhě shī yì
德亦乐得之；同于失者，失亦

lè dé zhī xìn bù zú yān yǒu bú xìn
乐得之；信不足焉，有不信

yān
焉。

道德经

dì èr shí sì zhāng
第二十四章

qǐ zhě bú lì kuà zhě bù xíng zì xiàn
跂者不立；跨者不行；自见
zhě bù míng zì shì zhě bù zhāng zì fá zhě
者不明；自是者不彰；自伐者
wú gōng zì jīn zhě bù zhǎng
无功；自矜者不长。

qí zài dào yě yuē yú shí zhuì xíng wù
其在道也，曰余食赘形，物
huò wù zhī gù yǒu dào zhě bù chù
或恶之，故有道者不处。

dì èr shí wǔ zhāng
第二十五章

yǒu wù hùn chéng xiān tiān dì shēng jì xī
有物混成，先天地生。寂兮
liáo xī dú lì ér bù gǎi zhōu xíng ér bú
寥兮，独立而不改，周行而不
dài kě yǐ wéi tiān dì mǔ wú bù zhī qí
殆，可以为天地母。吾不知其
míng zì zhī yuē dào qiáng wèi zhī míng yuē
名，字之曰道，强为之名曰
dà dà yuē shì shì yuē yuǎn yuǎn yuē fǎn
大。大曰逝，逝曰远，远曰反。

gù dào dà tiān dà dì dà rén yì dà
故道大，天大，地大，人亦大。
yù zhōng yǒu sì dà ér rén jū qí yì yān
域中有四大，而人居其一焉。

rén fǎ dì dì fǎ tiān tiān fǎ dào
人法地，地法天，天法道，
dào fǎ zì rán
道法自然。

dì èr shí liù zhāng
第二十六章

zhòng wèi qīng gēn jìng wéi zào jūn
重为轻根，静为躁君。

shì yǐ jūn zǐ zhōng rì xíng bù lí zī
是以君子终日行不离辎

zhòng suī yǒu róng guān yàn chǔ chāo rán nài
重。虽有荣观，燕处超然，奈

hé wàn shèng zhī zhǔ ér yǐ shēn qīng tiān xià
何万乘之主，而以身轻天下？

qīng zé shī běn zào zé shī jūn
轻则失本，躁则失君。

dì èr shí qī zhāng

第二十七章

shàn xíng wú zhé jì shàn yán wú xiá zhé shàn
善行无辙迹，善言无瑕谪；善
jì bú yòng chóu cè shàn bì wú guān jiàn ér bù kě
计不用筹策；善闭无关楗而不可
kāi shàn jié wú shéng yuē ér bù kě jiě
开；善结无绳约而不可解。

shì yǐ shèng rén cháng shàn jiù rén gù wú
是以圣人常善救人，故无
qì rén cháng shàn jiù wù gù wú qì wù
弃人；常善救物，故无弃物。
shì wèi xí míng
是谓袭明。

gù shàn rén zhě bú shàn rén zhī shī bú shàn
故善人者，不善人之师；不善
rén zhě shàn rén zhī zī bú guì qí shī bú
人者，善人之资。不贵其师，不
ài qí zī suī zhì dà mí shì wèi yào miào
爱其资，虽智大迷，是谓要妙。

第二十八章

知其雄，守其雌，为天下溪。为天下溪，常德不离，复归于婴儿。

知其白，守其黑，为天下式。为天下式，常德不忒，复归于无极。

知其荣，守其辱，为天下谷。为天下谷，常德乃足，复归于朴。

朴散则为器，圣人用之，则为官长。故大制不割。

dì èr shí jiǔ zhāng

第二十九章

jiāng yù qǔ tiān xià ér wéi zhī wú jiàn
将欲取天下而为之，吾见
qí bù dé yǐ tiān xià shén qì bù kě wéi
其不得已。天下神器，不可为
yě wèi zhě bài zhī zhí zhě shī zhī shì
也。为者败之，执者失之。是
yǐ shèng rén wú wéi gù wú bài wú zhí
以圣人无为，故无败，无执，
gù wú shī gù wù huò xíng huò suí huò xū
故无失。故物或行或随；或歔
huò chuī huò qiáng huò léi huò cuò huò huī
或吹；或强或羸；或挫或隳。

shì yǐ shèng rén qù shèn qù shē qù tài
是以圣人去甚，去奢，去泰。

第三十章

以道佐人主者，不以兵强天下。其事好还。师之所处，荆棘生焉。大军之后，必有凶年。

善有果而已，不敢以取强。果而勿矜，果而勿伐，果而勿骄，果而不得已，果而勿强。

物壮则老，是谓不道，不道早已。

dì sān shí yì zhāng
第三十一章

fú bīng zhě bù xiáng zhī qì wù huò wù zhī gù yǒu dào zhě bù chǔ

夫兵者，不祥之器，物或恶之，故有道者不处。

jūn zǐ jū zé guì zuǒ yòng bīng zé guì yòu bīng zhě bù xiáng zhī qì fēi jūn zǐ zhī qì bù dé yǐ ér yòng zhī tián dàn wéi shàng shèng ér bù měi ér měi zhī zhě shì lè shā rén fū lè shā rén zhě zé bù kě yǐ dé zhì yú tiān xià yǐ

君子居则贵左，用兵则贵右。兵者不祥之器，非君子之器，不得已而用之，恬淡为上。胜而不美，而美之者，是乐杀人。夫乐杀人者，则不可以得志于天下矣。

jí shì shàng zuǒ xiōng shì shàng yòu piān

吉事尚左，凶事尚右。偏

jiāng jūn jū zuǒ shàng jiāng jūn jū yòu yán yǐ

将军居左，上将军居右，言以

sāng lǐ chǔ zhī shā rén zhī zhòng yǐ āi bēi

丧礼处之。杀人之众，以哀悲

qì zhī zhàn shèng yǐ sāng lǐ chǔ zhī

泣之，战胜以丧礼处之。

第三十二章

dì sān shí èr zhāng

dào cháng wú míng, pǔ。suī xiǎo, tiān xià mò néng chén。hóu wáng ruò néng shǒu, wàn wù jiāng zì bīn。

道常无名，朴。虽小，天下莫能臣。侯王若能守，万物将自宾。

tiān dì xiāng hé, yǐ jiàng gān lù, mín mò zhī lìng ér zì jūn。

天地相合，以降甘露，民莫之令而自均。

shǐ zhì yǒu míng, míng yì jì yǒu, fū yì jiāng zhī zhǐ。zhī zhǐ kě yǐ bú dài。

始制有名，名亦既有，夫亦将知止。知止可以不殆。

pì dào zhī zài tiān xià, yóu chuān gǔ zhī yú jiāng hǎi。

譬道之在天下，犹川谷之于江海。

dì sān shí sān zhāng
第三十三章

zhī rén zhě zhì zì zhī zhě míng
知人者智，自知者明。

shèng rén zhě yǒu lì zì shèng zhě qiáng
胜人者有力，自胜者强。

zhī zú zhě fù qiáng xíng zhě yǒu zhì
知足者富，强行者有志。

bù shī qí suǒ zhě jiǔ sǐ ér bù wáng
不失其所者久，死而不亡

zhě shòu
者寿。

dì sān shí sì zhāng

第三十四章

dà dào fàn xī qí kě zuǒ yòu wàn wù
大道泛兮，其可左右。万物
shì zhī ér shēng ér bù cí gōng chéng ér bù
恃之而生而不辞，功成而不
yǒu yì yǎng wàn wù ér bú wéi zhǔ cháng wú
有。衣养万物而不为主，常无
yù kě míng yú xiǎo wàn wù guī yān ér bù
欲，可名于小；万物归焉而不
wéi zhǔ kě míng wéi dà yǐ qí zhōng bú
为主，可名为大。以其终不
zì wèi dà gù néng chéng qí dà
自为大，故能成其大。

dì sān shí wǔ zhāng

第三十五章

zhí dà xiàng tiān xià wǎng wǎng ér bú
执大象，天下往；往而不
hài ān píng tài
害，安平太。

lè yǔ ěr guò kè zhǐ dào zhī chū
乐与饵，过客止。道之出
kǒu dàn hū qí wú wèi shì zhī bù zú jiàn
口，淡乎其无味，视之不足见，
tīng zhī bù zú wén yòng zhī bù zú jì
听之不足闻，用之不足既。

dì sān shí liù zhāng

第三十六章

jiāng yù xī zhī, bì gù zhāng zhī; jiāng

将欲歙之，必固张之；将

yù ruò zhī, bì gù qiáng zhī; jiāng yù fèi

欲弱之，必固强之；将欲废

zhī, bì gù xīng zhī; jiāng yù qǔ zhī, bì

之，必固兴之；将欲取之，必

gù yǔ zhī

固与之。

shì wèi wēi míng, róu ruò shèng gāng qiáng

是谓微明，柔弱胜刚强。

yú bù kě tuō yú yuān, guó zhī lì qì bù kě

鱼不可脱于渊，国之利器不可

yǐ shì rén

以示人。

dì sān shí qī zhāng

第三十七章

dào cháng wú wéi ér wú bù wéi hóu wáng
道常无为而无不为。侯王

ruò néng shǒu zhī wàn wù jiāng zì huà huà ér
若能守之，万物将自化。化而

yù zuò wú jiāng zhèn zhī yǐ wú míng zhī pǔ
欲作，吾将镇之以无名之朴。

wú míng zhī pǔ yì jiāng wú yù bú yù yǐ
无名之朴，亦将无欲。不欲以

jìng tiān xià jiāng zì zhèng
静，天下将自正。

德经

dì sān shí bā zhāng
第三十八章

shàng dé bù dé, shì yǐ yǒu dé; xià dé bù shī dé, shì yǐ wú dé。

上德不德，是以有德；下德不失德，是以无德。

shàng dé wú wéi ér wú yǐ wéi, xià dé wéi zhī ér yǒu yǐ wéi。shàng rén wéi zhī ér wú yǐ wéi, shàng yì wéi zhī ér yǒu yǐ wéi。

上德无为而无以为，下德为之而有以为。上仁为之而无以为，上义为之而有以为。

shàng lǐ wéi zhī ér mò zhī yìng, zé rǎng bì ér rēng zhī。

上礼为之而莫之应，则攘臂而扔之。

gù shī dào ér hòu dé, shī dé ér hòu rén,

故失道而后德，失德而后仁，

shī rén ér hòu yì shī yì ér hòu lǐ
失仁而后义，失义而后礼。

fú lǐ zhě zhōng xìn zhī bó ér luàn zhī
夫礼者，忠信之薄，而乱之

shǒu qián shí zhě dào zhī huá ér yú zhī
首。前识者，道之华，而愚之

shǐ shì yǐ dà zhàng fū chǔ qí hòu bù jū
始。是以大丈夫处其厚，不居

qí bó chǔ qí shí bù jū qí huá gù
其薄；处其实，不居其华。故

qù bǐ qǔ cǐ
去彼取此。

dì sān shí jiǔ zhāng

第三十九章

xī zhī dé yī zhě tiān dé yī yǐ qīng
昔之得一者：天得一以清；
dì dé yī yǐ níng shén dé yī yǐ líng gǔ
地得一以宁，神得一以灵，谷
dé yī yǐ yíng wàn wù dé yī yǐ shēng hóu
得一以盈，万物得一以生，侯
wáng dé yī yǐ wéi tiān xià zhēn
王得一以为天下贞。

qí zhì zhī yě wèi tiān wú yǐ qīng jiāng
其致之也，谓天无以清，将
kǒng liè dì wú yǐ níng jiāng kǒng fèi shén
恐裂；地无以宁，将恐废；神
wú yǐ líng jiāng kǒng xiē gǔ wú yǐ yíng
无以灵，将恐歇；谷无以盈，
jiāng kǒng jié wàn wù wú yǐ shēng jiāng kǒng
将恐竭；万物无以生，将恐

miè hóu wáng wú yǐ zhèng jiāng kǒng jué
灭；侯王无以正，将恐蹶。

gù guì yǐ jiàn wéi běn gāo yǐ xià wéi
故贵以贱为本，高以下为

jī shì yǐ hóu wáng zì wèi gū guǎ bù
基。是以侯王自谓孤、寡、不

gǔ cǐ fēi yǐ jiàn wéi běn yé fēi hū
谷。此非以贱为本邪？非乎？

gù zhì shù yù wú yù bú yù lù lù rú
故致数誉无誉。不欲琭琭如

yù luò luò rú shí
玉，珞珞如石。

dì sì shí zhāng
第四十章

fǎn zhě dào zhī dòng ruò zhě dào zhī yòng
反者道之动，弱者道之用。

tiān xià wàn wù shēng yú yǒu yǒu shēng yú wú
天下万物生于有，有生于无。

dì sì shí yì zhāng
第四十一章

shàng shì wén dào， qín ér xíng zhī；
上士闻道，勤而行之；

zhōng shì wén dào， ruò cún ruò wáng； xià
中士闻道，若存若亡；下

shì wén dào， dà xiào zhī。 bú xiào bù zú
士闻道，大笑之。不笑不足

yǐ wéi dào。
以为道。

gù jiàn yán yǒu zhī： “ míng dào ruò
故建言有之：“明道若

mèi； jìn dào ruò tuì； yí dào ruò lèi。
昧；进道若退；夷道若颣。

shàng dé ruò gǔ； dà bái ruò rǔ； guǎng dé
上德若谷；大白若辱；广德

ruò bù zú； jiàn dé ruò tōu； zhì zhēn ruò
若不足；建德若偷；质真若

yú dà fāng wú yú dà qì wǎn chéng
渝。大方无隅；大器晚成；

dà yīn xī shēng dà xiàng wú xíng dào yǐn
大音希声；大象无形；道隐

wú míng
无名。”

fú wéi dào shàn dài qiě chéng
夫唯道，善贷且成。

dì sì shí èr zhāng

第四十二章

dào shēng yī yī shēng èr èr shēng
道生一，一生二，二生
sān sān shēng wàn wù wàn wù fù yīn ér bào
三，三生万物。万物负阴而抱
yáng chōng qì yǐ wéi hé
阳，冲气以为和。

rén zhī suǒ wù wéi gū guǎ bù
人之所恶，唯孤、寡、不
gǔ ér wáng gōng yǐ wéi chēng gù wù huò sǔn
谷，而王公以为称。故物或损
zhī ér yì huò yì zhī ér sǔn rén zhī suǒ
之而益，或益之而损。人之所
jiào wǒ yì jiào zhī qiáng liáng zhě bù dé qí
教，我亦教之。强梁者不得其
sǐ wú jiāng yǐ wéi jiào fù
死。吾将以为教父。

dì sì shí sān zhāng
第四十三章

tiān xià zhī zhì róu chí chěng tiān xià zhī zhì
天下之至柔，驰骋天下之至

jiān wú yǒu rù wú jiàn wú shì yǐ zhī wú
坚，无有入无间，吾是以知无

wéi zhī yǒu yì
为之有益。

bù yán zhī jiào wú wéi zhī yì tiān xià
不言之教，无为之益，天下

xī jí zhī
希及之。

dì sì shí sì zhāng
第四十四章

míng yǔ shēn shú qīn shēn yǔ huò shú duō
名与身孰亲？身与货孰多？
dé yǔ wáng shú bìng shì gù shèn ài bì dà
得与亡孰病？是故甚爱必大
fèi duō cáng bì hòu wáng
费，多藏必厚亡。

zhī zú bù rǔ zhī zhǐ bú dài kě yǐ
知足不辱，知止不殆，可以
cháng jiǔ
长久。

dì sì shí wǔ zhāng
第四十五章

dà chéng ruò quē, qí yòng bú bì; dà yíng ruò chōng, qí yòng bù qióng.
大成若缺，其用不弊；大盈若冲，其用不穷。

dà zhí ruò qū, dà qiǎo ruò zhuō, dà biàn ruò nè.
大直若屈，大巧若拙，大辩若讷。

zào shèng hán, jìng shèng rè, qīng jìng wéi tiān xià zhèng.
躁胜寒，静胜热，清静为天下正。

dì sì shí liù zhāng
第四十六章

tiān xià yǒu dào， què zǒu mǎ yǐ fèn； tiān xià wú dào， róng mǎ shēng yú jiāo。

天下有道，却走马以粪；天下无道，戎马生于郊。

huò mò dà yú bù zhī zú， jiù mò dà yú yù dé， gù zhī zú zhī zú， cháng zú yǐ。

祸莫大于不知足，咎莫大于欲得，故知足之足，常足矣。

dì sì shí qī zhāng
第四十七章

bù chū hù zhī tiān xià bù kuī yǒu
不出户，知天下；不窥牖，

jiàn tiān dào qí chū mí yuǎn qí zhī mí shǎo
见天道。其出弥远，其知弥少。

shì yǐ shèng rén bù xíng ér zhī bú jiàn ér
是以圣人不行而知，不见而

míng bú wéi ér chéng
名，不为而成。

dì sì shí bā zhāng
第四十八章

wéi xué rì yì wéi dào rì sǔn sǔn zhī
为学日益，为道日损。损之
yòu sǔn yǐ zhì yú wú wéi
又损，以至于无为。

wú wéi ér wú bù wéi qǔ tiān xià cháng
无为而无不为。取天下常
yǐ wú shì jí qí yǒu shì bù zú yǐ
以无事，及其有事，不足以
qǔ tiān xià
取天下。

dì sì shí jiǔ zhāng

第四十九章

shèng rén wú cháng xīn, yǐ bǎi xìng xīn wéi
圣人无常心，以百姓心为
xīn. shàn zhě wú shàn zhī; bú shàn zhě wú yì
心。善者吾善之；不善者吾亦
shàn zhī, dé shàn.
善之，德善。

xìn zhě wú xìn zhī; bú xìn zhě wú yì xìn
信者吾信之；不信者吾亦信
zhī, dé xìn.
之，德信。

shèng rén zài tiān xià, xī xī, wèi tiān xià
圣人在天下，歙歙，为天下
hún qí xīn, shèng rén jiē hái zhī.
浑其心，圣人皆孩之。

dì wǔ shí zhāng

第五十章

chū shēng rù sǐ　shēng zhī tú　shí yǒu
出生入死。生之徒，十有

sān　sǐ zhī tú　shí yòu sān　rén zhī
三；死之徒，十有三；人之

shēng　dòng zhī sǐ dì　yì shí yòu sān
生，动之死地，亦十有三。

fú hé gù　yǐ qí shēng shēng zhī hòu
夫何故？以其生生之厚。

gài wén shàn shè shēng zhě　lù xíng bú yù sì
盖闻善摄生者，陆行不遇兕

hǔ　rù jūn bú bèi jiǎ bīng　sì wú suǒ
虎，入军不被甲兵，兕无所

tóu qí jiǎo　hǔ wú suǒ cuò qí zhǎo　bīng
投其角，虎无所措其爪，兵

wú suǒ róng qí rèn　fú hé gù　yǐ qí
无所容其刃。夫何故？以其

wú sǐ dì
无死地。

第五十一章

道生之，德畜之，物形之，势成之。是以万物莫不尊道而贵德。

道之尊，德之贵，夫莫之命而常自然。

故道生之，德畜之。长之育之，亭之毒之，养之覆之。生而不有，为而不恃，长而不宰，是谓玄德。

dì wǔ shí èr zhāng
第五十二章

tiān xià yǒu shǐ, yǐ wéi tiān xià mǔ.
天下有始，以为天下母。

jì dé qí mǔ, yǐ zhī qí zǐ, jì zhī qí zǐ, fù shǒu qí mǔ, mò shēn bú dài. sè qí duì, bì qí mén, zhōng shēn bù qín. kāi qí duì, jì qí shì, zhōng shēn bú jiù.
既得其母，以知其子，既知其子，复守其母，没身不殆。塞其兑，闭其门，终身不勤。开其兑，济其事，终身不救。

jiàn xiǎo yuē míng, shǒu róu yuē qiáng. yòng qí guāng, fù guī qí míng, wú yí shēn yāng, shì wéi xí cháng.
见小曰明，守柔曰强。用其光，复归其明，无遗身殃，是为习常。

dì wǔ shí sān zhāng
第五十三章

shǐ wǒ jiè rán yǒu zhī xíng yú dà dào
使我介然有知，行于大道，
wéi yí shì wèi
唯施是畏。

dà dào shèn yí ér mín hǎo jìng cháo
大道甚夷，而民好径。朝
shèn chú tián shèn wú cāng shèn xū fú wén
甚除，田甚芜，仓甚虚，服文
cǎi dài lì jiàn yàn yǐn shí cái huò yǒu
彩，带利剑，厌饮食，财货有
yú shì wèi dào kuā fēi dào yě zāi
余，是为盗夸。非道也哉！

第五十四章

善建者不拔，善抱者不脱，子孙以祭祀不辍。

修之于身，其德乃真；修之于家，其德乃余；修之于乡，其德乃长；修之于国，其德乃丰；修之于天下，其德乃普。

故以身观身，以家观家，以乡观乡，以国观国，以天下观天下。吾何以知天下然哉？以此。

dì wǔ shí wǔ zhāng

第五十五章

hán dé zhī hòu bǐ yú chì zǐ fēng chài
含德之厚，比于赤子。蜂虿

huǐ shé bù shì měng shòu bú jù jué niǎo bù
虺蛇不螫，猛兽不据，攫鸟不

bó gǔ ruò jīn róu ér wò gù wèi zhī pìn
搏。骨弱筋柔而握固。未知牝

mǔ zhī hé ér quán zuò jīng zhī zhì yě zhōng
牡之合而全作，精之至也。终

rì háo ér bú shà hé zhī zhì yě
日号而不嗄，和之至也。

zhī hé yuē cháng zhī cháng yuē míng yì
知和曰常，知常曰明，益

shēng yuē xiáng xīn shǐ qì yuē qiáng wù zhuàng
生曰祥，心使气曰强。物壮

zé lǎo wèi zhī bú dào bú dào zǎo yǐ
则老，谓之不道，不道早已。

dì wǔ shí liù zhāng

第五十六章

zhī zhě bù yán　yán zhě bù zhī
知者不言，言者不知。

sāi qí duì　bì qí mén　cuò qí ruì
塞其兑，闭其门，挫其锐；

jiě qí fēn　hé qí guāng　tóng qí chén　shì
解其分，和其光，同其尘，是

wèi xuán tóng　gù bù kě dé ér qīn　bù kě
谓玄同。故不可得而亲，不可

dé ér shū　bù kě dé ér lì　bù kě dé
得而疏；不可得而利，不可得

ér hài　bù kě dé ér guì　bù kě dé ér
而害；不可得而贵，不可得而

jiàn　gù wéi tiān xià guì
贱。故为天下贵。

dì wǔ shí qī zhāng

第五十七章

yǐ zhèng zhì guó, yǐ qí yòng bīng, yǐ wú shì
以正治国，以奇用兵，以无事

qǔ tiān xià. wú hé yǐ zhī qí rán zāi? yǐ cǐ:
取天下。吾何以知其然哉？以此：

tiān xià duō jì huì, ér mín mí pín;
天下多忌讳，而民弥贫；

mín duō lì qì, guó jiā zī hūn; rén duō jì
民多利器，国家滋昏；人多伎

qiǎo, qí wù zī qǐ; fǎ lìng zī zhāng,
巧，奇物滋起；法令滋彰，

dào zéi duō yǒu.
盗贼多有。

gù shèng rén yún: "wǒ wú wéi ér mín zì
故圣人云："我无为而民自

huà, wǒ hǎo jìng ér mín zì zhèng, wǒ wú shì
化，我好静而民自正，我无事

ér mín zì fù, wǒ wú yù ér mín zì pǔ."
而民自富，我无欲而民自朴。"

dì wǔ shí bā zhāng

第五十八章

qí zhèng mèn mèn qí mín chún chún qí
其政闷闷，其民淳淳；其
zhèng chá chá qí mín quē quē
政察察，其民缺缺。

huò xī fú zhī suǒ yǐ fú xī huò
祸兮，福之所倚；福兮，祸
zhī suǒ fú shú zhī qí jí qí wú zhèng
之所伏。孰知其极？其无正。
zhèng fù wèi qí shàn fù wéi yāo rén zhī
正复为奇，善复为妖。人之
mí qí rì gù jiǔ
迷，其日固久。

shì yǐ shèng rén fāng ér bù gē lián ér bú
是以圣人方而不割，廉而不
guì zhí ér bú sì guāng ér bú yào
刿，直而不肆，光而不耀。

<ruby>第<rt>dì</rt>五<rt>wǔ</rt>十<rt>shí</rt>九<rt>jiǔ</rt>章<rt>zhāng</rt></ruby>

<ruby>治<rt>zhì</rt>人<rt>rén</rt>事<rt>shì</rt>天<rt>tiān</rt></ruby>，<ruby>莫<rt>mò</rt>若<rt>ruò</rt>啬<rt>sè</rt></ruby>。

<ruby>夫<rt>fú</rt>唯<rt>wéi</rt>啬<rt>sè</rt></ruby>，<ruby>是<rt>shì</rt>谓<rt>wèi</rt>早<rt>zǎo</rt>服<rt>fú</rt></ruby>，<ruby>早<rt>zǎo</rt>服<rt>fú</rt>谓<rt>wèi</rt>之<rt>zhī</rt>重<rt>chóng</rt>积<rt>jī</rt>德<rt>dé</rt></ruby>；<ruby>重<rt>chóng</rt>积<rt>jī</rt>德<rt>dé</rt>则<rt>zé</rt>无<rt>wú</rt>不<rt>bú</rt>克<rt>kè</rt></ruby>；<ruby>无<rt>wú</rt>不<rt>bú</rt>克<rt>kè</rt>则<rt>zé</rt>莫<rt>mò</rt>知<rt>zhī</rt>其<rt>qí</rt>极<rt>jí</rt></ruby>；<ruby>莫<rt>mò</rt>知<rt>zhī</rt>其<rt>qí</rt>极<rt>jí</rt></ruby>，<ruby>可<rt>kě</rt>以<rt>yǐ</rt>有<rt>yǒu</rt>国<rt>guó</rt></ruby>；<ruby>有<rt>yǒu</rt>国<rt>guó</rt>之<rt>zhī</rt>母<rt>mǔ</rt></ruby>，<ruby>可<rt>kě</rt>以<rt>yǐ</rt>长<rt>cháng</rt>久<rt>jiǔ</rt></ruby>。<ruby>是<rt>shì</rt>谓<rt>wèi</rt>深<rt>shēn</rt>根<rt>gēn</rt>固<rt>gù</rt>柢<rt>dǐ</rt></ruby>，<ruby>长<rt>cháng</rt>生<rt>shēng</rt>久<rt>jiǔ</rt>视<rt>shì</rt>之<rt>zhī</rt>道<rt>dào</rt></ruby>。

dì liù shí zhāng

第六十章

zhì dà guó ruò pēng xiǎo xiān

治大国，若烹小鲜。

yǐ dào lì tiān xià qí guǐ bù shén fēi

以道莅天下，其鬼不神；非

qí guǐ bù shén qí shén bù shāng rén fēi qí

其鬼不神，其神不伤人；非其

shén bù shāng rén shèng rén yì bù shāng rén fú

神不伤人，圣人亦不伤人。夫

liǎng bú xiāngshāng gù dé jiāo guī yān

两不相伤，故德交归焉。

dì liù shí yì zhāng
第六十一章

dà guó zhě xià liú tiān xià zhī jiāo tiān xià zhī pìn pìn cháng yǐ jìng shèng mǔ yǐ jìng wéi xià
大国者下流，天下之交，天下之牝。牝常以静胜牡，以静为下。

gù dà guó yǐ xià xiǎo guó zé qǔ xiǎo guó xiǎo guó yǐ xià dà guó zé qǔ dà guó gù huò xià yǐ qǔ huò xià ér qǔ dà guó bú guò yù jiān xù rén xiǎo guó bú guò yù rù shì rén fú liǎng zhě gè dé qí suǒ yù dà zhě yí wéi xià
故大国以下小国，则取小国；小国以下大国，则取大国。故或下以取，或下而取。大国不过欲兼畜人，小国不过欲入事人。夫两者各得其所欲，大者宜为下。

dì liù shí èr zhāng
第六十二章

dào zhě　wàn wù zhī ào　shàn rén zhī
道者，万物之奥，善人之

bǎo　bú shàn rén zhī suǒ bǎo
宝，不善人之所保。

měi yán kě yǐ shì　zūn xíng kě yǐ jiā
美言可以市，尊行可以加

rén　rén zhī bú shàn　hé qì zhī yǒu　gù
人。人之不善，何弃之有？故

lì tiān zǐ　zhì sān gōng　suī yǒu gǒng bì yǐ
立天子、置三公，虽有拱璧以

xiān sì mǎ　bù rú zuò jìn cǐ dào
先驷马，不如坐进此道。

gǔ zhī suǒ yǐ guì cǐ dào zhě hé　bù
古之所以贵此道者何？不

yuē　yǐ qiú dé　yǒu zuì yǐ miǎn yé　gù
曰：以求得，有罪以免邪？故

wéi tiān xià guì
为天下贵。

dì liù shí sān zhāng

第六十三章

wéi wú wéi shì wú shì wèi wú wèi
为无为，事无事，味无味。

dà xiǎo duō shǎo bào yuàn yǐ dé tú nán
大小多少，报怨以德。图难

yú qí yì wéi dà yú qí xì tiān xià nán
于其易，为大于其细。天下难

shì bì zuò yú yì tiān xià dà shì bì zuò yú
事必作于易，天下大事必作于

xì shì yǐ shèng rén zhōng bù wéi dà gù
细。是以圣人终不为大，故

néng chéng qí dà
能成其大。

fú qīng nuò bì guǎ xìn duō yì bì duō
夫轻诺必寡信，多易必多

nán shì yǐ shèng rén yóu nán zhī gù zhōng
难，是以圣人犹难之，故终

wú nán yǐ
无难矣。

dì liù shí sì zhāng
第六十四章

qí ān yì chí qí wèi zhào yì móu qí
其安易持，其未兆易谋，其
cuì yì pàn qí wēi yì sàn wéi zhī yú wèi
脆易泮，其微易散。为之于未
yǒu zhì zhī yú wèi luàn
有，治之于未乱。

hé bào zhī mù shēng yú háo mò jiǔ céng
合抱之木，生于毫末；九层
zhī tái qǐ yú lěi tǔ qiān lǐ zhī xíng
之台，起于累土；千里之行，
shǐ yú zú xià wéi zhě bài zhī zhí zhě shī
始于足下。为者败之，执者失
zhī shì yǐ shèng rén wú wéi gù wú bài
之。是以圣人无为，故无败；
wú zhí gù wú shī
无执，故无失。

mín zhī cóng shì cháng yú jī chéng ér bài
民之从事，常于几成而败

zhī shèn zhōng rú shǐ zé wú bài shì
之。慎终如始，则无败事。

shì yǐ shèng rén yù bú yù bú guì nán
是以圣人欲不欲，不贵难

dé zhī huò xué bù xué fù zhòng rén zhī suǒ
得之货；学不学，复众人之所

guò yǐ fǔ wàn wù zhī zì rán ér bù gǎn wéi
过。以辅万物之自然而不敢为。

dì liù shí wǔ zhāng
第六十五章

gǔ zhī shàn wèi dào zhě fēi yǐ míng mín
古之善为道者，非以明民，
jiāng yǐ yú zhī
将以愚之。

mín zhī nán zhì yǐ qí zhì duō gù
民之难治，以其智多。故
yǐ zhì zhì guó guó zhī zéi bù yǐ zhì zhì
以智治国，国之贼；不以智治
guó guó zhī fú
国，国之福。

zhī cǐ liǎng zhě yì jī shì cháng zhī jī
知此两者亦稽式。常知稽
shì shì wèi xuán dé xuán dé shēn yǐ
式，是谓玄德。玄德深矣、
yuǎn yǐ yǔ wù fǎn yǐ rán hòu nǎi zhì
远矣，与物反矣，然后乃至
dà shùn
大顺。

dì liù shí liù zhāng

第六十六章

jiāng hǎi suǒ yǐ néng wéi bǎi gǔ wáng zhě

江海所以能为百谷王者，

yǐ qí shàn xià zhī gù néng wéi bǎi gǔ wáng

以其善下之，故能为百谷王。

shì yǐ yù shàng mín bì yǐ yán xià zhī

是以欲上民，必以言下之；

yù xiān mín bì yǐ shēn hòu zhī shì yǐ shèng

欲先民，必以身后之。是以圣

rén chǔ shàng ér mín bú zhòng chù qián ér mín bú

人处上而民不重，处前而民不

hài shì yǐ tiān xià lè tuī ér bú yàn yǐ

害，是以天下乐推而不厌。以

qí bù zhēng gù tiān xià mò néng yǔ zhī zhēng

其不争，故天下莫能与之争。

dì liù shí qī zhāng
第六十七章

tiān xià jiē wèi wǒ dào dà, sì bú xiào
天下皆谓我道大，似不肖。
fú wéi dà, gù sì bú xiào. ruò xiào, jiǔ
夫唯大，故似不肖。若肖，久
yǐ qí xì yě fú
矣其细也夫。

wǒ yǒu sān bǎo, chí ér bǎo zhī. yì
我有三宝，持而保之。一
yuē cí, èr yuē jiǎn, sān yuē bù gǎn wéi
曰慈，二曰俭，三曰不敢为
tiān xià xiān
天下先。

cí, gù néng yǒng; jiǎn, gù néng guǎng;
慈，故能勇；俭，故能广；
bù gǎn wéi tiān xià xiān, gù néng chéng qì zhǎng
不敢为天下先，故能成器长。

jīn shě cí qiě yǒng shě jiǎn qiě guǎng shě
今舍慈且勇，舍俭且广，舍

hòu qiě xiān sǐ yǐ
后且先，死矣！

fú cí yǐ zhàn zé shèng yǐ shǒu zé
夫慈，以战则胜，以守则

gù tiān jiāng jiù zhī yǐ cí wèi zhī
固，天将救之，以慈卫之。

dì liù shí bā zhāng

第六十八章

shàn wéi shì zhě bù wǔ shàn zhàn zhě bú

善为士者不武；善战者不

nù shàn shèng dí zhě bù yǔ shàn yòng rén zhě

怒；善胜敌者不与；善用人者

wéi zhī xià shì wèi bù zhēng zhī dé shì wèi

为之下。是谓不争之德，是谓

yòng ren zhī lì shì wèi pèi tiān gǔ zhī jí

用人之力，是谓配天古之极。

第六十九章

用兵有言："吾不敢为主而为客，不敢进寸而退尺。"是谓行无行，攘无臂，扔无敌，执无兵。

祸莫大于轻敌，轻敌几丧吾宝。

故抗兵相加，哀者胜矣。

dì qī shí zhāng
第七十章

wú yán shèn yì zhī shèn yì xíng tiān xià mò néng zhī mò néng xíng
吾言甚易知，甚易行。天下莫能知，莫能行。

yán yǒu zōng shì yǒu jūn fú wéi wú zhī shì yǐ bù wǒ zhī
言有宗，事有君。夫唯无知，是以不我知。

zhī wǒ zhě xī zé wǒ zhě guì shì yǐ shèng rén pī hè huái yù
知我者希，则我者贵。是以圣人被褐怀玉。

dì qī shí yì zhāng
第七十一章

zhī bù zhī shàng bù zhī zhī bìng
知不知，上；不知知，病。

fú wéi bìng bìng shì yǐ bú bìng shèng rén bú
夫惟病病，是以不病。圣人不

bìng yǐ qí bìng bìng shì yǐ bú bìng
病，以其病病，是以不病。

dì qī shí èr zhāng

第七十二章

mín bú wèi wēi zé dà wēi zhì

民不畏威，则大威至。

wú xiá qí suǒ jū wú yā qí suǒ shēng

无狎其所居，无厌其所生。

fú wéi bú yàn shì yǐ bú yàn

夫唯不厌，是以不厌。

shì yǐ shèng rén zì zhī bú zì jiàn zì ài

是以圣人自知不自见；自爱

bú zì guì gù qù bǐ qǔ cǐ

不自贵。故去彼取此。

dì qī shí sān zhāng

第七十三章

yǒng yú gǎn zé shā yǒng yú bù gǎn
勇于敢，则杀；勇于不敢，
zé huó cǐ liǎng zhě huò lì huò hài tiān
则活。此两者，或利或害。天
zhī suǒ wù shú zhī qí gù shì yǐ shèng rén
之所恶，孰知其故？是以圣人
yóu nán zhī
犹难之。

tiān zhī dào bù zhēng ér shàn shèng bù yán
天之道，不争而善胜，不言
ér shàn yìng bú zhào ér zì lái chǎn rán ér
而善应，不召而自来，繟然而
shàn móu tiān wǎng huī huī shū ér bú shī
善谋。天网恢恢，疏而不失。

dì qī shí sì zhāng

第七十四章

mín bú wèi sǐ nài hé yǐ sǐ jù zhī

民不畏死，奈何以死惧之？

ruò shǐ mín cháng wèi sǐ ér wéi qí zhě wú

若使民常畏死，而为奇者，吾

dé zhí ér shā zhī shú gǎn

得执而杀之，孰敢？

cháng yǒu sī shā zhě shā fú dài sī shā zhě

常有司杀者杀。夫代司杀者

shā shì wèi dài dà jiàng zhuó fú dài dà jiàng

杀，是谓代大匠斫。夫代大匠

zhuó zhě xī yǒu bù shāng qí shǒu yǐ

斫者，希有不伤其手矣。

dì qī shí wǔ zhāng
第七十五章

mín zhī jī yǐ qí shàng shí shuì zhī duō
民之饥，以其上食税之多，
shì yǐ jī
是以饥。

mín zhī nán zhì yǐ qí shàng zhī yǒu wéi
民之难治，以其上之有为，
shì yǐ nán zhì
是以难治。

mín zhī qīng sǐ yǐ qí qiú shēng zhī hòu
民之轻死，以其求生之厚，
shì yǐ qīng sǐ
是以轻死。

fú wéi wú yǐ shēng wéi zhě shì xián yú
夫唯无以生为者，是贤于
guì shēng
贵生。

dì qī shí liù zhāng
第七十六章

rén zhī shēng yě róu ruò, qí sǐ yě jiān qiáng。
人之生也柔弱，其死也坚强。

wàn wù cǎo mù zhī shēng yě róu cuì, qí sǐ yě kū gǎo。
万物草木之生也柔脆，其死也枯槁。

gù jiān qiáng zhě sǐ zhī tú, róu ruò zhě shēng zhī tú。
故坚强者死之徒，柔弱者生之徒。

shì yǐ bīng qiáng zé bú shèng, mù qiáng zé bīng。
是以兵强则不胜，木强则兵。

qiáng dà chǔ xià, róu ruò chǔ shàng。
强大处下，柔弱处上。

第七十七章

天之道，其犹张弓与！高者抑之，下者举之；有余者损之，不足者补之。

天之道，损有余而补不足；人之道则不然，损不足以奉有余。

孰能有余以奉天下？唯有道者。

是以圣人为而不恃，功成而不处，其不欲见贤。

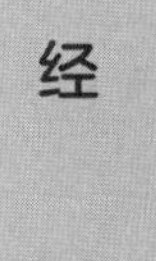

dì qī shí bā zhāng

第七十八章

tiān xià mò róu ruò yú shuǐ ér gōng jiān qiáng
天下莫柔弱于水，而攻坚强
zhě mò zhī néng shèng qí wú yǐ yì zhī
者莫之能胜，其无以易之。

ruò zhī shèng qiáng róu zhī shèng gāng tiān
弱之胜强，柔之胜刚，天
xià mò bù zhī mò néng xíng
下莫不知，莫能行。

shì yǐ shèng rén yún shòu guó zhī gòu
是以圣人云：“受国之垢，
shì wèi shè jì zhǔ shòu guó bù xiáng shì wèi
是谓社稷主；受国不祥，是谓
tiān xià wáng zhèng yán ruò fǎn
天下王。”正言若反。

dì qī shí jiǔ zhāng

第七十九章

hé dà yuàn bì yǒu yú yuàn ān kě yǐ
和大怨，必有余怨，安可以
wéi shàn
为善？

shì yǐ shèng rén zhí zuǒ qì ér bù zé yú
是以圣人执左契，而不责于
rén yǒu dé sī qì wú dé sī chè
人。有德司契，无德司彻。

tiān dào wú qīn cháng yǔ shàn rén
天道无亲，常与善人。

dì bā shí zhāng
第八十章

xiǎo guó guǎ mín shǐ yǒu shén bǎi zhī qì ér
小国寡民。使有什伯之器而
bú yòng shǐ mín zhòng sǐ ér bù yuǎn xǐ
不用，使民重死而不远徙。
suī yǒu zhōu yú wú suǒ chéng zhī suī yǒu jiǎ
虽有舟舆，无所乘之；虽有甲
bīng wú suǒ zhèn zhī shǐ rén fù jié shéng ér
兵，无所陈之。使人复结绳而
yòng zhī
用之。

gān qí shí měi qí fú ān qí
甘其食，美其服，安其
jū lè qí sú lín guó xiāng wàng jī
居，乐其俗。邻国相望，鸡
quǎn zhī shēng xiāng wén mín zhì lǎo sǐ bù xiāng
犬之声相闻，民至老死不相
wǎng lái
往来。

dì bā shí yì zhāng
第八十一章

xìn yán bù měi měi yán bú xìn shàn zhě bú biàn biàn zhě bú shàn zhī zhě bù bó bó zhě bù zhī

信言不美，美言不信；善者不辩，辩者不善；知者不博，博者不知。

shèng rén bù jī jì yǐ wéi rén jǐ yù yǒu jì yǐ yǔ rén jǐ yù duō

圣人不积，既以为人，己愈有；既以与人，己愈多。

tiān zhī dào lì ér bú hài shèng rén zhī dào wèi ér bù zhēng

天之道，利而不害；圣人之道，为而不争。